本书为西北民族大学文学院学科建设资助项目

# 20世纪90年代文学理论研究中的转型阐释和话语建构

陈　力　著

中国社会科学出版社

**图书在版编目(CIP)数据**

20世纪90年代文学理论研究中的转型阐释和话语建构/陈力著.
—北京:中国社会科学出版社,2014.12
ISBN 978 - 7 - 5161 - 5675 - 9

Ⅰ.①2… Ⅱ.①陈… Ⅲ.①现代文学—文学理论—理论研究
Ⅳ.①I0

中国版本图书馆 CIP 数据核字(2015)第 044231 号

| | | |
|---|---|---|
| 出 版 人 | 赵剑英 |
| 选题策划 | 陈肖静 |
| 责任编辑 | 陈肖静 |
| 责任校对 | 刘 娟 |
| 责任印制 | 戴 宽 |

| | | |
|---|---|---|
| 出　　版 | 中国社会科学出版社 |
| 社　　址 | 北京鼓楼西大街甲 158 号 (邮编100720) |
| 网　　址 | http://www.csspw.cn |
| | 中文域名:中国社科网　　010 - 64070619 |
| 发 行 部 | 010 - 84083685 |
| 门 市 部 | 010 - 84029450 |
| 经　　销 | 新华书店及其他书店 |

| | | |
|---|---|---|
| 印　　刷 | 北京君升印刷有限公司 |
| 装　　订 | 廊坊市广阳区广增装订厂 |
| 版　　次 | 2014 年 12 月第 1 版 |
| 印　　次 | 2014 年 12 月第 1 次印刷 |

| | | |
|---|---|---|
| 开　　本 | 710×1000　1/16 |
| 印　　张 | 11 |
| 插　　页 | 2 |
| 字　　数 | 203 千字 |
| 定　　价 | 39.00 元 |

凡购买中国社会科学出版社图书,如有质量问题请与本社联系调换
电话:010 - 84083683

# 目　录

# 前　言

　　回顾 20 世纪 90 年代的中国，我们会发现当时的文学理论研究领域充满了急遽的变化，而且还能体察到这些变化不仅仅是由文学理论研究发展演变的自律造成的，其更重要的推动力应该是外在的、宏观的，与整个中国社会环境所发生的变化密切相关。中国社会的 20 世纪 90 年代究竟是一个怎样的时代？众多研究者所给出的答案必然是多元的，阐述肯定也是驳杂的，但有一点一定会得到绝大数人的认可——20 世纪 90 年代的中国是一个充满变化的时代。例如，学者孙立平就认为："自 20 世纪 90 年代以来，中国社会已经发生了一些非常重要的、根本性的变化。"① 又如学者陶东风也指出，20 世纪 90 年代的中国社会进入到了一个"新的历史阶段"②。再如学者张颐武也曾明言："但有一点是九十年代初许多人没有看到或不愿正视的，就是无论如何，九十年代与八十年代之间已发生了巨大的历史转型，无论你如何评价这种转型，也无论你对这一转型怀有怎样的情感，但拒绝承认业已无法继续下去了。"③ 学者张旭东也认为："这一'十年'戏剧性的、常常是分裂性的曲折与转向，只能和中国惊人的持续经济增长和政治稳定相媲美。两者都建立在愈演愈烈的不平衡发展和社会分层之上。在中国社会和文化激烈的重组中，持续不断的动荡与混乱的威胁同某种不稳定的、甚至可以说是神秘化的秩序和标准相依随。随着政策

---

　　① 孙立平：《失衡：断裂社会的运作逻辑》，社会科学文献出版社 2004 年版，第 1 页。
　　② 陶东风：《社会转型与当代知识分子·多远与沟通（代前言）》，上海三联书店 1999 年版，第 1 页。
　　③ 张颐武：《反思九十年代：新的课题与挑战》，《文学自由谈》1998 年第 2 期。

'放宽'这一富有张力性的进程的展开，中国的每个领域里都发生了一场静悄悄的革命。"① 20世纪90年代中国社会展现的巨大变化是在诸多因素的共同作用下出现的。其外部的因素主要在于许多重要事件的发生，如苏联解体、东欧剧变、冷战结束……使得20世纪90年代中国社会所处的政治经济环境都发生了显著的改变。特别是冷战结束后，世界上以政治制度为区分标准而形成的两大阵营相互对峙的局面立即瓦解，从二战结束后开始形成，并已经保持了几十年的相对均衡的态势也随之被打破。分化、瓦解后必然要有新的联合、乃至整合。于是，活跃在世界各个地区的各类利益集团开始"希望"寻找到一种"新颖"的聚合模式，以区别于在冷战思维支配下形成的、以相同的政治信仰为核心利益结合点的结合方式。此时，经济发展问题逐渐浮出水面，成为一种利益集团间"全新"结合方式的可能选项。强调经济合作，强调"双赢"甚至是"多赢"，在很多人看来可以完全有效地对抗那种"不是东风压倒西风，就是西风压倒东风"的冷战思维模式。此后又有了"全球化"理论在世界各地的风靡，使得经济发展问题逐渐成为世界新格局中的核心话题，而用经济合作"取代"政治领域的对抗也成为很多人对于世界新格局的主流认识。

在这种全新的国际大环境下，对于已经失去了所谓"社会主义阵营"依托的中国也必须做出相应的调整，以便用全新的形象面对各种挑战。而在20世纪90年代，特别是在邓小平南巡讲话后，突出经济建设、加快经济发展，使中国成长为一个经济的强国便成为树立全新中国形象的主要手段。淡化姓"资"姓"社"的争论、强调深化改革、突显经济发展的重要性、重视民生等诸如此类的话题从此时开始逐渐演化成为全社会共同关注的热点。针对90年代中国社会出现的这些变化，有学者就认为：70年代的中国是"政治中国"，80年代的中国是"文化中国"，90年代的中国则是"经济中国"。② 要建设"经济中国"，就必须推行相应的经济改革措施，以便于尽早完成建立社会主义市场经济体制的最终目标。而随着改革

---

① 张旭东：《全球化与文化政治：90年代中国与20世纪的终结》，北京大学出版社2014年版，第2页。

② 王岳川：《中国镜像：90年代文化研究》，中央编译出版社2001年版，第20—21页。

措施的出台，诸多具有极其深远影响的变化开始在中国社会的经济领域出现了。孙立平就指出 90 年代中国社会的变化与三个背景因素密切相关："第一，在 90 年代中期之前，中国基本处在生活必需品的时代，而在 90 年代中期之后，中国开始逐步进入耐用消费品时代。这个转变是极为重要的。它不仅导致了经济增长模式和条件的根本性变化，而且对整个社会生活的基本构架产生着重要的影响。第二，社会中的资源配置从扩散到重新积聚的趋势。这个趋势的发生，导致了不同社会力量在社会政治生活中位置的变化，也导致了不同的结盟和对立关系的出现。第三，全球化的趋势以及中国逐步融入全球化的过程。这个过程开始对中国社会社会力量的重组和社会生活框架的重构产生着重要的影响。"①

通过孙立平的论述我们可以发现，体制改革虽然只是从经济领域发端，但其影响力却渗透到了社会的各个角落，而文学理论研究领域也必然会受到这种影响力的浸染。文化环境、文学创作、文学研究、学术争鸣等众多看似与商品交换距离十分遥远的事情再也无法摆脱市场的那种无形魔力。大多数人文学科的学者也正是从这个时候起才开始真正注意到包括武侠小说、言情小说、流行歌曲等在内的以获得商业利润为最终目的的大众文化在普通百姓生活中的横行无忌。虽然在 20 世纪前半叶此类大众文化在中国就已经形成过热潮，而且港台和欧美各式的大众文化产品在 20 世纪 80 年代已经随着改革开放在大陆地区逐渐流行，但直到这个时候社会地位逐渐边缘化的知识分子才意识到这种彻底市场化的产物——大众文化对于百姓的日常生活、学术研究的生态环境，乃至自身价值的影响。特别是 90 年代初期，原来被认为是不登大雅之堂的、并被诸多学术精英刻意忽视的王朔小说在影视传媒强力推动下的火爆，更是为人文学科的研究者提供了一个活生生的市场因素腐蚀大众传统审美习惯的例证。面对这些变化，学者们开始关注一些在 20 世纪 80 年代很少思考的问题，如知识分子社会地位的变异，文人"下海"，"纯文学"或者叫"严肃文学"的寂寞，等等，而这些话题都与当时的以经济体制改革为热点的话语环境密切相关。

---

① 孙立平：《失衡：断裂社会的运作逻辑》，社会科学文献出版社 2004 年版，第 7 页。

　　与对这些问题的广泛讨论相吻合的是，众多研究者在展开20世纪90年代人文科学领域相关问题的研究时都建立了一种比较相似的阐释体系：变化是从经济体制的改变开始的，但又不仅仅是一种经济体制的变革，它还是一种由于经济体制变革而引发的社会文化的变化；这种变化自然使人们的价值观念发生改变，进而引起了知识分子思想状况和学术研究的变化。例如，学者王岳川就曾明确指出90年代中国的思想与学术正处于"知识谱系转换中"，他详细分析到在知识领域："首先，研究的范式发生了逆转：由外在呼唤人性解放、理想、正义等堂皇话语转入人的意识拓进、语言游戏和结构分析，由追求传统同一性辩证法转到现代否定辩证法。其次，学者的使命变了：不再具有'元话语'，转而日趋精细剔解与局部论证；并由知识的启蒙变为知识专家控制信息。再次，教育的本质变了：学生不再是关心社会解放的'自由精英分子'，而是在终端机前面获取新类型知识的聆听者。教师也不再是传统传道授业解惑的精神导师，其地位将被电脑信息库所取代，出现在学生面前的不再是教师，而是终端机。"① 再如，学者王晓明在分析90年代有关"人文精神"的讨论时就认为："……这一连串事件，从1989到1992，在整个中国当代历史上划出了一道非常明显的界限。同样，它也在中国知识分子的精神历程中划出了一条非常清楚的界限。"② 接着，他进一步指出："1992年新的一轮'市场经济改革'重新启动，社会开始发生进一步的改变，这个变化非常之大：一方面是经济生活领域一些状况的明显改变，同时也是社会财富重新分配。随着社会财富分配制度的巨大变革，新的阶级产生了，其中第一个就是暴富阶层（后来也被称为'新富人'），同时也产生了新的失业阶层。这是从经济领域方面来讲。然后在文化等其他领域，如教育、出版，等等，都发生了非常大的变化。这一切都使当时的知识分子非常迷茫，不知道该怎样理解和解释这个变动的现实。"③ 最后，他分析到："社会的巨大变动，

---

　　① 王岳川：《思·言·道》，北京大学出版社1997年版，第176—177页。

　　② 王晓明：《人文精神讨论十年祭》，《上海交通大学学报》（哲学社会科学版）2004年第1期。

　　③ 同上。

和与这个变动联系在一起的知识界的非常深的困惑和怀疑，这就是当时人文精神讨论的基本的社会和思想背景。"①

王岳川和王晓明的分析有力地印证了这样一个变化过程：经济领域的体制改革引发了社会文化的巨大变化，而社会文化的变化又促使知识分子的思想状态出现了改变。在20世纪80年代，知识分子将启蒙作为自己的统帅大旗，以浪漫主义式的激情憧憬着理想中的"现代化"，他们将自己看成是全知全能的并继承了在儒家文化中具有悠久历史的忧国忧民传统的社会精英。所以在他们中间，那些受到广泛推崇的必然是情绪激烈的文字。在这些文字里，批判矛头的指向从历史到现在、从文学内部到文学之外，几乎无所不包。因而80年代的文学作品，多数"可以感受到一种沉重、紧张的基调"，这种"沉重、紧张"，既是指"情感'色调'"，也是指"结构形态"和"作品的'质地'"②。然而到了90年代，不同"质地"的文学作品开始大行其道，虽然"精英"们用轻蔑的口吻将这种文学作品称之为"帮闲文学""痞子文学"，将其视为是文化危机的表现和文化堕落的开始并加以大力的口诛笔伐，但这并没有扭转异质性文学作品不断兴盛的局面。甚至一些知识分子还发现自己的言论已经失去了鼓动性和权威性，自己几乎成为市场化进程的弃儿。知识分子此时的疑惑是现在这种十分尴尬的局面难道就是自己曾经千呼万唤过的"现代化"？自己还能为社会做些什么？自己还能干预社会生活吗？面对这些由社会变化带来的"危机""焦虑"和"迷惘"，许多知识分子开始关注市场化冲击下的自我身份问题，开始思考如何建立新语境下属于自己的独立的话语立场问题。由此，我们也就不难理解为什么在90年代学者们会热衷于人文精神、新保守主义、后现代等泛文学问题的争论。总体来看，此时的一些知识分子有疑惑、有迷茫、有焦虑，甚至可能还有些不满，但他们更想用理性的眼光来分析这些变化、认识这些变化，以便使自己能更好地适应社会的改变，甚至企图在认识这些变化的基础上去"引导"它们的发展方向。既

① 王晓明：《人文精神讨论十年祭》，《上海交通大学学报》（哲学社会科学版）2004年第1期。

② 洪子诚：《中国当代文学史》，北京大学出版社1999年版，第250页。

然 20 世纪 90 年代的中国社会发生了巨大的变化,那么知识分子所要思考的问题就是这些变化是相对于哪个具体的参照物而出现的?这些变化在思想领域、学术研究领域又会有怎样的体现?一步入 20 世纪 90 年代,我们就发现当时的一些知识分子开始对 80 年代所追求的崇高、所倡导的启蒙,以及激进、浪漫的时代情绪等自己曾经完全肯定的东西投出怀疑的目光,并且进行了深刻的反思。无论是李泽厚的"告别革命",王蒙的"躲避崇高",还是郑敏的文章《世纪末的回顾:汉语语言变革与中国新诗创作》,都被视作是对 20 世纪 80 年代乃至是对五四新文化运动以来中国知识分子行为、思想进行反思的代表性观点与作品。在这种反思的语境下,当一些学者在分析 20 世纪 90 年代中国社会的文化特色、学术研究的特点时,都会自觉不自觉地将 80 年代作为一个标尺进行比较,力求通过比较两个十年的差异,寻找 20 世纪 90 年代中国社会的时代特征。

例如,王岳川就认为与 80 年代相比,20 世纪 90 年代的中国:"学者们在自己的学科领域、治学方法、学术心态、人格结构和言说方式上,开始作出由'建构'到'解构'的根本性调整。"[1] 其具体表现为"回归传统的民族主义""知识分子的世俗化""非主体化""反方法论""反本体论""泛审美文化的兴起""后现代性情结""城市大众文化热"。[2] 在王岳川看来,这八个方面的"候症"是他"基于个体心性意向的学术良知的描述",不能被当做"历史年鉴"来对待,但他在"候症"描述中提到的诸多现象,如一大批与知识分子民族身份、文化身份的认同紧密关联的丛书、专著、期刊的相继出版,80 年代的"西学热"被 90 年代的"国学热"所替代,知识分子"调整心态"、"张扬私人化"、"逃避历史和现实"、告别 80 年代的"理想化",90 年代"世俗欲望的狂欢"代替了 80 年代"感性审美的沉醉",以城市民谣、城市小说为代表的都市休闲文化的兴起……都具有鲜明的 90 年代特色。又如学者张颐武也曾直接指出:

---

[1] 王岳川:《中国镜像:90 年代文化研究》,中央编译出版社 2001 年版,第 33 页。

[2] 同上书,第 33—38 页。

"我以为90年代初叶所显示的文化征兆在与80年代的差异中呈现了自身的'特性'"。① 并进一步认为这种"差异"表现在五个方面："首先，激进/稳健的对立是80年代与90年代文化的显著差别。90年代的文化具有稳健的特点，任何变化都是缓慢的。人们又回到了坚固的话语之中。其次，在欲望/规则之间，90年代的文化认同于规则，它表述规则的永恒的合理性与合法性，及其在语言中的不可变更性。第三，在无序/有序之间，90年代的文化强调有序性，强调因果关系和连续性，认同于有序的编码，强调历史/文化/政治的可靠性。第四，在逆反/认同间，90年代的文化更强调认同的重要性，它肯定既有知识/权力的可靠性。第五，在解构化/合理化之间，90年代的文化强调整合性的存在，强调能指/所指、语言/实在间的缝合，强调个人与社会的缝合，它不再尝试制造断裂或零散的语言状态，它不试图打破幻觉，而在于稳定话语的运作方式。"② 再如，学者杨飏也认为："90年代思想与学术在很大程度上肇端于对80年代富有激进主义色彩的现代性方案的反思和重建。"③ 在这一逻辑原点之上，杨飏还进一步分析了90年代知识分子文化及其思想学术的流变，并认为其主要表现在五个方面，一是"放弃80年代启蒙学者的理想主义，坚持低调务实的实干精神，少谈主义，多讲问题"；二是追求"思想与述学的个人化"；三是"学术重心由人文学科转向社会科学，学理资源从德法传统转向英美传统"；四是"人文学科走向后科学知识观"；五是"淡化民族主义情感"。④ 学者陈思和在谈论20世纪90年代中国的文化思潮时也表达过类似的观点，他说："也许是在80年代的实践中认识到五四以降知识分子传统的脆弱，90年代知识分子的第一步工作是通过各自的立场来反思和弥补这一传统的先天性局限。"⑤

　　除了以上提到的四位学者外，还有很多研究者在研究相关问题时都表

① 张颐武：《从现代性到后现代性》，广西教育出版社1997年版，第72页。
② 同上。
③ 杨飏：《90年代文学理论转型研究》，中国社会科学出版社2001年版，第13页。
④ 同上书，第19—21页。
⑤ 陈思和：《关于90年代文化思潮的一点想法》，《山花》1998年第8期。

述过类似的观点。从这些学者的分析论述中我们可以明显看出，大多数学者在谈论20世纪90年代中国社会文化、价值观念的改变时都是相对于80年代而言的，80年代就是90年代中国社会的参照物。所以在研究90年代的一系列问题时，学者们都会不约而同地将80年代作为自己理论研究的起点和阐释问题的切入点。对于这一点，张颐武就曾指出："'新时期'无疑是我们进行思考和探索无法回避的起点和背景，也是强有力地影响和支配着我们的文化选择的'经典'性话语。任何新的文化及'知识'生产都无法跳过这个巨大的历史背景，而只有面对它的巨大资源。"①

在80年代的"巨大的历史背景"和"巨大资源"中分析探讨90年代的问题，这不但在研究中国社会与文化发展、社会进程等相关的宏观问题时有显著的体现，而且在具体的文学理论研究领域中也有展现。由于文学理论研究领域的变化与社会文化的变迁之间存在着一种必然的内在联系，所以随着社会文化的演变，20世纪90年代的文学理论研究必然也会出现新的动向、新的变化。而在研究、探讨这些新动向、新变化时，文学理论研究领域内的学者们所使用的研究方法与其他人文学科的学者在研究中国90年代的相关问题时所采用的研究策略很相似，都是着力分析90年代与80年代的中国社会在政治经济环境、学术思想氛围、知识分子社会角色的演变、学人的形而上学与后形而上学知识观的对立等多个方面的不同，并通过对两个十年的比较追索答案，力求归纳总结出相应的结论。通过分析学者们意识到，要认识90年代必须从80年代入手，而且一些出现于20世纪90年代的、刺激知识分子神经的文化事件、文学现象是在80年代不可能发生的，两个十年间存在着任何人都无法否认的巨大变化。因此，对于80年代的思想风潮、话语体系、学术成果的研究、质疑乃至批判就理所当然地成为很多学者研究90年代文学理论问题的出发点。这不但是时间意义上的出发点，而且还是思维逻辑上的起点。

例如，在文学理论研究领域多数学者都认识到对于文学理论问题的研究是无法避免外部因素介入的，但大家发现当中国进入90年代后，这种

---

① 张颐武：《从现代性到后现代性》，广西教育出版社1997年版，第4页。

外部的作用力已与 80 年代的对文学理论研究不断施加影响的传统外部作用力大不一样了。也就是说，这一时期经济因素成为了外部作用力的显性主角，而过去起到主导作用、甚至是起到决定性作用的政治因素似乎已退居二线。或者，针对这一变化更准确的说法应该是，和政治因素相关的诸多外部作用力已经改变了过去那种直接支配文学理论研究的方式，开始尝试采取间接的、稳坐幕后的手段影响、引导、指挥文学理论的研究方向。从 80 年代的政治"主导"到 90 年代的经济"挂帅"，正是这种外部作用力的改变，才使学者们开始进一步关注类似于为什么经济因素能影响到文学理论研究？经济因素又是通过哪种动力机制影响文论研究的等问题。也正是这种改变，才促使部分学者开始思考 80 年代文学理论研究的科学性和纯粹性，并将这些思考作为自己在 90 年研究文学理论与政治因素之间复杂关系的参考。应该说，从 80 年代到 90 年代类似的改变还有很多，这些改变也的确给相关研究者带来了强大的冲击，迫使他们也做出相应的调整。所以身处于 90 年代的学者无论是在研究问题的出发点方面，还是在所讨论的内容以及讨论时所采取的策略方面，都主动做出改变并与 80 年代形成一种对比。例如，我们简单回顾一下 80 年代和 90 年代文学理论研究的热点问题，就能发现很多的不同。能在 80 年代形成讨论热潮的文学理论问题，诸如文艺与政治的关系、文学与现实生活的关系、人性、人道主义、典型、形象思维等都是在 20 世纪三四十年代"左翼"文学内部和 50 年代"百花文学"时期就被学者提出了的，而 80 年代讨论这些问题时学者们所使用的"话语资源"和"阐释策略"也都来自于上述两个时期。甚至有些问题的讨论就是为了直接迎合政治的需要，是在文艺上的"拨乱反正"，那些有利于当时政治进程的文艺讨论及其结论也都会得到某种默许乃至支持。而且，一些原本只应在文学理论研究领域内讨论的问题，却具有了极强的"弥漫性"，几乎成为全社会的"兴奋点"。此时的文学理论研究似乎已经没有了什么门槛和专业性，只要是读过一些文学作品、有感悟、有思考、有责任感的学者，或者说只要是一位有点话语权的人，就可以针对相关的问题发表看法。但这一切在进入 90 年代后都发生了改变。跟随着文学、美学等学科的脚步，文学理论研究也开始逐步远离社会生活的中心地带。在90年代，要让一个文学理论问题如80年代一样成为全社会关注的热点，几乎已经没有了可能。而且这一时期在学术界能形成讨论热潮的问题，如人文精神、保守与激进、现代与后现代、全球化语境下的民族身份认同、市民社会等几乎都是众多学者面对时代变化时提出的全新问题。特别是进入20世纪90年代后随着"滞后性"的逐渐减弱，西方文学理论对中国文学理论研究的影响也越来越深入。国外学者如德里达、福柯、葛兰西、贝奥塔莱、赛义德等人的思想被中国研究者广泛应用。并且这种广泛应用也摆脱了80年代多围绕具体的文学作品、文学事件使用西方文学理论分析的做法，而是将国外学者的思想运用到诸如文化思潮分析等更加宏观的领域。这些都使得90年代文学理论研究的话语资源和阐释方式得到了刷新，也正是这种刷新从内部促使了文学理论研究出现了新的变化。这就如张颐武所说："在新的文化格局形成的过程之中，新的批评理论发展所具有的'知识'前提亦已十分清晰地显示了出来。与文化转型相同步的理论与'知识'的转型已成为目前文化发展的最为活跃而具有创造力的部分，新的话语形式与阐释策略正在迅速走向成熟。"①

进入20世纪90年代的中国社会与20世纪80年代相比的确是发生了很大的变化，很多学者也都承认这一点。但值得注意的是，学者们在阐释相关问题时已经不再单纯地使用"变化""改变""转变""转化""变更""转折""演变"等词汇，而是更多地使用"转型"一词描绘90年代的中国。这一点在文学理论研究领域表现的更为明显。例如，学者们在相关论述中会说"历史转型""社会转型""文化转型""思想转型""学术转型""知识谱系转型"②"研究转型""方法论转型""话语转型"等等，不一而足。在文学理论研究领域，学者们为什么喜欢使用"转型"一词，而不再简单地钟情于"变化""改变"等词汇了呢？

作为被众多研究者频繁使用的重要词汇，"转型"一词是被从事人文学科研究的学者从政治、经济领域借鉴而来，它最早出现于1986年分析

---

① 张颐武：《从现代性到后现代性》，广西教育出版社1997年版，第3页。
② 王岳川：《中国镜像：90年代文化研究》，中央编译出版社2001年版，第32页。

研究社会体制变革的文章中（参见《掌握农村经济转型的度》，载于 1986 年 1 月 20 日《人民日报》），三年后开始在文学理论研究领域使用（参见《"转型期"创作琐谈》，载于《人民日报》1989 年 2 月 28 日）。[①] 特别是 90 年代建立社会主义市场经济体制的全新目标提出后，"经济体制转型"就成为大众耳熟能详的词汇。但令人奇怪的是，"转型"这个出现在二十几年前并已经在 90 年代我国社会生活中广泛使用的高曝光词汇，在一些重要的字典词典中却没有详尽的释义，甚至包括 1999 年版的《辞海》也没有将"转型"一词收入。直到 2002 年出版的《现代汉语词典（2002 年增补版）》最后所附的"新词新义"中才将"转型"一词列入，其释义有二：一是指社会经济结构、文化形态、价值观念等发生转变；二是指转换产品的型号或构造。[②] 从这两个释义可以看出，词典编纂者认为在一般情况下"转型"这个词与转变、转换等词没有区别，只是在适用范围上有所限制。词典编纂者对于"转型"的这种解释，是不是就意味着当"转型"一词应用到文学理论研究中时它的含义与转变、转换、变化、转折等词没有区别？对"转型"一词的使用难道只是文学理论研究者为追求表述效果的陌生化而进行的同义词替换？答案肯定是否定的。如果"转型"只是"变化"等词的同义词替换，"转型"所描述的现象如同"变化"一样简单，那就不会出现诸如 90 年代的知识分子群体中出现了"阐释中国的焦虑"[③] 此类的观点了。虽然很多学者在描述 90 年代的中国时都愿意说此时的中国社会经过"巨大的历史转型"进入到一个"新的历史阶段"，但这是不是就意味着在文学理论研究领域内，90 年代与 80 年代之间存在着一种质的飞跃，或者说存在着一种完全的断裂？许多人在描绘 20 世纪 90 年代人们的思想取向以及社会风潮时就使用了诸如"告别革命""放弃启蒙"等足以显示与 80 年代决裂的醒目词汇，这似乎也证明了某种断裂的真实存在。这些变化我们当然要注意，但与此同时我们更应该清醒地认识

---

①　杨俊蕾：《中国当代文论话语转型研究》，人民大学出版社 2003 年版，第 18 页。

②　中国社会科学院语言研究所词典编辑室编：《现代汉语词典》，商务印书馆 2002 年版，第 1730 页。

③　陶东风：《社会转型与当代知识分子》，上海三联书店 1999 年版，第 5 页。

到出现在文学理论研究领域内的改变其程度是有限的，这是一种低烈度的反应。而且，我们更应该注意到 80 年代与 90 年代之间还存在着部分的一致性和继承性，许多变化在 80 年代就已经初现端倪，只是到了 90 年代这些"端倪"在文学理论研究中才趋于明朗化、表面化，才成为不断刺激众多研究者神经的敏感话题。经过冷静的思索、理性的分析，研究者们认识到与 80 年代相比，90 年代的文学理论研究是发生了改变，但这又不是一种质变，所以要科学、准确地阐释 90 年代文学理论研究的特点就必须选取一个身处在不变与质变这两个极端之间的理想词汇。而从经济改革领域借鉴而来的"转型"一词恰好可以担负起这一重任。此外，学者们乐于在 20 世纪 90 年代文学理论研究中使用"转型"一词更主要的原因是其包含的内在意味也要比"变化""改变""转变"等词深刻得多。首先，使用"转型"一词就意味着相对于 80 年代而言，90 年代的文学理论研究不但出现了变化，而且还是一种类型的变化。其次，"转型"一词表明这种变化不是一朝一夕就可以完成的，它有一个逐渐发展、缓慢演变的过程。再次，虽然这变化尚处于发展的过程中，但它不是盲目的变迁，它的目标是明确的，就是要建立与 80 年代不同的文学理论研究"类型"。所以分析"转型"这一关键词汇的内在意味，对于我们更好地认识 20 世纪 90 年代中国文学理论研究的特点会有极大的帮助。

# 一　转型阐释语境中的类型替换诉求

　　诸多学者在分析、探讨 20 世纪 90 年代中国文学理论研究的特征时，经常都会使用转型一词，其原因之一就是与变化、改变、转变、转化、转折、演变等词汇不同，该词不但标明了与 80 年代相比 90 年代的文学理论研究存在着"变"，而且更重要的是这是一种以"变"为核心的"类型"转化。"型"这个字的使用可被视为是 20 世纪 90 年代文学理论研究转型阐释的关键之所在，它表明在一些研究者看来，与 80 年代相比 90 年代文学理论研究的"类型"已经发生了改变和替换。

　　从一定意义上而言，转型一词所表达的理论内涵和福柯所提出的"认识型"（episteme，也被译为知识型、认识图式）概念有很多类似的地方。福柯在其早期著作《词与物：人文科学考古学》中提出了"认识型"的概念，他说："我设法阐明的是认识论领域，是认识型（I'épistémè），在其中，撇开所有参照了其理性价值或客观形式的标准而被思考的知识，奠基了自己的确实性，并因此宣明了一种历史，这并不是它愈来愈完善的历史，而是它的可能性状况的历史；照此叙述，应该显示的是知识空间内的那些构型（les configurations），它们产生了各种各样的经验知识。"[1] 在福柯看来，认识型实际是一种"分类原则"，它是"决定知识形式和方法的框架和判断真假的一般标准"，并"决定着一个时期的一切知识和常识"[2]。福柯认为，每个时代都有一个确定其文化的潜在外形，一个使每个科学话语、每个陈述产品成为可能的知识框架，这就是"认识型"，一

---

① 米歇尔·福柯：《词与物：人文科学考古学·前言》，莫伟民译，上海三联书店 2002 年版，第 10 页。

② 赵敦华：《现代西方哲学新编》，北京大学出版社 2001 年版，第 261—262 页。

个确定和限定一个时代所能想到的——或不能想到的东西——深层基础。比如福柯认为文艺复兴时期认识型的基本特征是"相似性",古典主义时期则转化为"表象",现代时期则成为"自我表象",而在当代认识型的基本特征是"下意识"。福柯认为四个认识型之间没有连续性,它们之间的转变不是进步,不能用一个认识型的标准去判断另一个认识型的是非真假。虽然在福柯后期的研究中他放弃了认识型这个概念,但 90 年代文学理论研究者使用转型这个词汇就是要表达相似的观点与理念——与 80 年代相比 90 年代文学理论研究的"知识形式和方法的框架"已经发生了改变。

对于 20 世纪 80 年代与 20 世纪 90 年代之间文学理论研究领域内的这种"类型"转化,不同的学者都尝试用自己方式加以表述。其中,较早的理论分析要数陈晓明、王宁、张颐武等人提出的"后新时期"概念。王宁在自己的一系列文章著作中提出,将中国 1976 年以来的文学史分为"前新时期"(1976—1978)、"盛新时期"(1979—1989)和"后新时期"(1990—)三个阶段。而且他指出这三个历史时期的思想、文化分别受到西方前现代、现代和后现代思想与文化的影响并与之相似。对于 90 年代"后新时期"文学的特征,他分析到:"后新时期在时间上是伴随着盛新时期的终结而来的,但在文学自身运行轨迹方面以及文学文体的内部代码方面,则是与新时期逆向相悖的。"① 他还进一步解释道:"但在此我必须指出,与新时期的不同之处是,后新时期并不是一个政治概念,而是一个专用于中国当代文学分期的文化概念,因此它的使用不必受制于意识形态和权威话语,而主要受制于特定时期的文化氛围和文学自身的运作规律。可以说,提出'后新时期文学'的概念首先是基于文化和文学的理论前提,而非其他。因此对后新时期这个文学概念的理解就应当着眼于两个不同的层面:时间上的延续性和文学代码上的悖离性,而且后者的作用更为明显。"② 而且,王宁并不避讳自己所说的"后新时期"理论是受一些西

① 王宁:《继承与断裂:走向后新时期文学》,《文艺争鸣》1992 年第 6 期。
② 王宁:《"后新时期":一种理论描述》,《花城》1995 年第 3 期。

方学者特别是弗雷德里克·詹姆逊的有关后现代主义理论的"启迪",他对此解释到:"既然在当今这个文化共融、文化对话的时代,人为的民族文学或国别文学的界限已逐渐打破,各民族文学都在互相交融、互相作用甚至互相渗透,东方和第三世界的文化和文学已越来越受到西方学术界的重视,一个平等对话的语境已形成,我们在扬弃的基础上借用某个西方的概念(但并非全盘照搬)为我所用又有何不好吗?"[1] 在王宁的阐述中,他将 90 年代定名为"后新时期",首先就表明在他看来 90 年代的文学与 80 年代——即他所谓的"盛新时期"文学之间有一种时间上的继承性,"后新时期"的起点就是"盛新时期"。但"后新时期"这一概念又与我们所熟知的"新时期"概念完全不同,它不是在政治因素干涉下、或者是在权威话语影响下出现的,而是在社会外部环境发生变化后文学内部的一种自觉生成。这一概念不但能反映出 90 年代文学与 80 年代文学的内在关联,而且更重要的是它可以展现一种"逆向相悖"式的变化,一种文学内部的"代码、话语、风尚、主旨"[2] 的根本性变化。此外,王宁还指出了"后新时期"这一概念的另一大特色,即受到了明显的西方因素的影响,这在 80 年代的文学理论研究中是比较少见的。在他看来,90 年代是一个文化"交融"的年代,西方学术界重视了东方的文学,那我们借用西方的概念也是理所当然的。当然,王宁也指出"后新时期"这一概念与西方所说的"现代性"或"后现代性"有不同。"现代性"或"后现代性"是不确定的、包容性的概念,而"后新时期"则是确定的、本土化的概念。将前新时期、盛新时期和后新时期三个阶段与西方的前现代、现代和后现代三个阶段对应起来,体现出了王宁本人的一种坚定的历史理性的信仰。他深信无论在西方还是在东方,历史总会沿袭同一规律向前发展,就如同欧美各地已经走过的那些历程,当今的中国也必然会从前现代阶段发展到现代阶段最后再到后现代时期。随着这种线性历史进程的发展和演变,不同类型之间必然存在着前后的替换。而王宁就是试图用类似西方现代与后

---

① 王宁:《后新时期与后现代》,《文学自由谈》1994 年第 3 期。

② 王宁:《"后新时期":一种理论描述》,《花城》1995 年第 3 期。

现代直线交替的理论，概括分析 90 年代中国社会文化、文学研究的类型式转化。

虽然有学者认为"后新时期"概念有削足适履之嫌，但它仍然不失为一种有益的尝试——向人们揭示了 90 年代与 80 年代之间文学研究中所存在的继承性和所出现的类型式变化。对于这种类型式变化的概括和阐释除了王宁的分析之外，张法、张颐武、王一川等学者则从宏观的社会文化的角度提出了"中华性"的概念。他们认为："现代性，是用以表述 1840 年以来、尤其是整个 20 世纪中国文化的知识型的概念。"① 但是，"在中国文化思潮从 80 年代向 90 年代的演变中，在世界格局由两极对立转为多元并生的喧闹中，现代性知识型在中国文化中的权威地位不可逆转地衰落了。"② 面对这样一种文化思想方面的"权力真空"，而且一些重要的学者如季羡林、张岱年等人又提出了复兴中华文化的宏大构想，于是张法等学者提出 90 年代的中国应建立全新的"中华性"的知识型以取代"衰落"了的现代性知识型。对于"中华性"张颐武曾详细分析到："我想，对'现代性'的超越会带来新的'中华性'的崛起。所谓'中华性'指的是对古典性/现代性的二元对立的全面超越，也是从时间性的文化和诗歌表述转向空间性的努力。它不是像传统/现代一样属于对时间的探究，而是在全球文化的多元共生，众声喧哗中寻找汉语文化的特性的尝试，它是植根于当代文化中我们自身的母语与空间的探究。"③ 张法等学者将中国文化的发展历程分为古典性、现代性和中华性三个阶段，表面上看这似乎与西方社会的前现代、现代和后现代三个阶段相互呼应，但他们却指出"中华性"概念的提出就是要打破一种从前现代到现代再到后现代的线性宿命论，强调世界的划分标准可以多样化，世界存在着差异，存在着多种多重的共时关系。张法等人指出现代性在时期划分和等级框架的划分方面有合

---

① 张法、张颐武、王一川：《从"现代性"到"中华性"——新知识型的探寻》，《文艺争鸣》1994 年第 2 期。

② 同上。

③ 张颐武：《断裂中的生长："中华性"的导求——"后新时期"诗歌的前途》，《诗探索》1994 年第 1 期。

理性，但它也忽视了各地区、各民族文化发展进程中所存在的无限多的可能性。不同地域环境中的不同民族都可以有自己的发展道路和模式，但现代性却否认了这一点，只承认一种线性发展的道路模式。而"与现代性坚持发展标准的单一性不同"，"中华性注重发展标准的综合性"①。张法等人提出的"中华性知识型"，最突出的特征就是用空间维度的地域意识来对抗"他者化"的现代性知识型。在他们看来，一种文化不可能自己定义自己，中国文化也是如此。90 年代的中国文化，在与"他者"的比较中已经展现出新的特点，这些特点是中国古典性、现代性文化中所没有的。例如，中华性具有一种"容纳万有的胸怀"，"根本就不存在'中化'还是'西化'的问题"，它不像现代性一样要求"他者"的文化完全融入西方，而是为世界提供"多样性"②。面对这些新特点，只有提出全新的"中华性"概念才能做合理的阐释。对此，王一川进一步解释到："在全球化时代，面对全球化带来的问题、挑战，我们既不可能固守千年传统的'古典性'，也不可能固守 20 世纪以来形成的'现代性'，需要有一些转换，需要一些新的变化。'中华性'概念既有本土的含义，也有全球化含义，也就是在全球化的时代中，从中国的角度重新思考自己在世界文化中的地位。"③ 虽然有学者认为"有些中国后现代主义者利用后现代理论对西方中心主义进行批判"，"论证的却是中国重返中心的可能性和他们所谓'中华性'的建立"，"具有讽刺意味"④，但我们不能否认正是诸如提出"中华性"概念的这些研究者们，在别人怀疑的目光、质疑的声音中，乃至是冷嘲热讽中，敏锐地发现并指出了 20 世纪 90 年代中国社会出现的变化是一种知识型的变化、一种类型式的改变。

不可否认"后新时期"和"中华性知识型"两个概念的理论内涵有着明显的差异，但有一点二者却是相似的，它们都是以西方的前现代、现

---

① 张法、张颐武、王一川：《从"现代性"到"中华性"——新知识型的探寻》，《文艺争鸣》1994 年第 2 期。

② 同上。

③ 刘康、王一川、张法：《中国 90 年代文化批评试谈》，《文艺争鸣》1996 年第 2 期。

④ 汪晖：《当代中国的思想状况与现代性问题》，《文艺争鸣》1998 年第 6 期。

代和后现代三个阶段作为参照物展开理论阐述的。与这种阐述策略不同，学者陈思和则是根据 20 世纪中国文学发展演变的规律，提出了自己的"共名与无名"论。陈思和认为："当时代含有重大而统一的主题时，知识分子思考问题和探索问题的材料都来自时代的主题，个人的独立性被掩盖在时代主题之下。我们不妨把这样的状态称作为'共名'，而这种状态下的文化工作和文学创造都成了'共名'的派生。"但是，"当时代进入比较稳定、开放、多元的社会时期，人们的精神生活日益丰富，那种重大而统一的时代主题往往笼不住民族的精神走向，于是价值多元、共生共存的状态就会出现。文化工作和文学创造都反映了时代的一部分主题，却不能达到一种共名状态，我们把这样的状态称作'无名'。'无名'不是没有主题，而是有多种主题并存。"[1] 陈思和还进一步指出，如果考察中国 20 世纪文学史的发展过程就会发现，无名和共名两种文化状态存在着相互转化的现象[2]：

1898—1911：共名状态　共名的主题：改良维新，救亡，反满革命

1911—1916：无名状态

1917—1927：共名状态　共名的主题：启蒙，民主与科学，白话文

1927—1937：无名状态

1937—1989：共名状态　共名的主题：抗战，社会主义，文革，改革开放

1990—：无名状态

具体到 20 世纪 80 年代与 20 世纪 90 年代的区别，陈思和认为 80 年代是以"改革开放"为共名的主题，充满了二元对立；而在 90 年代，"很难以二元对立的模式来解说时代的思维形态"，"知识分子的精神状态比较涣散"，"于是出现多元化的追求和确立个人化的立场"[3]，而且他还指出："90 年代日趋涣散的文化走向在文学创作上有深刻的反映，出现了启蒙话

---

① 陈思和：《共名和无名：百年中国文学发展管窥》，《上海文学》1996 年第 10 期。

② 陈思和：《试论 90 年代文学的无名特征及其当代性》，《复旦学报》（社会科学版）2001 年第 1 期。

③ 同上。

语的消解和私人生活的叙事视角等创作现象，理论界对 90 年代文学作过许多命名，如'新状态'、'后现代'等等，在我看来，诸种现象都反映时代已进入了无名状态，在无名状态里，知识分子的声音成为一种个人的声音，但时代是由多种声音构成的，在容忍私人性话语的同时，也应容忍知识分子的启蒙声音，多种声音的交响共同构成一个时代多元丰富的文化精神整体。"① 从陈思和的论述中可以看出，他提出的"无名与共名"的分类原则较多的是和社会大环境联系在一起，而不像"后新时期"概念那样只是在学术领域内阐释类型的转变。并且"无名"与"共名"这两种文化形态是交替出现的，呈现出一种封闭性的循环模式。这种两个类型间交替循环的演变方式，与西方的前现代到现代再到后现代三种类型的线性发展模式有着本质的区别。因而，陈思和对于中国 80 年代与 90 年代间文学理论研究的转型阐释与提倡"后新时期"概念的王宁等人的阐释是有区别的。虽然有区别，但陈思和的"无名与共名"论和"后新时期"概念以及"中华性知识型"一样，都揭示了 90 年代与 80 年代间的不同与变化。例如，80 年代知识分子的"个人的独立性被掩盖在时代主题之下"，而 90 年代的中国"比较稳定、开放、多元"，"人们的精神生活日益丰富"，呈现出"价值多元、共生共存的状态"。而且，与 80 年代相比 90 年代出现的这些变化应该是一种类型变化，所以陈思和才用"无名"来命名 20 世纪 90 年代，以显示与 80 年代的区别。

"后新时期"概念、"中华性知识型"、"无名时代"等观点的提出都说明了，无论学者们从怎样的阐释角度出发，对 80 年代和 90 年代做出千差万别的类型命名，但有一点可以肯定，这就是在大多数学者眼中八九十年代间出现的转型不仅仅只是"变"那么简单，更重要的是不同的命名隐含着一种"类型"已发生变化的潜在说明。

---

① 陈思和主编：《中国当代文学史教程·前言》，复旦大学出版社 2004 年版，第 14 页。

## 二　转型阐释与类型替换的未完成性

在众多学者眼中与 20 世纪 80 年代相比，90 年代的中国发生的是一种类型式的变化，所以是一种转型，而且这种转型变化是一种整体性的运动，不是一朝一夕就可以完成的，它有一个逐渐发展的过程。众多学者经常所说的"处于转型中"，就是要明确指出转型的这种未完成性特征。例如陈思和就用"方生未死"① 来形容当前的社会转型。从转型的起始类型到结束类型之间，存在着一个漫长复杂的过渡阶段。在这个驳杂的区域里一方面还保持有旧类型不愿自动退出历史舞台的强大惯性，而另一方面新生类型所表现出来的替换趋势已无法掩饰，于是在新旧类型的摩擦碰撞下众多复杂的矛盾就产生了。并且这些矛盾渗透于社会生活的各个角落，由其引发的连锁反应又从反方向增加了社会的复杂性和不确定性。在这种不定性的转型状态里，文学理论研究也处于多重矛盾之中。90 年代的文学理论研究一边试图摆脱文学研究之外的非法束缚和其本身已经习惯了的宏大叙事传统，但同时又很难找到一个被所有研究者都接受的能与现实和历史合理对接的结合点；另一方面，一些研究者在构建文学理论的知识体系时，想做到古今中外的大综合，但这种美好的愿望又与个体化理论叙述产生抵触而碰撞出矛盾的火花。这种复杂、这些矛盾，从一定程度上促使一些引人注目的、在以往文学理论研究的大环境中不可能出现的文学争论在 90 年代时时发生。在这些争论中影响较大的要数对"失语症"的发现和由郑敏的文章《世纪末的回顾：汉语语言变革与中国新诗创作》而引发的关于五四新文化运动以来汉语变革的争论。这些旷日持久、影响深远的争

---

① 陈思和主编：《中国当代文学史教程》，复旦大学出版社 2004 年版，第 326 页。

论也成为了转型阐释未完成性特征的最佳例证。

学者曹顺庆在 1996 年第二期的《文艺争鸣》上发表了文章《文论失语症与文化病态》，指出："当今文艺理论研究，最严峻的问题是什么？我的回答是：文论失语症！"① 他认为自五四"打倒孔家店"后，中国的现当代文艺理论研究基本上借用西方的理论话语，"长期处于文论表达、沟通和解读的'失语'状态。五四以来，中国的文论研究先是遗弃了传统的文论话语体系，接着是对苏俄理论的一往情深，新时期后则又迷失在西方文论大潮的迷宫中，完全没有一套中国自己的文学理论话语，曹顺庆将此解读为是"文论失语症"。他认为产生这一病症的原因是："显然，中国现当代文论的失语症，其病根在于文化大破坏，在于对传统文化的彻底否定，在于与传统文化的巨大断裂，在于长期而持久的文化偏激心态和民族文化的虚无主义。因为一个民族文化话语系统，不可能从虚空中诞生，割断了传统，必然导致失语，这就是我们的结论。"② 曹顺庆的论述已不同于历史上曾经出现过的质疑，他的声音实际上是一种作为文学理论研究者所能达到的最大程度的否定与批判。这种声音也只有在 90 年代这样不定性的转型时期才有可能发出。他对苏俄文学理论的否定，实际是对 90 年代之前传统的以不同的政治制度和政党意识形态界定知识分子身份方法的否定；他对割裂传统文化、盲目崇拜西方文论的批判实际是一种在新的世界秩序下中国知识分子"寻找"自己民族的文化、力求通过本民族文化的认同确立自我身份的过程。这种在知识分子民族身份意识觉醒条件下的对 90 年代之前"中国现当代文论"模式的否定与批判，实际也就是对旧有文学理论研究类型的否定。而且这还是一种主客体双重意义上的否定。它不但对旧类型里文论研究主体的身份进行了重新的规定，而且还对包括研究方法、研究对象等在内的旧文论研究类型中的客体做出了否定。无论是对主体的重新规定，还是对旧类型中客体的否定，归根到底其实都是对文学理论研究的旧类型宣判了死刑。既然旧的类型已不可用，那么新的成

---

① 曹顺庆：《文论失语症与文化病态》，《文艺争鸣》1996 年第 2 期。

② 同上。

熟的类型是什么？在《文论失语症与文化病态》一文中，连曹顺庆自己都没有给出答案，他只是说自己"已经开始了重建中国文论话语的探路工作"①。但是，曹顺庆的目标十分明确，那就是："试图在传统话语系统的发掘、复苏，中西诗学对话，中国文论话语的当代有效性等方面，寻求一条切实可行的、有可操作性的重建中国文论话语的路径。"②

从曹顺庆的论述中我们可以看到，在 90 年代的文学理论研究中存在着这样的实际情况：一方面是已经对旧类型作了彻底的否定，但成熟的新类型还无法确立；另一方面虽然新类型尚无法确立，但转型所要达到的目标却很明确。在这里，由转型阐释语境所决定的 90 年代文学理论研究的未完成性特征显露无遗。这种未完成性对于文学理论研究来说是一把双刃剑。一方面，这一时期的文论研究充满了对旧类型的怀疑和否定，而在怀疑和批判带来的争论声中文论研究的创造活力也最为充沛。一切旧的条条框框都被打破，一切旧的束缚都已挣脱，人们的视野放宽了，思路更加解放了，文论创新也就成为这种怀疑与否定带来的必然结果。但另一方面，在未完成性的支配下此时的文论研究不可避免地会出现龙蛇混杂的情况。为了尽快建立新的文学理论研究的话语体系，有的研究者会急功近利地从中国古代文论或西方文论中盲目地寻求一些概念或论述作为自己理论体系的基点。特别是有的研究者将西方最新的研究成果同步引进国内，全然不顾原理论产生的理论环境与传承关系，只是认为什么是最新的什么就是最好的。其结果是西方学界什么理论时髦他就在国内介绍什么理论，完全没有一个深入分析、消化吸收的过程。这种脱离了中国文化环境、文学创作现状和中国文论研究实际的做法，使得再好的西方文论也无法与当前中国的实际情况合理对接。

对于曹顺庆提出的"失语症"，有的研究者并不赞同，认为这是一种"夸张性的论述"，是"借失语的话题表现自己的朴素而炽热同时亦显狭

---

① 曹顺庆：《文论失语症与文化病态》，《文艺争鸣》1996 年第 2 期。
② 同上。

隘的民族情感", 并说: "在失语论中, 关键的问题并非是真的存在严重的失语现象等, 而在于文学理论的合法性依据究竟应该是民族性 (本土性) 还是文学理论所表述的文学观念本身的高下——能否具备文学理论的基本效用 (范导、阐释等)。"① 学者董学文则认为用 "文论失语症" 描绘现当代中国文学理论界的总体状况, 并以此得出结论说中国文学界 "没有自己的理论", 这样的说法是 "严重片面的、失真的"。他指出: "这种 '重建' 论, 固然有强调恢复中国传统文论话语在文论建设上重要地位的积极性, 但它的根本弱点和致命错误在于无视和否认了马克思主义文学理论在中国传播、发展及其与中国社会和文学实践结合过程中已经形成的带本土化 (民族化) 特色的完整系统的合理性, 全盘否定了近一个世纪以来中国文学理论建设做出的成绩。"② 学者高楠则认为 20 世纪中国的文艺学只是发生了 "转换", 它的 "根" 没有改变, 也就是在 "人伦本体性" "知行统一观" "整体性思维" 等三个方面没有发生变化, 而且这个 "根" 对于 20 世纪中国文艺学的 "转换" 有着深层的规定性, 所以他认为: "即是说, 本世纪的文艺学转换中, 思想总是被及时地组织为话语, 话语也总是被及时地转化为思想。中国文艺学始终在说着历史要求它说的话, 时代要求它说的话, 它说出了自己的思想理论, 它并未 '失语'。"③ 学者张卫东则借用福柯和保罗·科利尔等人的相关理论, 指出 "话语" 和 "语境" 之间存在着密切的关联, 而 90 年代中国社会的 "语境" 与古代相比已发生了改变, 因而 "话语" 也必然会和生变化。对此他甚至反问: "在这样一个文化转型时期, 我们究竟有什么依据称呼中国古代文论为我们 '自己的'? 传统在何种意义上还是我们的 '传统'?" 在张卫东看来, 对于 "传统" 的 "发掘" "复苏" 实际是一种 "虚妄的理论幻象", 因此他进一步指出: "在如此境况中, 以为可以 '立足' 古代文论, 展开 '对话', '广

① 杨匾:《90 年代文学理论转型研究》, 中国社会科学出版社 2001 年版, 第 149 页。
② 董学文:《中国现代文学理论进程思考》,《北京大学学报》(哲学社会科学版) 1998 年第 2 期。
③ 高楠:《中国文艺学的转换之根及其话语现实》,《社会科学辑刊》1999 年第 1 期。

取博收'，从而'重建'体系，只能是一种梦想。"① 再如学者周宪也认为"失语症"的说法不能成立，因为这种评价"带有全称判断的意义"，"忽略了不同具体领域的差异"；这一说法"暗含了一种对文化的民族或种族纯粹性的追求"，它是"以传统来解释、定义和捍卫传统"，"而不是把传统本身看作是一个发展的变化的范畴"，"带有某种程度潜在的文化原教旨主义倾向"；这一说法在本质上还"隐含了一种潜在的文化优越论和民族中心论"，而且"失语症"还表现出某种"恐惧和不安"，"反映出某种缺乏文化自信的倾向"②。

以上这些学者对于曹顺庆"失语症"观点的质疑，体现出 90 年代文学理论研究的复杂性。"失语症"存在吗？"谁"失语了？失的究竟是什么"语"？面对同样的议题，大家说法各异。就像高楠和张卫东两位学者，虽然都反对"失语症"的观点，但他们的理论依据却又是矛盾的，一个说中国传统文论存在的"语境"已经改变了，一个却说 20 世纪 90 年代的中国文艺学只发生了"转换"，"根"没有变。论据南辕北辙，结论却出奇得相似。出现这些情况，只能说明处于 90 年代转型时期的中国文学理论研究是驳杂的，体现着一种正处于发展演变中的状态。学者们无论是对于过去，还是对于现在和将来的认识都不稳定、很少有共识，这也有力地证明了转型阐释中的未完成性特征。诸多学者对于"失语症"的质疑，如果只从文学理论研究内部而言也许有合理的成分。读曹顺庆先生的这篇文章，给人以最深印象的当然是浓烈的民族情感和忧患意识，但作者也没有说只有穿起"长袍马褂"才是中国文学理论研究的唯一出路。对于有学者说"失语症"体现了"狭隘的民族情感"，有"文化原教旨主义倾向"，他反问到："难道说'立足中国传统'的话语重建是错误的吗？只有靠拢西方才不算'文化复仇'吗？"③ 对于曹顺庆提出的"文论失语症"，如果我们能回到 20 世纪 90 年代文学理论研究的转型阐释语境中，从一个更宏观的角度分析它就会看到其中的合理性。进入 90 年代后国际社会形成了新的

---

① 张卫东：《回到语境——关于文论"失语症"》，《文艺评论》1997 年第 6 期。
② 周宪：《中国当代审美文化研究》，北京大学出版社 1997 年版，第 257—259 页。
③ 曹顺庆，靳义增：《论"失语症"》，《文学评论》2007 年第 6 期。

格局，全球化背景下的交流互动成为国际交往间的核心理念。作为一个第三世界国家的知识分子，当失去原有的意识形态依靠后，凭借什么可以使自己在国际交流中扮演发言者的角色，而不再是位置尴尬的"收音机"？自然，个性十足的民族文化、民族传统就成为最佳的依托物。阐释本民族的文化传统，以求得与"他者"不同的差异性，从而确立自己在交流过程中的合法地位，告别已被西方世界习惯了的模仿者形象，成为中国众多知识分子在当时的形势下所广泛采用的话语策略。而且，提倡本民族的文化传统并不就意味着反现代化。中国当然需要现代化。但在90年代提出这类问题其实隐含着一种疑问：在政治、经济领域是不是只有一条西方式的现代化道路可走？依此类推，在文学理论研究领域是不是只有欧美模式的文论研究才能称为现代化的理论研究，其他文化环境下的文论研究难道都不可能再另辟蹊径？从这种疑问出发去看待曹顺庆所说的"失语症"也许会更准确一些。

"失语症"的提出，实际是对在文学理论研究的旧类型中所形成的权威的一种挑战。曾几何时西方现代文论几乎成为中国文学理论研究者的"圣经"。特别是在20世纪80年代，一些研究者对于西方文论的痴迷几乎到了无以复加的地步。在这种心态下，不要说什么质疑了，可能连质疑的念头都不敢在脑海中出现。但在90年代的转型时期，文学理论研究中存在着许许多多类似"失语症"的疑问，以及对于这些疑问的反驳；任何传统、任何权威都会受到质疑，而这些质疑的声音也必然会遇到挑战。90年代好像是一个没有定论的时代，所有的文论研究似乎都处于一种运动的过程之中，而这些现象都能很好地证明转型阐释的未完成性特征。

与曹顺庆所提出的"失语症"一样，诗人郑敏对另一个权威也提出了质疑。她的文章《世纪末的回顾：汉语语言变革与中国新诗创作》对20世纪90年代之前几乎无人质疑的五四新文化运动提出了自己的疑问。对于五四运动，不要说在文学研究领域，就是在意识形态领域都已经形成了公认的定论。因此郑敏的文章必然会引发激烈的争论，而且其涉及面更广，影响也更大。郑敏在这篇文章中批评了陈独秀、胡适等人的白话文理论，认为陈独秀、胡适等人在思维方式上是"拥护—打倒的二元对抗逻辑"，在心态上有一种"简单化理想主义的急躁"。郑敏认为文言文需要革新，但必须是一种继承母语传统上的革新，五四白话文先驱们选择彻底否定传统后再实现汉语的现代化是犯了"语言学本质上的错误"，"他们在政治改革的热情的指使下"，"忽视了语言本身的特性与客观规律"，这是根本违背语言发展的本性与规律的。而且，胡适、陈独秀等人"只重视'言语'（parole）而对'语言'（Langue）不曾仔细考虑"，"只认识到共时性而忽略历时性"，"只考虑口语忽视文学语"，"成为口语中心论者"。在郑敏看来，正是以上这些错误导致"白话文创作迟迟得不到成熟"，对此，她还进一步指出："事实已证明，胡适、陈独秀以及鲁迅、周作人在创作实践上，每逢要表达深刻的内容、或追求艺术效果时，总是仍然求助于他们在理论上痛斥的古典文和诗体……"[1] 郑敏虽然只是从汉语变革和新诗创作的角度对五四新文化运动提出了自己的质疑，但这一篇文章却引发了广泛的争论，仅在《文学评论》上就先后发表了范钦林的《如何评价"五四"白话文运动——与郑敏先生商榷》（1994 年第 2 期）、郑敏的《关于〈如何评价"五四"白话文运动〉商榷之商榷》（1994 年第 2 期）、张颐武的《重估"现代性"与汉语书面语论争——一个九十年代文学的新命题》（1994 年第 4 期）、许明的《文化激进主义历史维度——从郑敏、范钦林的争论说开去》（1994 年第 4 期）、孙乃修的《关于文学的传统与现代化问题的思考》（1994 年第 5 期）、沉风、志忠的《跨世纪之交：文学的困惑与选择》（1994 年第 6 期）、许明的《人文理性的展望》（1996 年第 1 期）等一系列文章。而且，郑敏的这篇文章发表于 1993 年，和以《二十一世纪》[2]杂志与《东方》[3]杂志为主要阵地而展开的关于保守和激进的争论在时间上也是重合的，所以引发很多知名学者的关注，参加讨论的学者也越来越多。学者们讨论的内容也从白话文运动扩展到五四运动，最终涉及了中国 20 世纪的文化、文学、历史、革命、改革、激进主义与保守主义等多个方面，仅

---

① 郑敏：《世纪末的回顾：汉语语言变革与中国新诗创作》，《文学评论》1993 年第 3 期。

② 《二十一世纪》杂志 1990 年创刊，由香港中文大学中国文化研究所主办。

③ 《东方》杂志 1993 年创刊，1996 年停刊，由中国东方文化研究会主办。参见钟沛璋文《〈东方〉三年》，原载于靳大成主编《生机：新时期著名人文期刊素描》一书，中国文联出版社2003 年版，第 210—231 页。

在90年代中前期各地的学术刊物、报纸上就有多篇文章问世。① 此外，一些海外华人学者也从各自的研究角度提出了自己的观点并在国内产生了较大影响，如林毓生的《中国意识的危机——"五四"时期激烈的反传统主义》和余英时的《中国近代思想史中的激进与保守》②。

在这里，本文并不想对这场争论参与者各自的论点以及论证策略做过多的分析与评价，只是想对这场争论背后所隐藏的转型阐释的未完成性特征做出说明。参加这次争论的学者所讨论的内容多是中国20世纪的历史，但逻辑起点却是对80年代知识分子思潮的反省。如有学者就认为："十分明显，这场争论中对'五四'的重估同时也就是对80年代新启蒙运动的反省，其背后反映出对现代化模式的不同选择。在80年代，继承'五四'激进反传统乃是当时思想界的一大主流，但在90年代的这场讨论中，文化保守主义和保守性自由主义对'五四'的反省、批评乃至批判获得了广泛的影响，激进反传统的命题被颠覆了。"③ 再如学者陈晓明也认为："反省的结果是对80年代的学风提出批评。所谓80年代追寻西学、个人主义盛行、急功近利、思想史恶性膨胀、学风空疏、态度偏激，酿成一股激进主义思潮，这是导致历史恶果的文化根源。当然，任何重大的历史局面的出现，都是多种历史合力的结果，这种所谓'空疏的学风'起到多大的作用，难以作出明确的判断。但作为一种面对历史的反省，当然也不失为一种思路。"④ 而学者许纪霖认为，1989年是"大陆后现代思想的精神出发

---

① 除了发表在《二十一世纪》和《东方》两种杂志上的文章外，还可参阅王元化、傅杰的《关于近年的反思答问》（《文艺理论研究》1995年第1期）、陶东风的《文化经典在百年中国的命运》（《文艺理论研究》1995年第3期）、季广茂的《南辕与北辙之间——从两篇文章略窥保守主义与激进主义的讯息》（《文艺争鸣》1995年第4期）、方克立的《要注意研究90年代出现的文化保守主义思潮》（《高校理论战线》1996年第2期）、金冲及、胡绳武、林华国等的《正确认识中国近代史上的革命与改良》（《光明日报》1996年3月12日）、王树人的《文化的危机、融合与重建》（《原道》第1辑）、韩德民的《传统文化的危机与二十世纪中国的反文化思潮》（《原道》第1辑）、沙健孙的《怎样评价五四时期的新文化运动》（《文艺理论与批评》1996年第1期）、金元浦的《何以"保守主义"，而又"新"？》（《读书》1996年第5期）等等。

② 此文最早为余英时于1988年9月在香港中文大学所作的演讲。

③ 许纪霖等：《启蒙的自我瓦解：1990年代以来中国思想文化界重大论争研究》，吉林出版集团有限责任公司2007年版，第59页。

④ 陈晓明：《回归传统与文化民族主义的兴起》，《天津社会科学》1997年第4期。

点"，正像 1968 年是西方后学的出发点一样。他强调，利用后现代思想研究文化的目的，就是"想通过历史反思来探究为什么会发生这样一场毫无妥协余地的直接对抗"，"为什么对立的双方都表现出一种同构性的思维逻辑，都以为真理在握，代表着正义，掌握着道德的制高点"。因此，后现代思想实际上是"反思 80 年代文化热，进而反思整个 20 世纪文化热的重要思想资源"。① 诸如此类的对 80 年代学风、话语策略的反思，都成为许多学人进入 90 年代人文学科研究的切入点。多数研究者为适应国内外新形势和文学研究新变化的需要，分别从各个方面采用不同的理论资源对已在 80 年代比较成熟的"知识谱系"、研究类型进行了清理，力求完成一种整体性的转型。

在这场讨论中，一方面对 80 年代知识分子学术研究的全盘西化进行了否定，另一方面又有一些文章涉及了政治思想层面的内容。很快，这一现象引起了广泛的重视。当时的国家教委社科中心和北京市史学会等几个单位分别组织召开了相关的专题讨论会。一些重要的理论刊物如《高校理论战线》《哲学研究》《求是》等发表了一系列文章，对在批判激进主义中出现的一些问题和错误认识进行了分析和批驳，指出中国近现代历史不能用简单的"激进主义"去概括，这不符合中国历史的真实，而且用假设的方法研究历史是不可取、不科学的。比如学者方克立在自己的文章《要注意研究 90 年代出现的文化保守主义思潮》中就指出："在文化上批判激进主义主要是否定'五四'新文化运动，否定在思想领域批判封建主义和资产阶级意识形态的必要性，有的文章实际上是把马克思主义当作激进主义来批判。"② 所以，他指出："我认为，90 年代出现的当代文化保守主义思潮，它在学术的层面可能会有一些积极的价值，但在政治思想层面，它对一个多世纪以来中国人民反帝反封建的革命斗争持基本否定的态度，埋怨革命阻碍了中国现代化的进程，散布一种世纪末情绪，其对社会主义精

---

① 赵毅衡：《如何面对当今中国文化现状——海内外大陆学者的一场辩论》，《文艺争鸣》1996 年第 5 期。

② 方克立：《要注意研究 90 年代出现的文化保守主义思潮》，《高校理论战线》1996 年第 2 期。

神文明建设的冲击和消解作用不容忽视。"① 像方克立这样的文章还有一些，但这类观点并没有成为这场争论的最终结论。这一点与 80 年代相比发生了很大变化，政治因素没有再成为这次争论的最终决定性力量。而这场关于激进主义与保守主义的争论和 90 年代的许多文学争论一样均没有得出一个被各方都接受、都赞同的结论。这本身就是一种未完成性，一种在转型时期文学理论研究过程中的特有现象：问题被提出来了，大家也都作了详细的分析，发表了不同的观点，但就是没有一个公认的结论。出现这一情况的原因就在于在转型期间没有形成一种成熟的文学研究类型，缺乏一种稳定的分析问题、解决问题的模式。而在研究类型、知识形式、话语体系相对稳定、单纯的阶段，情况就不是这样。例如在苏俄文学理论占统治地位的时期，文学领域内所讨论的问题大多都是在相同的哲学基础上对已有的理论体系做出的完善和补充，那些质疑理论体系是否具有合法性地位的问题是不会被研究的。而且在多数情况下，研究者们所讨论的问题会在各方力量的运作下很快得出一个被多数人所接受的结论，而不会出现在转型时期才有的有争论无结论的情况。

若从转型阐释的角度分析我们可以看到，无论是有关"失语症"的提问还是涉及"激进主义与保守主义"的讨论，其共同点是对以往文学理论研究中所形成的定论、无人怀疑的部分大胆提出了质疑，以表现出对旧的研究类型、知识形式、话语体系的抛弃。当然在新旧交替的转型期，这种对旧类型的抛弃和攻击必然会导致旧类型的反抗与挣扎，从而引发相关问题的激烈讨论。但不破不立，没有这些讨论，新类型不会自动产生。而且对于新的研究话语、研究类型来说这些只是一个前奏。因为，或许在新类型所圈定的研究边界里不会再有旧类型所研究问题的位置；或者说，旧有类型中的热点问题已不可能再处于新体系中的核心位置了。例如曾经在中国文学理论研究史中形成过研究热潮的形象思维、灵感、典型等问题，在90 年代就已经远离了文学理论研究的中心位置，研究者们即使分析讨论

---

① 方克立：《要注意研究 90 年代出现的文化保守主义思潮》，《高校理论战线》1996 年第 2 期。

这些问题，也多是从"史"的角度展开总结性阐述，并以此为切入点去梳理 80 年代的学术研究史。转型阐释语境下的未完成性特征一方面体现在对于已有结论的质疑、争论上，另一方面还表现在文学理论研究的范围边界的尚未确定上。研究边界的滑动，使得一些在传统的文学理论研究中不被关注的问题也进入了研究者的视野，这也使得 90 年代文学理论研究的杂语共生特质更为明显。总体而言，在 90 年代转型时期的文学理论研究中，部分核心问题仍然是受了旧类型语境的影响而提出的，只是言说方式、所得结论都发生了变化；而有些问题在旧类型中并不属于文学理论研究的领域，它们可能属于哲学、文化学、社会学的范畴，但在新的类型、新的话语体系中它们也都受到了文学理论研究者的关注。

# 三　转型目标及其争议

　　20 世纪 90 年代的研究者在文学理论研究领域使用转型一词不但是要说明 90 年代的文学理论研究是一种处于运动过程中的类型替换，还要表明此时期文论研究的转变有着明确的目的地，而这也是转型二字与转折、转变、变化等字眼最大的不同之处。转折、转变、变化这些词都表示一种改变，但其目标指向不是很明确或者说这些词的方向感比较零乱，不像转型一词能够说明其改变的目标是确立一种全新的类型——要通过一种根本性的变化从而建立不同以往的话语方式、言说策略、知识谱系等。因此，大多数研究者在概括描述 90 年代的文学理论研究现状时都比较科学合理地选择了转型一词。虽然多数学者都认为 90 年代是一个向新类型前进的过渡时期，但究竟在文学理论研究领域会形成怎样的"类型"，大家的看法并不一致。也就是说，在转型阐述语境中的学者们都认为在 90 年代应该建立一种与过去完全不同的文学理论研究类型，但具体要建立什么样的新类型大家却各有各的观点。因而在具体分析阐述中，每位研究者都会从多个侧面阐释自己观点的合理性，说明自己所言"类型"最终确立的必然性。此时很多的文学理论研究者从历史到现状、从西方到东方、从政治到经济、从文学到哲学、从文化特质到思想演变无一不谈。虽然他们的理论观点、话语资源迥异，但他们的阐释策略却是相同的——在对旧类型分析批判的基础上展开对新类型的设想。因为研究者们都明白，要证明自己对于未来新类型的构想不是一种脱离中国实际的"乌托邦"式的幻想，他们在阐述自己的设想时都必须"脚踩大地"，也就是要对旧有类型进行科学而合理的定性分析。这种定性分析成为研究、讨论新类型时无法回避的基础性问题。而文学理论研究的实际情况也表明，对于旧类型的不同认知必然会导致学者们在新类型的设想上出现分歧，20 世纪 90 年代中国文学理论研究领域内有关现代性和后现代性的争论就说明了这一点。

90 年代有关现代主义与后现代主义的争论和许多 90 年代的其他文学争论一样，都有西方文论思想参与的影子。与后现代主义密切相关的一些西方文论思想其实在 80 年代初就被介绍到中国。其中最早的要数董鼎山发表在 1980 年第 12 期《读书》杂志上的《所谓"后现代派"小说》一文。在这篇文章中董鼎山明确指出了界定"后现代主义"这一概念的困难性："所谓'后现代主义'到底是怎么一回事呢？即连文学作家也觉得难以捉摸。……如果要找根源，我们便会发现这类名词是批评家所创造出来的。但是，批评家之间，学术讨论会中，也意见分歧，不能同意所谓'后现代主义'的定义。"① 而且他还进一步提到："这样看来，连'现代主义'这个定义尚很难找，更不要说'后现代主义'了。"② 在同一年，北京商务印书馆也出版了由李幼蒸翻译的比利时学者 J·M·布洛克曼的《结构主义：莫斯科—布拉格—巴黎》一书。在这本专著中，布洛克曼不但对结构主义各个流派的代表性理论观点进行了介绍和分析，而且还对与后现代主义密切相关的德里达的解构主义思想进行了阐释。更为引人瞩目的是在该书的正文之后，译者李幼蒸还附加了"中译本注释"，其中对德里达所提出的"书写语言学""书写语言""分延""踪迹"等概念以及克里斯蒂娃所阐述的"本文间性"概念都做了介绍。此后，学者袁可嘉分别在 1982 年第 11 期的《国外社会科学》和 1983 年第 2 期的《译林》上发表文章介绍后现代主义，特别是在《关于"后现代主义"思潮》③ 一文中，袁可嘉对于 20 世纪六七十年代美国及其他西方国家的学者对于后现代主义的不同理解进行了简单概括。以上这些与后现代主义相关的专著、论文，在当时并没有引发学界很大的关注，真正使得后现代主义进入中国学人核心视域的标志性事件是 1985 年美国学者弗雷德里克·杰姆逊在北京大学所进行的为期四个月的讲学活动。这次讲学活动往往被认为是西方

---

① 董鼎山：《所谓"后现代派"小说》，《读书》1980 年第 12 期。

② 同上。

③ 袁可嘉：《关于"后现代主义"思潮》，《国外社会科学》1982 年第 11 期。

后现代主义理论大规模进入中国的起点。虽然，后现代主义的重要理论家伊哈布·哈桑在 1983 年就到过山东大学做讲学，但杰姆逊的讲学给中国的文学理论研究领域带来了更为震撼的冲击力。在这次讲学活动中，杰姆逊利用西方马克思主义的相关研究方法，将研究对象扩展到建筑、绘画、音乐、广告等多个领域，并在具体个案分析的基础上指出了在晚期资本主义经济条件下的后现代主义特征。杰姆逊认为资本主义的发展分为三个阶段，分别是国家资本主义阶段、垄断资本或帝国主义阶段、晚期资本主义或多国化的资本主义。与这三个时期相对应的是它们的文化也各有特点，第一阶段的艺术准则是现实主义的，现代主义出现在第二阶段，到二战结束后的第三价段"现代主义便成为历史陈迹"，"出现了后现代主义"，"后现代主义的特征是文化工业的出现"①。对于后现代主义的特征，杰姆逊进一步分析到："而到了后现代主义阶段，文化已经完全大众化了，高雅文化与通俗文化，纯文学与通俗文学的距离正在消失。商品化进入文化意味着艺术作品正成为商品，甚至理论也成了商品；当然这并不是说那些理论家们用自己的理论来发财，而是说商品化的逻辑已经影响到人们的思维。总之，后现代主义的文化已经从过去那种特定的'文化圈层'中扩张出来，进入了人们的日常生活，成为了消费品。"② 此外，杰姆逊在讲学中提到的诸多观点和概念，如"复制"是后现代主义中最基本的主题、"深度模式的消失""历史感的消失"等，对于中国学者的相关研究产生了极其深远的影响。这种影响在某些学者看来甚至是决定性的，以至于有学者感叹："杰姆逊自从 1985 年访华以来，一直成为中国学者追捧的对象，如果说中国有什么'后现代'的话，那么在相当长的·段时间里只存在'杰姆逊式的后现代'。"③ 杰姆逊的讲学结束后其演讲内容被唐小兵翻译成为中文，并于 1986 年由陕西师范大学出版社结集出版。这使得杰姆逊所阐述的后现代主义理论在中国学界迅速传播，甚至在相当长的一段时

---

① 弗雷德里克·杰姆逊：《后现代主义与文化理论——杰姆逊教授讲演录》，唐小兵译，陕西师范大学出版社 1986 年版，第 5—6 页。

② 同上书，第 147—148 页。

③ 曾军：《中国学者为何"背叛师门"？》，《社会科学报》2002 年 11 月 7 日第 5 版。

间里，中国的很多学者都将杰姆逊看成是一位后现代主义理论的布道者，是一位将后现代主义带到中国的"后现代理论家"①。

此后，随着80年代末到90年代初中国社会文化的发展演变，有关后现代主义和解构主义的译介、评析、诠释的文章和著作大量涌现，一时间形成了一股"后学热"。这里面具有代表性的著作、译本有徐崇温的《结构主义和后结构主义》（1986年），王宁等人翻译出版的由荷兰人佛兰克和伯顿斯选编的《走向后现代主义》（1991年），王岳川和尚水选编的《后现代主义文化与美学》（1992年），王岳川的《后现代主义文化研究》（1992年），刘象愚等翻译出版的后现代主义理论家哈桑的论文集《后现代的转向》（1993年），王治河的《扑朔迷离的游戏——后现代哲学思潮研究》（1993年），张颐武的《在边缘处追索——第三世界文化与中国当代文学》（1993年），王宁的《多元共生的时代》（1993年），陈晓明的《无边的挑战：中国先锋文学的后现代性》（1993年），《解构的踪迹：历史、话语与主体》（1994年），赵祖谟主编《中国后现代文学丛书》（1994年），等等。这一时期关于后现代主义研究的文章也逐渐增多。这些文章早期多集中于沈阳的《艺术广角》和北京的《当代电影》两本刊物上，特别是《当代电影》杂志在1990年的第5期、第6期，1993年第1期，1994年第2期都刊发了大量关于后现代主义研究的文章。到90年代中期，经学者王岳川统计："几年内，全国报刊发表讨论后现代主义理论和批评的论文约八百余篇。"② 在这些关于后现代主义研究的文章中，有的学者认为后现代主义已经在90年代"以一种多元边缘的后现代性特征渗入当代文化肌体"，其显著标志是："反乌托邦、反历史决定论、反体系性、反本质主义、反意义确定性，而倡导多元主义、世俗化、历史偶然性、非体系性、语言游戏、意义不确定性。"③ 围绕这些显著的"标志"，

---

① 这一认识直到90年代中后期，特别是2002年杰姆逊再次来华讲演后才出现改观，参见朱立元、王文英于2003年12月发表在《南京师范大学文学院学报》上的文章《杰姆逊不是后现代主义者——略论杰姆逊的基本学术立场》。

② 王岳川：《后现代主义与中国当代文化》，《中国社会科学》1996年第3期。

③ 王岳川主编：《中国后现代话语》，中山大学出版社2004年版，第3—4页。

一些研究者着手分析了 90 年代中国文化、文学的现实情况，得出了在中国现代性已经终结的结论，并指出中国的社会文化正在走向后现代主义这个全新的类型。

在一些学者看来，90 年代的中国出现后现代主义实际是"一种文明情境或文化境遇的超前表征"①，在这其中虽然"外来文化"有着不可低估的推动作用，但其生存的"直接土壤"是"当今中国走向'现代化'引发的经济文化的变动"②，"正是当代中国的政治/经济/文化之间构成的奇特的多边关系"，"决定了当代中国的'后现代主义'可能产生及其显著的中国本土特征"③。具体到文学文本，80 年代末出现的先锋文学特别是马原、格非、余华、苏童、孙甘露等人的作品虽然还能见到模仿、拼接西方后现代文本的痕迹，但已被多数学者看成是后现代主义思想的最佳载体。因为这些作家的作品在语言、叙事结构、价值取向等方面的倾向上确实已经不同于 80 年代的其他作品。而这，在一些研究者看来就预示着一种"转型"的趋势。由于创作过程中的"写作观""语言观"和传播中的"阐释观"出现了转型，因此文学批评和文论研究中的"批评观""价值观"也必然发生转型，这就是一种向"后现代文化批评的转型"④。

对于现代性的终结，研究者也找出了文学文本加以证实。张颐武就认为："《白鹿原》可以说是在一个'后现代'的消费文化的时代中寻找和建构民族史诗的坚韧努力，是在无规范与整体性之时追寻规范与整体性的尝试，也是'现代性'在最后展现自身。"⑤ 这种"最后展现"是对"新时期"文学创作与探索的"集大成"，是在一种曾经辉煌的家族纷争与冲突的结构模式中，展示东方式的神秘宿命，表达一种大叙事中的"人道主义式的悲悯的情怀"，从这些都可以明显看到 80 年代"寻根文学"以及"拉美'魔幻现实主义'"对作品的影响。相对于"后新时期"的文化来

---

① 陈晓明：《无边的挑战：中国先锋文学的后现代性》，广西师范大学出版社 2004 年版，第 29 页。

② 同上书，第 26 页。

③ 同上书，第 32—33 页。

④ 王岳川：《中国"后现代"文化批评检视》，《人文杂志》1995 年第 5 期。

⑤ 张颐武：《从现代性到后现代性》，广西教育出版社 1997 年版，第 307 页。

说，这是一部"过时"的作品，与时代之间存在着某种"不和谐"和"裂痕"①。在这里张颐武所说的"过时""不和谐""裂痕"等就是指从 80 年代末 90 年代初开始，作为中国社会"中心"的"卡理斯玛"（Charisma）解体后，在以往类型中所形成的人性、人道主义、宏大叙事等文学创作的追求与观念已和新的类型——后现代主义无法兼容了。"'精英文化'失落"，"标志着社会的'卡理斯玛'（Charisma）解体"②，此时出现的就是从现代到后现代的转型。此外，也有学者从西方文学对中国文学创作的影响入手，结合从现代性到后现代性的线性演变规律，论证 90 年代中国文学领域的后现代主义对于现代性的取代。如学者朱立元认为："而且，正因为中国的先锋文学是由西方现代主义、后现代主义文学那里引进或嫁接过来的，它们之间确实存在着某种基本的相似性或同质性，这从文学观念、表现手段、叙事抒情方式和审美特征等重要方面都是可以加以比较的。所以，在我看来，把前阶段的中国先锋文学称为现代派、现阶段的称为后现代派是未尝不可的。"③

从以上这些论述可以看出，如果一些学者将旧类型的特征定性分析为"现代性"，那么 90 年代出现的转型只能是后现代性对现代性的更替。但在 90 年代也有很多学者对于后现代主义提出了自己的质疑，其观点大致有二：一是阐述当代中国的现代性并未结束，类型转化不可能是后现代对现代的替换，只能是"前现代"到现代的转型；二是质疑后现代主义本身是否具备成为独立类型的资格，是否具备相应的合法性。前一种对于后现代主义的质疑、反驳以学者杨春时为代表。他认为"整个 20 世纪中国文学和文学思想都未获得现代性"，"还处于前现代水准"④。在此基础之上杨春时进一步指出："90 年代市场经济兴起，中国社会现代化进程加速，中国文论也面临着完全实现现代性的任务。"⑤ 围绕这一问题杨春时从

①　张颐武：《从现代性到后现代性》，广西教育出版社 1997 年版，第 307—310 页。

②　陈晓明：《无边的挑战：中国先锋文学的后现代性》，广西师范大学出版社 2004 年版，第 30 页。

③　朱立元：《关注当代文学中的"后现代"现象》，《文艺理论研究》1993 年第 2 期。

④　杨春时：《百年文心：20 世纪中国文学思想史·绪论》，黑龙江教育出版社 2000 年版，第 9 页。

⑤　杨春时：《中国文学理论的现代性问题》，《学术研究》2000 年第 11 期。

1996 年起发表了《论二十世纪中国文学的近代性》（《学术月刊》1996 年第 12 期）、《试论 20 世纪中国文学的前现代性》（《文艺理论研究》1997 年第 4 期）、《文学的现代性与中国现代文学》（《学术月刊》1998 年第 5 期）、《前现代性的"中国现代文学"》（《文艺研究》1998 年第 1 期）等一系列文章，阐明自己的理论观点。杨春时的阐释策略是先建立自己的有关现代性的概念，然后再分析中国文学理论研究的实际问题。他认为："……现代性既包括世俗的现代性，即现代性的肯定方面，也包括超越的现代性，即现代性的否定方面。"由于文学的审美本质所决定，文学"不属于世俗现代性范围"，而"属于超越的现代性层面"，因此文学理论的现代性："本质上就是对文学的非理性和超理性本质的肯定，对理性主义文学观的否定。"① 而在 90 年代，传统的肯定理性主义的文学理论资源还有广大的市场，理性主义文学观并没有被彻底否定，所以 90 年代中国文学理论的现代性进程尚未完成，并会在与西方后现代主义文论的衔接、借鉴时出现困境。因此中国 90 年代的文论研究只是"前现代性"向"现代性"的过渡，而非后现代与现代之间的转型。

与杨春时反驳现代性结束论的方式不同，学者涂险峰则采用后一种策略质疑后现代主义。他首先详细论述了被一些研究者公认的在 90 年代出现的诸如"启蒙理想和拯救意识的幻灭""主体的解构和深度叙事的消失""大众商品文化的冲击和实用精神的泛滥""价值狂欢和文本游戏"等标志现代主义终结的话语，接着从后现代主义理论自身的结构出发对现代性终结问题提出了疑问。他认为后现代主义存在"反对阐释与阐释的不可避免""表达与不可表达""游戏性与真理性""反主观性与极度主观性""对现实的激进批判与全然认同""多元论与一元论""共时性和历时性"等多方面的悖论，后现代主义本来就具有强烈的"弥散性"，是一个话语的"迷宫"，无法成为一种令人信服的与现代性相对立的新类型，由此来归纳出 90 年代文学理论研究中现代性已经终结的结论具有强烈的"末世论意味"②。

---

① 杨春时：《中国文学理论的现代性问题》，《学术研究》2000 年第 11 期。
② 涂险峰：《当代文学批评中的"现代性终结"话语质疑》，《文学评论》1999 年第 1 期。

在 90 年代，对于那些从正面阐释、积极肯定后现代主义的学者来说，在分析当时中国的社会特征时都会在有意无意间运用杰姆逊在 1985 年的讲学中提到的观点、理论，特别是在 90 年代的中前期，杰姆逊的影子显现得更为明确。即使是身处于文学研究领域的学者，也是如此。如很多文论学者将自己的研究对象、研究范围扩大，他们通常会以文学文本作为切入口展开分析，并将电影、电视剧纳入到自己的关注视野中，探讨"第 × 代"中国导演与 80 年代电影在艺术风格方面的差异，研究某一类电视剧（如与王朔相关的电视剧）或某一部电视剧（如《渴望》《北京人在纽约》等）在中国流行的文化因素，从而达到对后现代主义的解码并以此验证后现代主义在中国大地的活力。这种以某个具体的文化现象为支撑点，引申后现代主义文化特色的论证方法是杰姆逊在 1985 年的北大讲学中所惯用的方法。受杰姆逊的影响，90 年代的一些学者还将消费看成是后现代主义的最显著表征，而由消费演化出的消费文化又能恰当地将经济体制的改革、文化工业的出现等现象串联起来，形成一条稳定的逻辑链条：经济体制的改革促使经济繁荣、市民的生活水平也得到了提高，而经济的繁荣让 90 年代的中国社会产生了消费文化，最终使得社会文化转型——中国社会开始向后现代主义变迁。90 年代在中国宣扬后现代主义的学者通常都喜欢从文化的角度入手研究中国社会的转型，但反对后现代主义这个术语的学者却更擅长于将后现代主义与更深层次的某些问题建立隐秘的对应关系。如学者孙绍振在 1994 年就指出："后现代主义是一头蚕食现代精神价值的怪兽。它用颠覆、抹煞和语言游戏等激进的方式，对所有神圣的价值秩序进行了无情的打击，从而抵达了一种'无深度的平面'的临界点。这样，以反命名、反建构为特征的不确定性、非中心化、零散化等后现代瓦解策略就大量增殖，使在场的确定意义根本缺席，历史意识、深度性、主体性等也遭受到彻底的驱逐。所以说，后现代主义是信仰普遍沦丧之后的产物，是对当下技术主义时代的冷漠性的一种迎合，从而令我们想起韦伯所说的'工具理性'对人文精神的丰满性的榨干。"① 接着他进一步指出：

---

① 孙绍振：《"后现代"之后》，《小说评论》1994 年第 6 期。

"后现代学说充满虚无主义的思想色彩和走极端的怀疑主义精神，它的出现，无论在西方，还是在中国，都是一场令人震惊的文化灾变。"① 在孙绍振的笔下，后现代主义与人文精神的"榨干"、技术时代的"冷漠"、信仰的"普遍沦丧"直接关联，而且后现代主义不但能蚕食"现代精神价值"，还能解构一切"神圣的价值秩序"，是一场名副其实的具有极大摧毁能力的"灾变"。孙绍振对于后现代主义的解读并不能让所有人信服，陈晓明就说这实际是孙先生的一种"情绪化激愤"②。这么说的原因其实很简单，孙绍振文章中提到的"榨干""冷漠""普遍沦丧"等内容在20世纪西方现代派的文学作品中都已有了充分的展现，而且很多表现类似主题的作品出现的时间要明显早于后现代主义在美国的诞生时间。到底是后现代主义导致了诸多的"榨干""冷漠""普遍沦丧"，还是"榨干""冷漠""普遍沦丧"造就了后现代主义？令人疑惑。

与孙绍振一样，学者贺奕也对于后现代主义展开了批判，而且他的批判要更为全面而彻底，也更为尖锐。他指出中国的后现代主义学者是拾人牙慧，追逐的"潮头"实际是西方文化泛起的渣滓和泡沫，90年代的中国根本没有什么后现代主义，而那些被后现代主义学者津津乐道的所谓带有后现代特色的文化现象，"完全是中国文化的消极面在特定历史条件推拥下发动的一场全面复辟"③。他还进一步指出："今天，后现代论者们正在将本已迷失方向的中国文化推上绝路。他们要消解的、恰恰是中国根本匮乏而又迫切需要的东西。"④ 1995年，贺奕又发表了文章《群体性精神逃亡：中国知识分子的世纪病》，进一步分析后现代主义在中国的危害。在文中，他写到："必须承认，借用'后现代主义'的一系列原则，对于主流意识形态的霸权地位确实具有巨大的冲击和瓦解作用，在一定的历史阶段，这种作用甚至必不可少；然而，由于缺乏某种终极性的价值体系作为依托，这种作用最终将流于短促狭隘和浅薄。中国后现代论者鼓吹的某

① 孙绍振：《"后现代"之后》，《小说评论》1994年第6期。
② 陈晓明主编：《后现代主义·导言》，河南大学出版社2003年版，第5页。
③ 贺奕：《不幸的类比："后现代主义"理论的中国市场》，《当代作家评论》1993年第5期。
④ 同上。

些观念, 诸如拆除深度, 追求瞬间快感, 往往包藏着希求与现实中的恶势力达成妥协的潜台词, 主张放舍精神维度和历史意识, 暗合着他们推诿责任和自我宽恕的需要, 标榜多元化, 也背离了强调反叛和创新的初衷, 完全沦为对虚伪和丑恶的认同, 对平庸和堕落的骄纵。令人可悲的是, 这些观念于他们不仅是文化阐释估评的尺码, 更上升为一种与全民的刁滑风气相濡染的人生态度。"① 在这篇文章中, 贺奕在梳理 20 世纪中国知识分子思想状况的基础上, 提出了 "世纪病" 的观点。看到 "世纪病" 这几个字, 就不由让人想起在 18 世纪末至 19 世纪初的西欧文坛上, 出现的一批描写 "世纪儿" 的作品, 如歌德的《少年维特的烦恼》、缪塞的《一个世纪儿的忏悔》、塞南古的《奥培曼》、夏多布里昂的《勒内》、拜伦的《恰尔德·哈洛尔德游记》等, 这些作品的主人公性格相似, 都自处于一种忧郁、苦闷、孤独的病态精神世界, 法国作家缪塞将这种精神状态称之为 "世纪病"。而在贺奕笔下的 "世纪病" 却是指 20 世纪中国知识分子的一种 "群体性精神逃亡"。他认为 20 世纪的中国知识分子有三次 "逃亡", 前两次分别发生在五四以后和 40 年代末到 70 年代之间, 第三次 "逃亡" 则从 80 年代末 90 年代初开始。而且这三次 "逃亡" 有共同点, 即: "比较短短百年中国知识分子三次精神大逃亡的轨迹, 我们可以发现一个共同特征, 即历次逃亡均以现实情境的逆转为先导和标志。每一重大政治事件的发生, 同时也是知识分子群体思维方式蜕变的起点。"② 具体到后现代主义, 贺奕认为: "'后现代主义' 思潮何以能在中国文化界流毒广布, 其原因远比我们匆匆作出的判断要复杂。追溯起来, 首先我们无法回避文化大革命给所有中国人留下的心理后遗症。"③ 贺奕的这些论述让人看到了一种企图, 即在宏观的角度强力建立起后现代主义与政治领域的联系, 强化关于后现代主义争论的政治性。但贺奕的阐述也有让人疑惑的地方。后现代主义者散布 "流毒", 是为了和 "现实中的恶势力" 达成妥协, 那这个 "恶势力" 究竟是谁? 或者是哪个群体? 贺奕没有告诉我们。多元化

---

① 贺奕:《群体性精神逃亡: 中国知识分子的世纪病》,《文艺争鸣》1995 年第 3 期。
② 同上。
③ 同上。

可以导致知识分子"背离"反叛和创新、"认同"虚伪和丑恶，其理由是什么？作者也没有明言。所以，面对这样的责难陈晓明只能表示："对后现代的批判看上去更像大胆的指控和缺席的审判，批判从来不指名道姓，没有具体的文本，没有任何具体的事例，假想的后果被当成既成事实，毫不留情地栽到后现代的身上。"① 在90年代，围绕现代性与后现代主义的争论还有很多。在这些争论中，许多学者反对、批判、质疑后现代主义的言论很容易让人能体察到他们心中的一种忧虑，这就如学者张旭东所说："实际上，那些反对后现代主义这个术语在中国出现的人坚持认为：中国后现代主义及其倡导者们通过借用或（再）生产那些（源于西方的）拟像（simulacra），正在危险地遮蔽中国社会、经济、政治的紧迫感，他们将后者视为现代性。"②

当然，我们不能否认的是出现这些争论也和后现代主义这个概念本身的特性有关。在这个概念进入中国的初期——董鼎山1980年发表的文章中——学者就明确指出了界定后现代主义的困难性，这好似就为围绕后现代主义这个概念而出现的诸多争论埋下了伏笔。后现代主义本来就是一个包容性很强的概念，可以有很多完全不同的理解，不要说是在中国，就是在这个概念的原产地北美地区也都会在所难免地出现各种各样的争论。由于在理解后现代主义这个概念的时候存在着杂语共生的现象，所以很多文化现象、文学文本在不同学者的论述中可能会存在截然相反的表述。即使是面对同一个文本，有的学者可能会说它具备后现代主义的特色，有的学者却会表示它只具备现代性的特质。

如针对陈忠实的小说《白鹿原》，张颐武认为："而它在读者中的反响却很大程度上是以其'雅'文学的定位获得的，买一本《白鹿原》不会如买一本《废都》一样，有打破禁忌的可能，而是买到了一种'雅'文化，从而进入了隐秘的知识分子的圈子之中。这本精心撰写的、多少有

---

① 陈晓明主编：《后现代主义·导言》，河南大学出版社2003年版，第6页。
② 张旭东：《全球化与文化政治：90年代中国与20世纪的终结》，北京大学出版社2014年版，第147页。

点沉闷的巨著恰恰变成了'后现代'文化消费的一件不可缺少的消费品，一件古董，一幅说明品味的油画，一个'高雅'文化的代码。"① 但有的学者却认为《白鹿原》中所极力突显的民族秘史、人道人性和后现代主义所说的解构中心、瓦解英雄、削平深度完全没有关系。而且，说购买了《白鹿原》，就是购买了"雅"文化，掌握了进入所谓"隐秘的知识分子圈子"的门票，只能更加证明中国后现代主义学者所宣扬理论的虚妄性。读者购买《白鹿原》都是为了进入知识分子的圈子？买一本"雅"文学的"代表性"作品《白鹿原》就是文化消费，就能附会到文化工业？如果真是这样，那中国知识分子们的"圈子"也太廉价了，中国的文化工业都不知道出现多少年了。对于这一现象，学者戴锦华就曾这样评论："颇为反讽的是，对后现代理论的热情传播与对'中国后现代主义'艺术实践的狂热命名，成就了90年代中国的另一种具有总体性的权威叙事。不仅在所谓告别现代、迈步进入后现代的线性历史描述的意义上，而且通过不加辨识、不予详述的方式，对所有出现90年代文化视野中的新人、'新'现象，一律冠以'后现代主义'光环：除却我们已讨论过的'边缘'、先锋艺术，出生于60年代的、明显带有灰色写实主义特征的小说写作，在'新状态'、'新体验'、'新生代'的标签下，被归之于'后现代'；良莠不齐的'第六代'故事片创作、具有鲜明大众文化特征的流行电视连续剧被归之于'后现代'；女性的自传性的个人写作被归之于'后现代'；在复兴的文化经纪人的策划下，批量生产的通俗长篇小说被归之于'后现代'……如此等等，不一而足。"② 由此看出，在同样一个后现代主义的标签下，对于90年代中国社会中出现的诸多文化现象，学者们的认识很难统一达成共识。但恰好正是这种没有共识的境况，被一些后现代主义的学者称为是后现代主义必然会带来的多元化结局，而这种境况又会被当成是后现代主义在中国存在的合法性证明。后现代主义在90年代的中国所引发的争论除了和其概念本身的特性有关外，还和它在中国遭遇到的特殊

---

① 张颐武：《从现代性到后现代性》，广西教育出版社1997年版，第311页。
② 戴锦华：《隐形书写——90年代中国文化研究》，江苏人民出版社1999年版，第232页。

情况有关。"现代性与后现代主义"是一组在西方社会出现有先后、传承有体系的概念，但在中国它们却几乎是同时被国内学者所认识。在八九十年代，要研究现代性可能就会接触到后现代主义的概念，要讨论后现代主义必然伴随着对现代性认识的深化。于是，现代性是什么？后现代是什么？它们又有怎样的关系？诸如此类的问题困扰着很多中国学者，也进一步使得相关争论更加复杂。如果我们能舍繁就简分析 90 年代关于现代性和后现代主义的争论，可以发现这一争论实际包含了两个方面的问题，一是现代性的文学理论研究在中国是否已经真正终结；二是即使是现代性终结了，那替代它的是否就一定是后现代，或者说一定就是西方式的后现代主义文论研究？若将这两方面的问题放入转型阐释的语境中，我们就可以明确，一方面对于现代性"终结"的质疑是前面所论述的类型替换未完成性的证明；另一方面也说明在文学理论研究者的心目中，文论研究的转型必须有一个明确的目的地，虽然对于这个目的地到底在哪里大家各有看法，但变化的最终结果是新的文论研究必然具备不同以往的"类型"属性。由此可以看出，文学理论研究中的转型强调的是一种类型变化，这就如同在一些学者眼中欧美文论研究中出现的后现代主义对现代主义的替换，都是一种根本性的改变。

# 四 延续还是断裂?转型阐释的局限性分析

转型一词的广泛运用在一定程度上揭示了中国 90 年代文学理论研究的特征，说明 90 年代的文学理论研究存在一种"类型"发生改变的演进过程。在这一过程中，无论是文学理论研究的外部环境还是内部的话语资源，无论是研究主体还是客体，与 80 年代相比都出现了一种根本性的但又未完成的改变。准确把握这种改变成为一些学者开展 90 年代文论研究的基础，而这种转型也成为 90 年代许多文学争论出现的内在根源之一。但是，只强调转型，只关注"变"，也会给我们的认识带来明显的局限性。其主要表现在两个方面，一是它以简单的二元对立思维模式思考问题，将 80 年代与 90 年代的文学理论研究完全对立，并将 80 年代的理论研究当成是决定 90 年代研究的不在场的"他者"；二是转型一词力图用一个"变"字涵盖 90 年代文学理论研究的一切，忽视了其他未发生变化或变化较小尚未达到类型式变化的一面。

## (一) 二元对立思维

在文学理论研究领域很多学者频繁使用转型概念，其提出的前提是将 90 年代与 80 年代当作两个相互对立的时间段，使二者之间形成一种简单的二元对立，并在这种二元对立的思维模式下论述 90 年代的文学理论问题。

在这一框架下，文学理论研究中随处可见诸如启蒙主义与放弃启蒙、主体性高涨与主体性黄昏、宏大叙事与私人话语、现代与后现代、人文精神与消费主义等等一系列具体的二元对立内容。虽然有研究者也指出他们所阐述的"转型"并不是一种"断裂"，八九十年代之间没有一种"断层"，但在具体的分析论述中多数研究者为了强调 90 年代出现的"类型"

式改变，就忽略了转型的渐进性、过渡性以及转型尚处于未完成状态的具体现实。他们在论述转型时突出了"变"，但没有将90年代的文学理论研究放置到整个中国文学理论研究的大环境中去思考，割裂了90年代文学理论研究与20世纪乃至与中国其他各个时期文学理论研究之间的联系。特别是90年代初期，在知识分子的论述中把一种历经某种改变而引发的强烈心理振动表现得十分明显。例如有的研究者为突出1989年的政治风波对于中国社会以及知识分子的影响进而提出了"后89时代"的观点。这种观点将1989年看成是一个对立转折的关键点，从而使80年代与90年代的二元对立获得了合法性身份。这样的表述，在很多时候实际都是一种情绪表达占主导地位的陈述，没有经过谨慎、详密的理性思考。而且，这其中还隐含着一种人将自己亲历事件的影响力无限扩大化的情结。为了让80年代与90年代能成为一组二元对立式的时间概念，有的学者会在社会生活的政治领域寻觅根源，而有的学者则期望在文化领域找到"征兆"。如学者张颐武就把1989年2月在中国美术馆举行的"中国现代艺术展"和1989年3月诗人海子的卧轨自杀两件事串联起来追问中国90年代的文化潮流，他指出："这两个具有象征性的事件是一个明确的界限，使新时期话语的许多关键性原则受到了震撼和质疑。它们是一次告别，一次洗礼，一个突发性的断裂，一个象征性的界限。它们不仅仅意味着'新时期'文化的终结，也意味着'现代性'伟大寻求的终结。"① 张颐武对于"告别""洗礼""断裂""界限"等词汇的使用，其目的很明确，就是要推导出一种"终结论"。这种"终结"不仅是时间层面的，而且还涉及社会生活的更深层结构，由此而在80年代与90年代之间建立"终结与开端"的二元对立也就顺理成章了。在90年代，当我们听到诸如此类的"终结论"的宣告声时，当然会感到振聋发聩、眼前一亮，但现在回想起来，我们从中更多体察到的却是些许的急迫，一种学者们要急于宣告一个"全新"时间段已经开始的迫切心理。

---

① 张颐武:《新世纪的声音》，选自《今日先锋》一书，生活·读书·新知三联书店1994年版，第106—107页。

　　面对中国社会 80—90 年代纷繁复杂的现实，90 年代前期的很多学者却喜欢用极其简化的二元对立思维解答一切，其原因除了前面提到的情绪化表达、心理上的急迫、焦虑外，还和知识分子对自我的反思相关。在 90 年代初期的文学研究、文学争论中存在着一个较为普遍的现象，即知识分子对自我身份、自我价值进行了再一次的解析（如有关人文精神的讨论）。在有的学者看来，这种自我剖析，实际是一种"自恋情结"，学者刘康就曾指出："……另方面是关心自我，甚至关心自我的程度超过了对社会的关心。老是想我从启蒙者变成什么都不是，我应该怎么办，这种关心，说不客气点，象（像）自恋情结。这种关心对于社会的发展，对中国和世界所面临的真正的社会问题，是不是有影响，借用人文精神失落的说法，是不是也是一种'遮蔽'，即对自己的关心遮蔽了对现实复杂矛盾和冲突的关心。"① 进入 90 年代后，一些知识分子明显感到自己已经逐步远离启蒙的中心，并被挤出了众声喧哗的"广场"，此时一些人必然会产生失落、寂寞感，甚至是怀疑自己，因而对于自我进行反思和剖析是绝对必要的。但"自恋"式的反思只会让人更多地关注自身而不是现实，并有可能最终导致学者失去理性的冷静和关注现实问题的热情。所以当大家面对盘根错节的现实境况时，有的学者可能会心不在焉，有的学者可能会力不从心，从而使得采用简单化的二元对立式的思考方式解答疑惑成为一些学者最有可能作出的选择。

　　此外，为了突出 90 年代的与众不同，突出文学理论研究领域里出现的一种类型式改变，许多新词被研究者们不断地创造出来，如"后新时期""新写实""新状态""新体验""后寓言""后乌托邦"等等。有学者就指出此类现实实际是一种在"迷信大概念的气氛"和"人云亦云的习惯"支配下的"命名暴力"②。这些概念要么是对西方文论概念的移植与刻意模仿，要么是学者们脱离现实的主观创造，但它们具有共同点，即："大概念的粗制滥造表明，许多批评家对于'中国问题'的复杂程度

---

① 刘康、王一川、张法：《中国 90 年代文化批评试谈》，《文艺争鸣》1996 年第 2 期。
② 南帆：《理论的紧张》，上海三联书店 2003 年版，第 181 页。

估计不足。他们没有耐心清理当下文化环境之中的多重关系网络，不想面对或者倾听不同话语系统的'众声喧哗'，并且根据这些话语系统组成的光谱制定相对的理论战略；相反，他们往往企图攫取一个覆盖一切的大概念，撇开无数纷纷扰扰的细节而在某一瞬间一锤定音。"① 例如一批在 90 年代集中涌现的以"新"打头做定语的概念，在学者南帆看来这些概念的创造者选择"新"字构造理论术语"绝非偶然"，他指出："这些概念共同体现了批评家对于'新'的崇拜，这表明了'进化论'视域的强大控制。在这里，'新'已经同时包含了肯定的判断，'新'也就是'好'的同义词。"② 从"旧"到"新"是一个非常清晰而简洁的线性发展过程，而也由此构成了一组由"新"和"旧"的对峙形成的二元对立关系。这一关系在理论阐述中是清晰的，也是简洁的，但它太简洁了，以至于用它来对应 90 年代中国文学理论研究的复杂状况时，就显得过于单薄，甚至是"粗制滥造"的。南帆在文章中就曾质疑："相对于'新状态'的'旧状态'指谓什么？'体验'能不能经历某一个神秘的时刻而划分出'新'、'旧'之别？"③ 90 年代出现的这些以"新"为开头的文论术语能带给我们什么？可能更多的是一种对于研究者在构造术语时体现出的语言游戏能力的敬佩，而不是沉甸甸的理论内涵。再如学者戴锦华在分析 90 年代中国的"后现代"命名时，也曾提到："而所谓'后现代'的 90 年代、'现代'的 80 年代的叙事，同时对应着一种文化道德主义的价值判断：90 年代 = 真、善、美，80 年代 = 假、恶、丑。于是，不是对一个渐趋多元、中心离散的文化现实的勾勒，而成就了一幅无差异的全景鸟瞰图。"④ 从戴锦华的分析我们就能体会到"后现代"在一些研究者笔下的妙用，一方面它可以将中国 90 年代复杂的社会文化成功遮蔽，用"无差异"的全景概括将现实简单地呈现在人们面前；另一方面，它又可以使 90 年代与后

---

① 南帆：《理论的紧张》，上海三联书店 2003 年版，第 180 页。

② 同上书，第 179 页。

③ 同上书，第 180 页。

④ 戴锦华：《隐形书写——90 年代中国文化研究》，江苏人民出版社 1999 年版，第 232—233 页。

现代、80年代与现代建立起一一对应的关系，以体现90年代与80年代的区别，从而扶植起两个十年间的二元对立关系。总体看来，在二元对立思维模式的影响下，文学理论研究领域的一些研究者制造出了大量的以"新"和"后"开头的概念，而这些概念的提出又能很好地印证80年代与90年代间的二元对立是真实存在的，从而形成了一个看似严密的论证循环。而当时的一些研究者如此钟情于二元对立式的思维方式，其原因很简单，就是要证明90年代以类型替换为核心的转型不但存在，而且在文学理论研究中它还处于统治性的位置。

90年代以来文学理论研究是发生了变化，但其烈度究竟有多大？不要说其他，就是在20世纪的中国，80年代与90年代之间出现的改变能比得上五四前后、1949年前后、文革结束前后出现的变化吗？一些研究者将80年代与90年代对立起来，不断指出在文学理论研究领域两个十年之间的巨大差异，使80年代成为决定90年代文论研究的一个不在场的"他者"。有了这个"他者"的支配，90年代的文学理论研究可能恰恰难以获得突破，难以产生根本性的变化。与中国文学研究漫长的历史相比，90年代的十年只是短短的一瞬，特别是相对于文学理论这类遵循循序渐进发展轨迹的学科研究而言，更不会在这么短的时间里出现质变。文论研究的实际情况也证明了这一点。到了90年代的中后期，多数学者已经能够冷静理性地在更为广阔的视野范围里，将文学理论研究的问题放置到本土环境中去探讨。并且，研究主体在一定程度上能做到通过纵向和横向的双向度比较，结合90年代文学研究的实际来论述问题。许多研究者在讨论问题的过程中，不再刻意强调所谓的80年代对于90年代文学研究的决定作用，也不再将80年代和90年代看成是两个相互对立的时间段，从而有效地突破了二元对立思维模式的束缚。

（二）单一化定性趋势

90年代的中国社会是复杂的，发展的不平衡性可以说在中国的任何角落都能找到。这也是许多学者公认的事实。特别是在文学理论研究领域，研究者要面对古今中外的多重话语资源，研究的侧重点不同，使用的话语体系不同，其研究结果必然迥异。在这种纷繁复杂的实际情况下，不可能只用简单的"转型"一词就可以涵盖一切。特别是文学理论的研究在很大程度上与社会的变革发展不是同步进行的。文论研究经常体现出的是前瞻性或滞后性，很少出现与社会变革、社会发展步调一致的情况。外部环境的改变当然会引发文学创作的新变进而引起文论研究的变化。但做为一种复杂的人类活动现象，文学理论研究有着自己的发展规律，不可能由于某种外在改变而引起自身根本的整体性变化。转型阐释突出了 90 年代文学理论研究中"变"的一面，却忽视了其中没有变化或变化很小的另一面，这是一种以偏概全，是对 90 年代中国复杂现实的单一化定性。实际情况是在 90 年代中国的文学理论研究领域，某些方面并没有出现根本性的类型式转变。

第一，在文学理论研究的政治维度方面根本性变化难觅踪迹。在 90 年代，政治因素对于文学理论研究领域的积极介入、强力渗透的现实并没有出现变化。虽然有的学者认为 90 年代文学研究已经摆脱了意识形态的外在干扰，走上了独立发展之路，文学理论开始走向自身、走向自律，获得自主性，而且一些具体的研究情况似乎也证明了这一点。例如，有学者认为"审美意识形态论"的出现使文学彻底摆脱了"工具论"，摆脱了政治的从属地位；还有研究者指出 90 年代在文学理论研究领域出现的诸多研究热点，其问题的提出以及探讨过程都有一种与政治无关的学者"原发性"，以往在文论研究中处处可见的强力推手——政治因素，在 90 年代很少现身。从某种意义上而言，情况的确如此。在 90 年代开始之前的几十年，中国的文学理论研究经常能看到政治直接参与的影子。在很多关于文学理论问题的争论中，政治因素表现出了强大的控制能力，它可以开启一个文论问题的研究，也可以把控其研究进程，也可以给出明确的结论、终结其研究历程。例如关于"形象思维"的研究就是如此。学者尤西林曾经这样评价"形象思维"这个概念："随着专政意识形态时代的结束与艺术的日趋自在独立，'形象思维'这一术语已成为历史而失去了它存在的根据。"①"形象思维"，一个具有"内在悖论"、在当下已经失去"存在根据"的文

---

① 尤西林：《形象思维论及其 20 世纪争论》，《文学评论》1995 年第 6 期。

学理论概念却在中国三十年的时间里引发两次大范围的讨论，这里面意识形态的强大作用力不可忽视。关于"形象思维"的第一次大讨论出现在 1955 年至 1966 年间。其出现的原因，一方面涉及当时的学者对于三四十年代中国文艺界关于"形象思维"概念研究的继承问题，但另一方面，也是更重要的一方面，却是五六十年代的研究者对于苏俄时期有关问题争论的延续和移植。由于受到外部环境的制约，当时的文论研究者所能接触到的理论资源、话语体系较为单一，所以苏俄学者对于"形象思维"的研究和争论必然会成为中国学者竞相学习和模仿的对象。但随着中苏关系的破裂，来自苏联的很多文艺思想开始逐步受到质疑，而第一次关于"形象思维"的争论，其结束就与此有密切的关联。这次争论的落幕在有的学者看来颇具"戏剧性"①，因为它结束的标志是郑季翘所发表的文章《文艺领域里必须坚持马克思主义的认识论——对形象思维论的批判》。在这篇文章中郑季翘指出："这个理论断言文艺作家是按照与一般认识规律不同的特殊规律来认识事物、进行创作的。正因为如此，每当某些文艺工作者拒绝党的领导、向党进攻的时候，他们就搬出形象思维论来，宣称：党不应该'干涉'文艺创作，因为党委是运用逻辑思维的，而他们这些特殊人物却是用形象来思维的。"而且，他还进一步分析到："经过研究，才知道：所谓形象思维论，不是别的，正是一个反马克思主义的认识论体系，正是现代修正主义文艺思潮的一个认识论基础。"② 郑季翘的文章，已经"超出了正常的学术讨论"范围，是"一篇来势凶猛的政治讨伐"，它实际是运用了"意识形态的霸权"③ 结束了关于"形象思维"的第一次讨论。关于"形象思维"的第二次大讨论开始于 1977 年年末，而这次讨论的开启同样具有浓厚的政治色彩。1977 年 12 月 31 日《人民日报》以一个整版的篇幅刊登了毛泽东于 1965 年 7 月 21 日写给陈毅的信，在这份手稿中毛泽东有三处提到了"形象思维"这一概念。这在当时引发了巨大的社会轰

①  刘欣大：《"形象思维"的两次大论争》，《文学评论》1996 年第 6 期。

②  四川大学中文系资料室：《形象思维问题（资料选编）》，四川人民出版社 1978 年版，第 203 页。原文刊载于 1966 年第 5 期的《红旗》杂志。

③  孟繁华：《中国 20 世纪文艺学学术史（第三部）》，上海文艺出版社 2001 年版，第 267 页。

动效应，诱发了红遍全国的"形象思维"大讨论。参与此次讨论的人员之多、其影响范围之广，在中国当代的文学理论研究史上都是叹为观止的。《人民日报》在1977年年底刊发毛泽东的信，其背后就有着明确的政治考量。在"文革"期间，极左的文艺政策将"形象思维"与苏联修正主义之间划上等号，从而否认"形象思维"地存在。但现在适时刊发毛泽东支持"形象思维"的表述就可以完全证明"四人帮"的谬误，而这也是肃清"文革"流毒的最有效的方法之一。到1986年前后，关于"形象思维"的第二次大讨论逐渐走向尾声。"形象思维"的第二次大讨论在此时结束，并不是说关于"形象思维"这一概念在学术界已经形成了共识，没有争论的必要了，其结束的原因是多重的。其中和政治因素相关的原因在于，一些文论研究者发现了一个更具敏感性的文论话题，或者说见到了一个可能在政治上存在"更大问题"的文学理论命题，这就是学者刘再复于1985年底提出的文学"主体性"。由此也可以看到，在80年代，由于意识形态的原因文论研究者们的研究重心可能会发生快速的位移。

　　类似于"形象思维"两次大讨论的文论研究现象在90年代的确不存在，但这并不能说明90年代的文学理论研究已经完全摆脱了政治维度，没有了意识形态的参与。强调90年代的文学研究获得了所谓的自主性，可以脱离政治因素而"纯洁"的存在，只是一种很难成为现实的美好愿望。因为在任何社会形态、社会制度中，占统治地位的意识形态为维护自己的统治都不会放弃对文学研究的控制与监督，其区别只在于方式方法的不同。当中国社会进入到90年代后，政府为适应时代的新需要改变了以往的策略，不再直接发动文学问题的讨论，也不再直接为文学讨论当法官，而是退居幕后间接影响，且其介入的方式方法也呈现出多样化的趋势。这种介入方式方法的多样化表现为从以前单纯的主导研究方向、规定研究范围、为研究成果定性的简单方式变为加强文学理论研究资源的宏观管理，公布了"社科基金项目"鼓励学者积极"投标"，加大政府奖项的授奖范围和力度，并将这些与学者自身的物质利益紧密联系，从而通过政府计划和利益杠杆的双重手段介入文学理论的研究。特别是设立于1991年的全国哲学社会科学规划办公室负责管理的国家社会科学基金，在对文学理论研究的控制与监督方面起到了明确的示范作用。有了国家社会科学基金这个参照物，那么各个省区市，甚至是一些国务院部委机构，都可以通过模仿建立起相应的课题管理体系，从而形成一张巨大的控制网络。在这个网络中，各个管理机构先是通过制定题目引导学者研究的注意力，而公布的项目内容又都和社会主义思想文化建设、马克思主义哲学以及中国的社会现实紧密结合（当然，学者也可以根据自己的兴趣或专长自建课题项目提出申请，但其如果与相关项目的管理制度或主导思想及其体现出的规定性有较大的距离，是难以得到相关机构的资助的）；并与之相配套的建立起了学者自主申请，主管单位审批，专家审核的管理系统，从而加强了各类资源的宏观管理。而且，这些课题的申请立项、结项评比，都匹配着相应的行政级别，并与学者的职称晋升、奖金工资的发放密切联系，从而使得90年代的文学理论研究者溶入到了一条完全不同于以往的知识生产流水线。

　　学者孟繁华在梳理中国20世纪50年代到70年代的文艺学学术史时就曾指出："在当代中国，文艺学的发展同政治文化几乎是息息相关的，或者说是政治文化规约了文艺学发展的方向。它虽然被称为是一个独立的学科，并形成了较为完备的知识体系。但是，从它的思想来源、关注的问题、重要的观点等等，并不完全取决于学科本身发展的需要，或者说，它也并非完全来自对文学艺术创作实践的总结或概括。"①　"当代文艺学的建立和发展，也就是这一学科的学者在政治文化的规约下，不断统一认识、实现共识的过程。"②　虽然孟繁华的论述直接针对的是中国50年代到70年代的文艺学学术史，但将这些论述放入90年代也同样适用，因为这就如伊格尔顿所说，文学批评是一种政治批评，"文学理论一直就与种种政治信念和意识形态价值标准密不可分"③。面对文学理论研究与政治的复杂关系，伊格尔顿提出："文学理论不应因其政治性而受到谴责。应该谴责

---

　　① 孟繁华：《中国20世纪文艺学学术史（第三部）》，上海文艺出版社2001年版，第7页。
　　② 同上书，第9页。
　　③ 特雷·伊格尔顿：《二十世纪西方文学理论》，伍晓明译，北京大学出版社2007年版，第196页。

的是它对自己的政治性的掩盖或无知，是它们在将自己的学说作为据说是'技术的'、'自明的'、'科学的'或'普遍的'真理而提供出来之时的那种盲目性，而这些学说我们只要稍加反思就可以发现其实是联系于并且加强着特定时代中特定集团的特殊利益的。"① 文学理论研究与政治的关系复杂而紧密，在政治强大的影响力和控制力面前文学理论研究只能俯首帖耳。这并不是说文学理论不想具有自主性，只是在政治的眼中凡是它可利用的，它都不会放过，因而文学理论研究也不会独善其身，成为一种和特殊利益无关的具备非政治性的"纯洁物"。此外，90 年代的文学理论研究无法脱离政治的维度，还和文学理论自身所具有的"寄生性"相关。学者余虹指出："严格说来，文学理论自身并无理论，它只是对形形色色理论的运用，是这些理论的影子。"② 也就是说，古往今来我们能见到的所有文学理论体系，其实都是文论研究者借用其他学科，或是哲学、或是社会学、或是伦理学、或是神学、或是社会学、或政治学、或历史学、或语言学、或心理学，来建立、拓展文学理论研究的疆域。离开了其他学科的知识体系，文学理论很难独立存在，它是一种寄生于其他学科知识当中的理论体系，这就是文学理论的寄生性。在余虹看来，文学理论的寄生性是由其研究对象决定的。文学理论的研究对象是文学，而文学本身就是一个复杂的集合体，综合了多个层面。当然，其中肯定包括政治因素。既然做为文学理论研究对象的文学都无法远离政治，那么 90 年代文学理论研究中的政治维度就不会发生根本性的改变。所以，断言 90 年代文学理论研究中的政治干预减弱了，或者直接说政治维度消失了，实际上都是"神话"，是"一个更加有效地促进了文学的某些政治用途的神话"③。

　　第二，大众文化对文学的影响没有发生彻底的变化。一些学者在讨论 90 年代中国社会的文化特质时，都会提到 90 年代的大众文化直接改变了

---

　　① 特雷·伊格尔顿：《二十世纪西方文学理论》，伍晓明译，北京大学出版社 2007 年版，第 197 页。
　　② 余虹：《文学理论的学理性与寄生性》，《文学评论》2007 年第 4 期。
　　③ 特雷·伊格尔顿：《二十世纪西方文学理论》，伍晓明译，北京大学出版社 2007 年版，第 211 页。

中国文学的外在语境，因此 90 年代文学理论研究的外在语境也相对应地发生了改变，并与 80 年代迥然不同。所以大众文化被一些学者认为是 90 年代社会转型、文化思潮改变的最佳例证。从学理渊源来看，大众文化本身就是一个歧义丛生、界定困难的概念，在这里本书借鉴了学者陶东风关于大众文化的观点而展开阐述。陶东风认为大众文化（mass culture）和流行文化（popular culture）之间有着明确的区别。流行文化是一个广义的概念，它的形态经历了历史的变化，在现代工商业社会以前，已经存在各式各样的流行文化。而现代大众文化则专指："以电子传播手段、以商业为主要目的的流行文化，是社会工业化、都市化、商业化、技术化的产物。"① 如果以这一界定为衡量标准，我们可以看到在中国社会中早已形成的以消费为核心的大众文化发展到 90 年代并没有出现本质变化。学者戴锦华就认为："从某种意义上说，在现、当代中国不同的历史阶段，'大众'文化始终在通过不尽相同的途径或隐晦或直接地作用于中国社会，只是由于某种文化的'视觉误差'的存在，使它长期以来成了文化视野之外的盲区。而 90 年代尤其是 1993 年以降，'大众'文化的迅速扩张和繁荣，以及它对社会日常生活的大举入侵和深刻影响，使得我们无法对它继续保持可敬的缄默。"②

可以说大众文化不是 90 年代才出现的新鲜事物。在 80 年代初，跟随着改革开放的步伐，一些具有文化工业性质的消费性大众文化现象就从港台地区传入大陆，如邓丽君等人的歌曲。虽然港台流行歌曲在当时的繁盛被后来的学者认为是一种与精英文化的历史性"合谋"——都是对于极左的文化专制主义的批判③，但这并不能掩盖消费文化所追求的赚取商业利润的最终目的，而且这种"合谋"也成为一个关键的"卖点"，成为利润最大化的强力助推器。到了 80 年代中期大众文化的热潮在中国大陆地区有增无减，有学者就指出在 1985 年前后："港台武侠和言情小说在大陆大量出版，通俗报刊纷纷创刊，引发了'通俗文化热'。据不完全统计，仅

---

① 陶东风：《文化研究：西方与中国》，北京师范大学出版社 2002 年版，第 61 页。
② 戴锦华：《隐形书写——90 年代中国文化研究》，江苏人民出版社 1999 年版，第 1 页。
③ 陶东风：《文化研究：西方与中国》，北京师范大学出版社 2002 年版，第 60 页。

金庸和梁羽生的武侠小说就达 10 余种，第一版印数达 200 余万册（不包括大量的非法出版），主要以女性读者为对象的港台言情小说的品种和印数同样惊人，仅琼瑶小说，1985—1986 年大陆出版的品种就在 15 种以上。""这一年前后，通俗文学刊物如《今古传奇》《名人传记》《蓝盾》《中外传奇选》《台港文学选刊》（主要刊登台港通俗文学作品）以及各种通俗报刊出现在文化市场，这些杂志均拥有极可观的发行量。1985 年还被称为'电视年'。这时期推上屏幕的日本家庭伦理片《血疑》、香港功夫片《霍元甲》、黑社会片《上海滩》、大陆拍摄的历史片《武松》也都有很高的收视率并引起广泛的社会反响。"① 1985 年以后，在公众中产生重大影响的文化现象如 1986—1987 年崔健的摇滚乐，1988 年卡拉 OK 的风行②等，其背后都有市场因素支配下的商业目的。虽然 90 年代后随着经济的发展，消费群体不断壮大，消费者的购买能力也越来越强，但与 80 年代相比，大众文化并没有出现根本性的转型，只是在消费总量上出现了几何式的增长。对于这一点，戴锦华曾做出过深入分析："勿庸置疑，历史的断裂并非线性过程的终断，并非空间的清晰划定，而是在历史的断裂处裸露出的一个共时的剖面。然而，九十年代中国社会结构、政治、经济、文化的多重变迁，尚不足以将八十年代的文化空间挤压为一个扁平的沉积带，并将其全部覆盖。事实上，八九十年代的文化更叠，呈现为远为繁复的错综格局。从某种意义上说，八十年代后期，中国大陆社会同心圆结构的多重裂变，已然孕含着九十年代的政治文化、消费文化，浮现市民社会与公共空间的权力裂隙；孕含着金钱作为更有力的权杖、动力和润滑剂的'即位新神'；孕含着文化边缘的人的空间'位移'与流浪的开始，以及都市边缘准'社区'的形成。只是由于浸透了狂喜的忧患、关于'世纪之战'的主流话语及指认的错误与命名的误区，这一切始终处于文化匿名之中。"③ 在 90 年代，许多研究者将大众文化的兴盛看成为 90 年代文化转型的重要标志，但大众文化在 80 年代中后期就已经十分兴盛了，只是有

---

① 祁述裕：《市场经济下的中国文学艺术》，北京大学出版社 1998 年版，第 15 页。
② 同上书，第 16 页。
③ 戴锦华：《突围表演——九十年代文化描述之一》，《钟山》1994 年第 6 期。

的学者身处"象牙塔"没有注意到这些事实。即使当时有学者关注大众文化，也都对其作简单的否定，认为大众文化是庸俗的代名词，意味着道德的沦丧和人性的堕落。这其实是对大众文化的误解。大众文化的存在是以满足消费者的消费欲望为前提，以大批量生产为特征，其核心目的是攫取商业利润，所以在它的眼里没有什么"高下""雅俗"之分，有的只是利润的多少，只要能获取更大的利润哪怕是再"高雅"、再"纯"的文学都可以成为谋取商业利益的工具。因此，90 年代出现变化的是众多文论研究者对大众文化的态度从冷酷的漠视、简单的否定变为积极的介入、科学的研究，而不是大众文化自身出现了转型。

第三，知识分子的主导意识形态没有转型。90 年代的中国知识分子群体出现了很多变化，如汪晖曾概括到："在各种知识取向的变化之中，学术的职业化似乎是更为明显的趋势。在 1992 年以后，市场化进程加速了社会科层化的趋势，这一趋势似乎与学术职业化的内在要求不谋而合。职业化的进程和学院化的取向逐渐地改变了知识分子的社会角色，从基本的方面看，1980 年代的那个知识分子阶层逐渐地蜕变为专家、学者和职业工作者。"[1] 进入 90 年代，随着经济体制改革的推进，原来可以作为一个同质整体看待的中国社会出现了明显的分化，各种利益群体的浮出水面促使"改名"为专家、学者和职业工作者的知识分子要进行选择，要"站队"，要为相应的阶层或特定的利益集团发言。于是，80 年代的知识分子群体进入到 90 年代后，便瓦解成各个小团体，出现了利益和观念的分化。此外，知识分子还感受到了明显的边缘化现实，这一点在 90 年代的中前期更为明显。从 80 年代后期就开始广泛流传的顺口溜：搞原子弹的不如卖茶叶蛋的，拿手术刀不如拿剃头刀的，以及"读书无用论"的回潮和"脑体倒挂"现象都刺激着 90 年代的知识分子。特别是随着经济的繁荣，一些"新富人"炫耀式的消费以及多数普通百姓对于财富的崇拜、对于"新富阶层"的羡慕更是刺痛了一些知识分子。以至于他们当中的一部分人，甚至离开了原本打算工作一辈子的学校和科研院所，选择"下海"，

---

① 汪晖：《当代中国的思想状况与现代性问题》，《文艺争鸣》1998 年第 6 期。

想通过用经商的方式完成财富的积累，以改善自己的生活并实现人生的价值。与 80 年代相比，进入 90 年代后一些社会观念发生了改变：知识不如金钱重要，读书的愉悦比起消费的快感要相差十万八千里……同时知识分子们也发现进入 90 年代后，原本在 80 年代环绕着知识分子群体的、令人炫目的启蒙光环已经破碎，知识分子的"神圣性"已经降解成为可以用金钱买卖的蕾丝花边，知识分子实际就是"知道分子"。尤其是那些原本属于知识分子的"广场"中心位置，现在却被一些财富来路不明、致富经历见不了光的"新富阶层"所替代，这更加让人难以接受。90 年代前期的很多知识分子都感受到了这些变化，进而生发出一种边缘化后的寂落感。不过，我们应认识到"金钱拜物教"的盛行只是 90 年代前期知识分子心态变化的浅层原因，其更深刻的原因就如张旭东所说："对于后毛泽东时代的中国知识精英来说，被'八九风波'所打碎的并不是西方式民主的前景，真正破碎了的是知识分子特权性的、甚至是垄断性的声音和想象，他们的力量和脆弱同时来自自身同国家之间的寄生和象征性联系。"①

90 年代知识分子的"称呼"改变了，心态也出现了变化，但知识分子身上也有不变的东西。例如，汪晖认为："……1989 年以后，国内的知识分子不得不重新思考他们所经历的历史事变，出于环境的压力和自愿的选择，大部分人文和社会科学领域的知识分子放弃了 1980 年代启蒙知识分子的方式，通过讨论知识规范问题和从事更为专业化的学术研究，明显地转向了职业化的知识运作方式。"② 放弃 80 年代"启蒙知识分子的方式"，从事"专业化的学术研究"，转向"职业化的知识运作方式"，汪晖这么说了，他自己也是这么做的。但就在汪晖自己的身上却出现了比较有趣的现象，即采用职业化的知识运作方式进行专业化的学术研究后所获得的效应在某些方面和 80 年代启蒙知识分子所追求的一些东西没有差别——汪晖成为了"领袖"，成为了 90 年代的"学术明星"，成为国

---

① 张旭东：《全球化与文化政治：90 年代中国与 20 世纪的终结》，北京大学出版社 2014 年版，第 41 页。

② 汪晖：《当代中国的思想状况与现代性问题》，《文艺争鸣》1998 年第 6 期。

内新左派的旗帜与标杆。80年代知识分子所追求的"广场"中心位置，所倡导的"启蒙理想"，在汪晖这里却通过"职业化的知识运作方式"得到了一定程度的实现。出现这种殊途同归的现象，其原因就如福柯反复论述的观点：知识就是权力。80年代的启蒙可以自我瓦解，知识分子在大众面前的称谓也可以改成专家学者，但中国知识分子从传统文化中所继承的"传道、授业、解惑"的职业责任不会被轻易忘记。汪晖作为一个研究鲁迅出身的文学研究者，却在90年代以其扎实、严谨的学术功底，专业化、职业化的阐释论证方式，对于中国的"现代性"、资本与权力、民主与自由等诸多问题进行了深入剖析。这些伴随着强烈质疑声的剖析性言论不但使汪晖获得了巨大的学术声誉，同时也使他获得了成为"领袖"的权力。当然，成为"领袖"后的汪晖收获的不仅仅是崇敬和膜拜，也有攻击和诬蔑。通过汪晖的学术研究，我们能很轻易地看到，进入90年代后，在知识分子内心顽固存在的以理性反思为主要特质的主导意识形态没有发生改变。陶东风曾对此做出过阐释。他在分析希尔斯有关知识分子五传统说后指出，20世纪中国知识分子的主导意识形态是："激进反传统主义、反权威主义、科学主义、理想主义、社会主义、民粹主义与革命至上主义。"[1] 20世纪的中国知识分子对理性主义、理想主义以及乌托邦有一种"天然钟情"[2]。知识分子似乎始终处于一种理性的反思之中，这种状态是知识分子之所以成为知识分子的一种根本状态。90年代曾经出现的那些引人注目的热点争论、热点问题都是在知识分子理性反思的基础上产生的。如人文精神的讨论，就是对市场因素渗入文学创作后，对知识分子在启蒙旗帜下所预言的"现代化"的一种反思；又如"失语症"的提出，就是对中西文论关系以及本土文论建设的反思。

具体到文学理论研究领域，进入90年代后文论研究者在理想主义的支配下构造了很多具有时代特色的"幻景"。其中最突出的要数一些学者所倡导的在"充分吸收"古今中外文学理论资源中优秀成果的基础上建设

---

① 陶东风：《社会转型与当代知识分子》，上海三联书店1999年版，第45页。
② 同上书，第51页。

"新世纪中国文学理论"的设想。这种倡议几乎成为一些研究者著书撰文的固定结尾,似乎想以这种美好的憧憬来鼓励鞭策自己的同行,并为当时不怎么景气的文学理论研究指出光明的未来。但究竟怎样"充分吸收",怎样整合各类资源,几乎没有人提出一种切实可行的办法,更没有人在此指导思想的指引下建立一种科学的理论体系。怎样处理古今中外文学理论资源的关系,几乎成为 20 世纪中国文学理论研究者们的一个难题。喊出一些漂亮的口号,树立崇高的理想是简单的,但面对现实的复杂,这些口号和理想是不是只能变成为一种乌托邦式的幻想呢?虽然研究者挂在嘴边的习惯用语是"批判的继承"、是"扬弃",但在实际的操作过程中真正能做到的又有多少?或者是批判多而继承少,或者是一味的"扬"而忘记了"弃"。在批判与继承、扬与弃这种二元对立式的思维模式下,又怎能处理好古今中外四个向度的关系呢?更何况与这四种资源相关的哲学思想、文学创作实践、话语体系等多个方面,在很多时候其本身就是相互矛盾无法兼容的。说是要整合"古今中外"的资源,那究竟什么才是"古"的,也就是说"传统"的文学理论资源到底是什么?五四后传入中国并被广泛接受的苏俄文学理论是不是传统?中华民族在历史上就有不断吸收外来文化的传统,在文学理论研究方面就明显受到过佛教的影响。佛教是外来宗教,在其影响下出现的文学理论思想是不是中国的"传统"?整合"古今中外"说起来很容易,但做起来却要面临许多困难。此种通过"整合资源"建立"全新文学研究体系"的阐述,说到底就是一种乌托邦式的幻想,是知识分子理想主义意识形态的产物,而这恰好印证了陶东风对于 20 世纪中国知识分子主导意识形态的分析。

由此可见作为文学理论研究主体的知识分子,他们的主导意识形态从 80 代到 90 年代并没有发生质的改变,特别是那种乌托邦式的幻想与理性反思相互交织的复杂心态没有发生改变。

第四,进入 90 年代后,中国学者对西方文学理论知识积极介绍的热情没有改变。80 年代中国学者对西方文论的痴迷是众所周知的,欧美百年来出现的各种文论思想被人"集体移民",一时间各类西方文论在华夏大地上不断流传,称得上是"各领风骚三五天"。进入 90 年代后,那些在 80 年代崭露头角并有着欧美留学背景或熟练掌握外语的青年学者逐渐成为国内文学理论研究领域的中坚力量。他们对于西方文学理论思想更为熟悉，引用、译介也更为频繁，因此西方文论在 90 年代对于中国文学理论研究的影响也更为深远。研究者在 80 年代介绍西方文学理论知识时的"滞后性"在 90 年代已经逐渐缓解，欧美新近出现的理论研究成果几乎会被同时介绍到国内。并且随着国内外学术交流的加强以及互联网的普及，欧美文学理论已经渗透到中国文学研究的各个领域，因而 90 年代的很多学术著作或者专业论文都会引用或借鉴西方的文学理论研究成果。

90 年代的中国社会处于一种极其复杂的状态，文学理论研究也不例外。以上提到有关文学理论研究领域的外在环境、内部研究等几个方面并没有发生根本性的转型。如果只用"变"字去概括描述这些现象，实际是一种由二元对立思维模式导致的单一化的定性行为，是不符合 90 年代文学理论研究实际的。虽然有学者指出："90 年代初期，中国的文化状况发生了'世纪末巨变'。由政治社会向消费社会的全方位转型，推动着以'新启蒙'为标志的新时期主导文化倾向走向'终结'。"① 但我们应该清醒地认识到中国社会发展的不平衡性。北京、上海的文化倾向改变了，出现了"终结"，并不能说明全中国的文化现状都是如此。我们要从文化环境的整体性角度分析问题，而不能只在北京、上海或者只是在都市文化、都市文学的小圈子里游走。从 80 年代到 90 年代，中国社会文化的演进既有断裂的一面，也有延续的一面，同时断裂与延续在很多时候还会异常复杂地交错在一起。在文学理论领域也是如此。也就是说，90 年代的文学理论研究与 80 年代相比既有变化也有一致性，所以力图只用转型阐释去全面概括这一时期文论研究现状的做法是不科学的，是一种二元对立的思维模式，也是一种将复杂现实简单化处理的典型做法。我们只有站在更高的山顶才能更加科学地认识到 90 年代中国社会的复杂现实，也只有这样我们才能更准确地把握 90 年代文学理论研究的实际情况。

---

① 张婷婷：《中国 20 世纪文艺学学术史（第四部）》，上海文艺出版社 2001 年版，第 315 页。

# 五 转型阐释与多元化

　　转型阐释语境的出现深刻影响了 90 年代的文学理论研究，并且发挥了重要的作用。它的重要作用首先就在于使文学理论研究领域里出现了许多全新的体现时代特色的热点论题，扩展了文学研究的视阈。一些学者将 80 年代看成是一个群情激昂、新思想不断涌现的光辉岁月。在那十年里，一面是西方思想理论的冲击，一面是对本民族文化的反思，在高扬着的启蒙大旗下中国似乎成了思想的自由乐土。不过，今天我们若从思想史或者理论创新的角度分析，在文学理论研究领域内 80 年代的"光辉"其实只是的一种"复兴"。它的气质内核上承五四传统，近接"百花"时代，其受人关注的热点、焦点如人性论、人道主义、主体性、异化、现实主义、形象思维、典型、文学与现实的关系、文学与政治的关系等等，大多都是五四以后时而被高调唱赞，时而被遗弃唾骂的老话题。对于这些问题的争辩其结论无论是什么，都可以在此前中国 20 世纪文学理论发展的历程中找寻到明确的元理论。这些结论经常是"左""右"对峙、阵营分明、水火不容的。对"思想解放""思想自由"等说法的极端化阐释，反而使思想一词被完全的妖魔化。"思想解放""思想自由"要么被看成是政治运动的新手腕，只是新的枷锁对旧的镣铐的替换；要么被当成是一种制度企图替换另一种制度时所施展的阴谋诡计。种种对峙，种种不容，使那个时代充满激情，但也略显盲目。这些似乎与真正意义上的思想解放还有一定的距离，至少它缺乏一些理性，缺少一些创造。但进入 90 年代后，情况就不同了。新的论题不断涌现，如人文精神、失语症、新保守主义、新理性精神、后现代等全新的论题出现在大家面前，促使研究者们打破了陈旧的条条框框，并在理性的探索中迸发出惊人的创造能力。而这种文学理论研究对象的新变就是由转型阐释语境带来的。

相对于研究对象出现新变而言，转型阐释在更深层次上的重要作用在于它逐渐改变了研究主体的思维方式，并将多元化的研究观念深深植入到中国学者心中。无论是"问题意识"，还是"交往对话"，学者们的种种陈述其实都隐含着反对一元话语霸权，倡导建立多元共生环境的思想。只有多元并存才是一种理想的理论生存环境，才能促使文学理论研究不断前进。在中国 20 世纪 90 年代的文学理论研究中，几乎每个概念和问题都无法形成一种共识或定论。在不同文论家的不断质疑中，这一学科的每一寸"土地"上都会有一番激烈的讨论。但多元化这个词却几乎被这个时期的所有研究者接受。无论是陈晓明、张颐武、王宁所说的"后新时期"，还是陈思和提出的"无名"时代，还是钱中文所倡导的"对话交往"，还是许多学者参与讨论的后现代主义问题，多元、多元化等名词都被反复提及。而且多元化的观念也是被大家所公认的文学理论研究可以不断繁荣发展的基本前提，多元化成为了研究者描绘 90 年代文学理论研究景观的核心用词。

多元化观念在中国的命运十分曲折。它时而被奉若神明，时而被极度排斥，特别在 20 世纪更是几起几落。80 年代，多元化被人提出后一度遭到十分严厉的批驳，甚至将其与中国政治制度的选择问题联系在一起，如一些学者曾指出文艺界部分人所要"争取的'多元化'"，"是以'拒绝领导''不要领导''个人主义'和一片混乱的无政府状态为其内容的"，并认为："其实，'多元化'理论并不是中国人独创的，它有着深广的国际背景。就两个阶级、两种制度斗争而言，'多元化'是国际资本主义世界对社会主义国家的改革开放的'对策'和'长期战略'"。① 又如，何国瑞就曾针对刘再复提出的："中国人现在要有一个新的思想境界。不要寄希望于万能而尽美的一元，要开创一个多元并存、多元整合的局面。"（刘再复、刘心武、刘湛秋《面对文体革命三人谈》，《文学报》1989 年 2 月 2日，又刊于《上海文论》1989 年第一期）而撰文指出："鼓吹多元论是要

---

① 陈守礼、徐瑞应：《也谈"多元化"问题》，载《文艺报》1990 年 4 月 28 日第 3 版。

以资产阶级一元论取代马克思主义一元论。"①

那么，为什么曾经受到批驳的多元化只在短短几年时间里就被大多数学者所接受，并且成为文学理论研究中一个先验式的逻辑前提？其中的一个重要原因就是转型阐释语境的出现，甚至可以说在文学理论研究的范围内只有出现了转型这个因，才会出现多元化观念被广泛接受这个果。而反过来说，多元化观念的广泛接受也成为学者们讨论理论转型时最有力的证据。陈思和就指出："随着市场经济的迅猛发展，来自群众性的审美要求呈现出越来越多样化，而较为僵硬的传统政治宣传方式也相应地发生了变化，当代文学史上第一次出现了无主潮、无定向、无共名的现象，几种文学走向同时并存，表达出多元的价值取向。"② 陈传才则认为："……从大的环境来看，是社会经济、政治体制的调整引发了社会内部各系统的分化，文化作为政治权力（话语）直接表现形式的单一、封闭、浑整的状态迅速瓦解，文化间的多元互动结束了政治一元化的原有格局，一个以主流意识形态文化、精英文化、大众文化等构成的新文化格局正在形成。"③张婷婷也有相似的分析，她说："20世纪末，中国社会朝向市场化和全球化的'社会主义改革'，带来了市场逻辑下文化多元的民主局面。"④ 从以上这类论述中可以看出，大多数学者都认为政治、经济领域的变化直接导致了文化领域多元化的出现。社会的转型拆解了旧的一元格局。而作为文化领域重要组成的文学在这样的文化大环境下，也呈现出对在一元化下形成的终极价值观彻底否定的特点。这正如张婷婷所说："在这样的大变动、大转型的历史氛围中，思想文化领域特别是文学和美学领域有一种现象和趋势是很值得注意的：即在新现实下人们对于物质的欲望和追求以其迅疾之势拆解着（或部分地拆解着）人道主义的权威性话语以及此前的以'人'（'主体性'）为中心的价值法则。"⑤ 具体到文学理论研究领域，这

---

① 何国瑞：《是一元论还是多元论——评刘再复的"多元论"》，《文学评论》1991年第1期。
② 陈思和主编：《中国当代文学史教程》，复旦大学出版社2004年版，第322页。
③ 陈传才：《中国20世纪后20年文学思潮》，中国人民大学出版社2001年版，第85页。
④ 张婷婷：《中国20世纪文艺学学术史（第四部）》，上海文艺出版社2001年版，第13页。
⑤ 同上书，第264页。

种 "拆解" 首先表现在 90 年代初期学者们对于解构主义、后现代主义等思潮的追捧上。而多元化恰恰就是中国学者在介绍分析解构主义理论时经常提到的一个关键词汇。中国学者对于解构主义理论的 "撒播",也成为了使多元化观念在八九十年代具有合法身份的最初途径。

国内学者在 "撒播" 解构主义学说时,主要突出了解构主义的反二元对立、反传统、反一元中心论,提倡无中心、不确定、多元化的思想内容,而这恰好与 90 年代初出现的拆解一元论下形成的终极价值的风潮相吻合。有学者就指出:"……以余华、韩少功、孙甘露、格非、苏童、叶兆言、刘索拉、马原、洪峰、王安忆、刘心武为代表的所谓 '新潮小说' '实验小说' 或 '新小说',成了文学评论界祭起 '后现代主义' 或解构主义大旗、试运解构主义批评理论与方法之宝刀的最佳载体,此风盛行,波及后来出现的所谓 '后新时期' 小说和 '新状态' 小说。" ① 此外,对于文学作品以及其他文艺形式如影视作品中出现的与 80 年代价值观不同的文化思潮倾向,多数学者也都会用多元化去一言蔽之。于是,多元化成为一个公认的概括 90 年代文学创作、审美观念乃至社会文化现象的最佳词语,并且这被认为是社会转型、学术研究转型后的必然结果。

但我们也必须认识到,90 年代被学者广泛使用的 "多元化" 一词虽然与解构主义理论中的多元化概念有着必然的内在联系,但二者之间也存在着明显的差异。进入 90 年代后中国的文化现状不是单质的而是驳杂的,她有着独一无二的中国特色。若一定要用西方文论概念表述的话,那 90 年代的中国就是一个前现代性、现代性、后现代性并置的时代,是一个传统与反传统同时存在的时代。中国社会的文化发展存在明显的不平衡性。在许多经济发达的大都市,包括文学在内的文化现象可能更多地体现出一种类似西方工业社会环境下的特点,从中可以分析出虽然是被移植而来的,但也是生根了的现代主义、后现代主义的文化特色。而在一些经济不发达的农村地区,传统文化还是有着很强的生命力。并且,随着社会人员流动频繁,市场概念逐渐渗透到社会各个角

---

① 陈厚诚、王宁主编:《西方当代文学批评在中国》,百花文艺出版社 2000 年版,第 409 页。

落，各类文化，传统的和非传统的以及具有鲜明地域特色的地方文化都开始了自己的"旅行"。因此便形成了90年代中国文化的驳杂现状。这种驳杂的文化现状与产生解构主义、后现代主义等思潮的相对单纯的西方文化环境有着明显的区别。

虽然外在环境有着明显差异，但90年代的中国的确存在大量的完全体现着解构主义、后现代主义等思潮的文化现象。出现这一情况，其原因就如同经济学研究领域所说的"后发优势"。解构主义以及包括诸如后现代主义在内的西方思潮在中国的出现并不是中国传统文化精神的自觉，它是在外力强推下被人嫁接到中国文化这片对于这些思潮来说完全陌生的沃土之上的，而且这种"强加"的方式完全符合五四以来知识精英所推崇的对西方各类思潮的借鉴模式。因而就出现了中国缺乏解构主义、后现代主义等思潮生成的哲学基础和语言环境，但在一定范围内又的确存在着相应文化现象的矛盾。虽然由于中国经济发展的不平衡，在一些经济发达的地区已经出现了类似西方产生解构主义、后现代主义等思潮时的经济环境，但因为缺乏学术发展过程中的前后传承，所以在20世纪90年代的中国出现这些完全体现着解构主义、后现代主义等思潮的文化现象主要还是外力强加的结果。由此，90年代的中国文化形成了一种驳杂的局面。这种驳杂不是解构主义、后现代主义思潮所说的多元化，而是一种由解构主义、后现代主义带来的多元化与它们所要解构的"西方传统"，以及在欧美解构主义、后现代主义从未面对过的敌人——中国传统文化精神共同组成的复杂局面。若是用解构主义的多元化作为标尺，那么这种局面就是混杂不纯的，这种格局的涵盖面远远超出了解构主义、后现代主义的多元化，是一种混杂不纯的多元化，驳杂的多元化。驳杂就成为中国模式的多元化区别于欧美原产地的多元化的最显著特征。

外在文化语境的多元化具有显著的中国特色，而在文学理论研究内部，多元化概念也是如此。其中国特色表现在对于它的理解和阐释也是多元化的，不同的研究者都可以从各自的话语资源中找到使其合法化的理论根据。例如，多元化从意识形态的角度可以理解成为"百花齐放"。"百花齐放、百家争鸣"的"双百"方针是"繁荣社会主义文化事业的基本方针"，它必须服从和服务于"为人民服务、为社会主义服务"这个社会主义文化艺术事业发展的正确方向。而"弘扬主旋律、提倡多样化"就体现了"二为"方向和"双百"方针，成为发展社会主义文化艺术事业的根本方针的重要组成部分。其中，所谓"多样化"，"一是要努力满足人民群众多方面多层次的文化需求"，"二是要求即使是反映主旋律的作品，在题材、形式、风格和表现方法上也要丰富多彩，生动活泼"。① 由此可看出，从意识形态角度出发所理解的多元化是指具体文化现象的多元化而非其他，有的学者就此专门指出："我国改革开放以后，文化已是多元的了，但是指导思想不能多元化，只能一元化。……多元并存与一元主导，几乎是任何一个有阶级社会的共同特征。社会主义社会是这样，资本主义也如此。"② 多元化还被有的研究者从"百家争鸣"的角度去理解。在他们看来，我国春秋战国时期出现的"百家争鸣"局面其本质就是多元化，而且这种多元化是一种最有利于文学、哲学以及文化繁荣的生态环境，大师辈出的五四时期就是如此。所以要使中国的文学、哲学等再度繁荣充满活力，就必须坚持"百家争鸣"式的多元化。而对于一些熟悉西方文学理论甚至有着欧美留学经历的研究者而言，他们所说的多元化大多数是从解构主义、后现代主义这个角度来阐释的。

20 世纪 90 年代研究者对于多元化这个概念的理解是多元的，不同的人对其有着不同的理解，而在这种理解过程中本可以产生的激烈争论都被"多元化"这个词所掩盖。这也折射出当前文学理论研究中的一个现象，就是那些界定不清、应用范围不明的概念才会被大多数研究者共同接受且被经常使用。但是，对于多元化观念的不同理解并没有削弱它在 90 年代的文学理论研究中发挥巨大作用。学者徐友渔就指出："在八十年代，人们的学术旨趣、立场观点是不大分官方民间的，上下各方的分野都是改革或保守、新与旧。现在（90 年代之后），两套学术范式分野清晰而又并行不悖，两种话语体系的对应性、互相通约性大大降低，而几乎所有有意义

---

① 高树勋主编：《中国文化法规·机构》，文化艺术出版社 1998 年版，第 10 页。
② 北京市邓小平理论和"三个代表"重要思想研究中心，赵曜执笔：《关系党和国家前途命运的生命工程》，载于《光明日报》2004 年 9 月 28 日 B1 版。

的学术争论都以民间学术话语进行。民间性的特点是，问题的提出和争论的结局具有自发性，依自身的生命力而自生自灭，学术研究可以就事论事，没有背景，可以不管风头，而最令人快慰的，是没有学术之外、凌驾于学术之上的裁决者。"① 在这里，徐友渔所说的民间性实际就是社会转型后出现的多元化观念的产物。90 年代的学者在多元化观念的影响下，多数都会认为任何一种理论都不是绝对化、普遍化的，理论只是阐释世界的一种模式，都存在各自的边界，而理论研究重要的在于"对话机制"的形成。张婷婷曾指出："对话的形成使 90 年代文论放弃了对同一性、确定性的追求，而转向对学术观念的差异性和不确定性的追求，当年那种以真理的代言人自居的理论话语被一种新的对话中生成的问题意识所取代。"② 怎样才能形成"对话"的局面？"对话"形成的原因又是什么？现在看来，答案就在于多元化观念的普遍接受。只有真正认同了多元化观念，研究者才能摆脱以往那种绝对化的思考问题的方式，以平静宽容的心态面对不同的声音。这种平静和宽容正是 90 年代文论研究的最大优势，它背后隐藏着的是一种平等，更是一种思想的解放与自由。而这，也正是转型阐释语境将多元化的研究观念深深植入人心后带来的必然结果。

总之，转型阐释语境对于 90 年代中国文学理论研究的最主要影响就在于它所带来的多元化观念被多数研究者所接受。观念多元化必然带来研究方式、研究成果的多元并存，过去那种一元独存的学术研究已被多元共生的模式所置换。因此，在一元论模式下必然存在的理论"霸权"，在多元化时期会逐渐消失。而且在多元化思想的指导下，不同理论体系间出现了相互的吸纳和整合。例如，在《文学理论教程》一书中就表现出审美意识形态理论对于弗洛伊德无意识理论、姚斯读者接受理论的吸纳。多元化带来了理论的繁荣，但也存在弊端，这就如张婷婷所言："然而这种对话的多元主义（特别是那种'无序'对话）容易导致相对主义对学术秩序与学术规范的取消，从而使当代中国的文论研究处于一种价值虚无主义的

---

① 徐友渔：《学术范式的转换》，赵汀阳、贺照田主编《学术思想评论（第一辑）》，辽宁大学出版社 1997 年版，第 9 页。

② 张婷婷：《中国 20 世纪文艺学学术史（第四部）》，上海文艺出版社 2001 年版，第 353 页。

意义'游走'状态，最终陷入多而不元的自我逻辑悖论的困境。"① 如何能让文学理论研究走出无序的"游走"状态，洗刷"价值虚无"的嫌疑，使之不再成为研究者为研究而研究的语言游戏，是当前所有文论研究者共同面对的难题。转型阐释带来的多样化观念，只是解决了一个外部语境的问题，这并不能确保文学理论研究不陷入"多而不元"的泥潭。所以，面对文学理论研究的"困境"，学者只能要靠自己的实践探索能力，积极建构科学合理的话语体系，以回击那些对于文学理论研究的诘问与质疑。

---

① 张婷婷：《中国 20 世纪文艺学学术史（第四部）》，上海文艺出版社 2001 年版，第 354—355 页。

# 六 转型阐释语境中的话语建构探索

## ——以《文学理论教程》中的文学本质论为例

在 90 年代的转型阐释语境中，文学理论研究领域的学者展开了诸多多元化的实践探索，其所涉及问题的广度和新颖程度，是很难在 20 世纪前 90 年的相关研究中见到的。在这些有益的探索中，为满足高等院校文学理论课的教学而编辑出版的教材《文学理论教程》，产生了极为巨大的影响力。这一教材的认可度之高、使用范围之广，是同时期其他文学理论课教材无法比拟的。教材的主编童庆炳先生就曾指出："……用这个教材的学校已经接近千家了，另外据我们的统计，二十几本重要教材都采用'审美意识形态'这个概念……"①《文学理论教程》以及围绕这一教材出现的争论，是我们在分析 90 年代的转型阐释语境中学者在文学理论研究领域里展开话语建构探索时无法回避的现象。这一教材之所以具有如此巨大的影响力，是因为和 80 年代在中国广泛使用的文学理论课教材相比较，如蔡仪主编的《文学概论》、以群主编的《文学的基本原理》，它有很多创新之处。其创新首先体现在，编著者在这本教材的编写过程中，广泛吸收并灵活运用了 20 世纪西方学者的相关理论，这在新中国建立后的文学理论课的教材编写中是从来没有过的。例如，编者在分析文学活动时，借鉴了美国学者艾布拉姆斯的作品、作家、世界、读者的四要素说；在探讨文学的创作活动时，将无意识作为文学创作的心理机制进行了分析；在分析叙事性作品时，介绍了法国叙事学家热奈特的观点；在研究文学接受与文学消费现象时，应用了西方马克思主义与德国接受美学的理论。其创新

---

① 童庆炳：《文学本质观和我们的问题意识》，《社会科学》2006 年第 1 期。

还体现在对于中国传统文论思想的挖掘与吸收。在《文学理论教程》中编者较为细致地分析了言、象、意、意境等具有中国特色的文论概念，除此之外，还创造性地将蕴藉这一概念和文学本质论的研究联系起来，力求做到让马克思主义中国化的理论成果与民族的传统文论思想相互协调和融合。《文学理论教程》的创新还体现在对于文学理论的学科定位上。在 90 年代之前的绝大多数教材都一致性地认为文学理论是文艺学的三个分支（文学理论、文学批评和文学史）之一，属于社会科学。在《文学理论教程》的第 1 版中，编者也是这么认为的，他们指出："文学理论是一门属于社会科学的学科，是一门意识形态性很强的学科，它在整个社会科学中占有重要地位。"① 但在修订版中，编者改变了这一认识，他们指出："文学理论是一门属于人文科学的学科，是一门意识形态性很强的学科，它在整个人文科学中占有重要地位。"② 这一学科定位的改变，不但强调了文学理论研究要以文学的基本原理、概念、范畴以及相关的科学方法为其研究内容，同时也突出了文学理论的人文属性，强调了文学与人的情感、道德、理智间的紧密关系。

与以上几点相比，《文学理论教程》最为学界所称道的创新之处在于将审美意识形态论写入教材，揭示文学的本质。对于用审美意识形态论界定文学本质的做法，其理论背景和意义，《文学理论教程》一书的编著者有着非常明确而清晰的认识，他们指出：

在中国，把文学看成审美意识形态，主要是 20 世纪 80 年代以来马克思主义文艺理论研究的成果。在"文化大革命"结束后，学者们面对的是"文学从属于政治"、"文学为政治服务"的僵化口号，面对"文学政治工具论"的尴尬，这在文论界可以说是一个"事件"。为了摆脱和纠正这种文学"政治工具论"的失误，引导文学健康发展，他们不约而同进行了深刻的反思，并对文学的本质特征进行了新

---

① 童庆炳主编：《文学理论教程》，高等教育出版社 1992 年版，第 1 页。
② 童庆炳主编：《文学理论教程（修订版）》，高等教育出版社 1998 年版，第 1 页。

的思考。他们要解决的是文学区别于非文学的关键是什么。当时学者们的思想大体上是一致的。童庆炳于 1981 年就发表文章，对别林斯基的"形象特征"论提出批评，认为这种理论导致思想加形象的简单公式，使文学陷入"为一般找特殊"和"席勒式"的图解政策条文的公式化、图解化的泥潭。他强调文学应反映整体的人的、美的、个性化的生活，而"审美"是文学区别于一般意识形态的特征。① 其后童庆炳又于 1982 年、1984 年提出"文学审美特征论"、"审美反映论"。② 钱中文则于 1987 年发表文章，直接提出"审美意识形态论"的观念，从多方面作出了论证，并说："文学作为审美的意识形态，是以感情为中心，但它是感情和思想认识的结合；它是一种自由想象的虚构，但又具有特殊形态的多样的真实性；它是有目的的，但又具有不以实利为目的的无目的性；它具有社会性，但又是一种具有广泛的全人类性的审美意识的形态。"③ 此外，王元骧、王向峰等学者都有这方面的论述。20 世纪 80 年代文学审美意识形态论的提出，已经充分考虑到文学是一种认识，是一种思想，是一种意识形态；但同时又认为文学是人的情感评价，是个人的感性体验，是特殊的意识形态，因此"审美意识形态"观念的发现是要在两者之间取得某种平衡。这一理论创新在多数学者那里达成了共识。④

这段论述清楚地告诉我们，80 年代的文论研究者为使文学"摆脱"政治的从属地位、纠正"政治工具论"的失误而展开的关于文学本质问题的全新探索，是审美意识形态论提出的理论背景。而对"审美"这一概念

---

① 参见童庆炳《关于文学特征问题的思考》，《北京师范大学学报（社会科学版）》1981年第 6 期。

② 参见童庆炳《文学与审美——关于文学的本质问题的一点浅见》，《文学审美特征论》，华中师范大学出版社 2000 年版，第 20—44 页；童庆炳《文学概论》（上下卷），红旗出版社 1984年版。

③ 钱中文：《文学是审美意识形态》，见《新理性精神文学论》，华中师范大学出版社 2000年版，第 136 页。

④ 童庆炳主编：《文学理论教程（第四版）》，高等教育出版社 2008 年版，第 54—55 页。

的借用，在这些学者看来就是寻找到了文学与非文学相区别的关键，从而使得文学获得了"独立"的生存空间。毋庸置疑，审美意识形态论是《文学理论教程》理论系统的基石和阐释体系的原点，教材中关于文学活动的起源、发展问题，文学作品的创作、传播、接受问题，文学文本的构成分析问题都是围绕这一核心展开的。对于审美意识形态论的强调和重视，以及围绕其所建立的理论体系，都使得《文学理论教程》具备了一种与中国以往出现的文学理论教材完全不一样的气质，因而它被很多学者称为是"换代教材"[①]。

由于在《文学理论教程》一书中编著者进行了多方面的创新探索，使得它在90年代受到了广泛的认可和极高的评价，有学者就认为这本教材是："前所未有地推进了对于文学性质与文学观念的多元理解"，它"代表了新时期文艺学教材的最高水平"[②]。虽然《文学理论教程》有创新，是"换代教材"，代表了"最高水平"，但作为90年代转型阐释语境下的产物，这本教材身上就不可避免地带有了转型特质，它是一部断裂与延续共存的教材。评价它是一部"换代教材"，实际上是强调了这本教材的以类型替换为核心的断裂感。在一些学者看来，《文学理论教程》作为"新一代"的教材完全可以取代之前出现的"旧"教材。"新""旧"类型由此而发生了演变。这实际是一种二元对立式的思维模式。"换代教材"的说法，不但表明在一些学者眼中"新""旧"两元的完全对立，还突显了他们对于线性演进式的类型替换的喜爱。但是，被以上这些学者所忽略的是《文学理论教程》中也有很多的延续成分，它在多方面继承了80年代文学理论课教材中的有关内容。

例如在教材的内容框架方面，《文学理论教程》还是延续了过去的五论框架，即分别从文学本质论、文学起源发展论、文学创作论、文学作品论和文学接受鉴赏论五个方面阐述自己的理论体系。虽然在具体的理论内容阐述中，相对于80年代的教材而言《文学理论教程》里的概念术语有变化，而

---

①  童庆炳主编：《文学理论教程（修订版）·修订版后记》，高等教育出版社1998年版，第333页。

②  陶东风：《大学文艺学的学科反思》，《文学评论》2001年第5期。

它也引用了不少的 20 世纪西方文论的观点，但它们在本质上都是相通的，都是力求通过五个模块的建构完成整个文学理论体系宏观框架的建设。下面笔者将分别从文学的一般意识形态属性、文学的审美意识形态性、文学的话语蕴藉属性等几个方面，细致分析在 90 年代的转型阐释语境中《文学理论教程》① 在文学本质论方面所做出的话语建构探索。

（一）文学的一般意识形态性

《文学理论教程》从面世到现在已经超过 20 年的时间了，其间做过几次比较重大的修改，高等教育出版社也依据这几次修改出版发行了多个版本，但在这几版教材中关于文学本质的核心观点——对于审美意识形态论的阐述并没有发生太大的变化。例如，在 1992 年的第 1 版中，编者界定："文学是显现在话语含蕴中的审美意识形态。"② 并指出："由此可以说，文学作为审美意识形态，它既是无功利的，也是功利的；既是意象—直觉的，也是概念—推理的；既是评价的，也是认识的。简言之，文学既是审美，也是认识—实践。文学的双重性质正在这里。"③ 在 1998 年的修订版中，编者提出文学的定义应为："文学是显现在话语蕴藉中的审美意识形态。"④ 并认为："由此可见，文学的审美意识形态性质是对文学活动的特殊性质的概括，指文学是一种交织着无功利与功利、形象与理性、情感与认识等综合特性的话语活动。"⑤ 在这一定义中，编者用"形象"取代了之前使用的"意象—直觉"，用"理性"替代了"概念—推理"，用"情感"替换了"评价"，虽然术语发生了变化，但关于审美意识形态论的主体论述内容没有改变。并且在修订版的界定中，编者更加强调了文学的话语活动属性。在 2004 年和 2008 年《文学理论教程》再次修订，分别发行了修订二版和第四版。这两版教材对于审美意识形态论的阐述是比较接近

---

① 由于《文学理论教程》修订过多次，也有多个版本，为了便于分析 90 年代转型阐释语境下文学理论研究的一些特点，本书将以 1998 年出版的《文学理论教程（修订版）》作为主要的分析对象。

② 童庆炳主编：《文学理论教程》，高等教育出版社 1992 年版，第 96 页。

③ 同上书，第 85 页。

④ 童庆炳主编：《文学理论教程（修订版）》，高等教育出版社 1998 年版，第 75 页。

⑤ 同上书，第 70 页。

的。例如，编者认为文学的定义是："文学是一种语言艺术，是话语蕴藉中的审美意识形态。"① 并指出："具体地说，文学的审美意识形态属性表现在，文学成为具有无功利性、形象性和情感性的话语与社会权力结构之间的多重关联域，其直接的无功利性、形象性、情感性总是与深层的功利性、理性和认识性等缠绕在一起。如果从目的、方式和态度三方面来看，文学的审美意识形态属性表现为无功利性与功利性、形象性与理性、情感性与认识性的相互渗透状况。"② 虽然在修订二版和第四版中，《文学理论教程》关于文学的界定在语序上有变化，在文学的审美意识形态属性方面的阐述也更加详细，但其中的核心内容与 1998 年出版的修订版相比可以说没有太大的变化。这也说明，1998 年后《文学理论教程》的编著者们对于文学本质的认识已经进入到了一个相对稳定的时期。在这几版的《文学理论教程》中，虽然编者对于文学本质的界定有细微的变化，但其分析阐释的过程却都有着比较明确的逻辑顺序。编者指出这一阐释文学本质的逻辑顺序是："由一般性质逐渐沉落到特殊性质：文学作为社会结构→文学作为一般意识形态→文学作为审美意识形态→文学作为话语蕴藉中的审美意识形态。"③

将文学作为一种社会意识形态，并由此展开文学本质的分析，并不是《文学理论教程》的首创。在它之前苏俄时期的学者、建国后到 80 年代的中国学者都会采用这样的分析策略阐释文学的本质。在这一点上，《文学理论教程》体现出了非常明确的延续性。但与之前的文学理论教材如蔡仪主编的《文学概论》、以群主编的《文学的基本原理》不同，《文学理论教程》在分析文学的意识形态属性时，创造性地将马克思在《德意志意识形态》《资本论》等著作中提出的"人的活动"的范畴引入，使得整个论述更加严密。在编者看来，这样做可以纠正以往在研究文学本质问题时出现的错误，如"只作静态的、单一的考察"，忽视"从文学所涉及的诸方面进行动态的考察"④ 等。有了马克思的"人的活动"的范畴作为论述的

---

① 童庆炳主编：《文学理论教程（第四版）》，高等教育出版社 2008 年版，第 72 页。
② 同上书，第 57 页。
③ 童庆炳主编：《文学理论教程（修订版）》，高等教育出版社 1998 年版，第 75 页。
④ 同上书，第 25 页。

前提，使得文学是一般的意识形态这一说法更加顺理成章。编者提出，按照马克思的观点，人类活动有两种，一是与本能相关的生命活动，一是人类所特有的有意识活动，即生活活动。人的生活活动是一个复杂的多层次系统，但"马克思将其概括为两大基本层次"，一是物质实践活动，它是"直接满足人的生存需要的生产活动"。二是精神活动，它是"人的意识领域的活动，包括政治、科学、艺术、宗教等……"而文学活动"基本属于精神活动的范畴"。① 接着，编者分析到若从各种精神活动与物质经济基础的关系入手做进一步考察，那么精神活动可以分为非意识形态性的精神活动，如自然科学，以及意识形态性的精神活动。意识形态性的精神活动也称为："观念性的上层建筑，如政治、法律、道德、宗教、哲学、文学艺术等。"② 由此，编者从"人的活动"这个范畴入手，经过层层推导，得出结论：文学活动是人类生活活动的组成，是一种精神活动，具有意识形态性。有了这一推导过程，要比直接说文学具有意识形态的性质，能让读者更加信服一些，但其中也有让人疑惑的地方。教材先提出精神活动是人的意识领域的活动，而精神活动又有非意识形态性和意识形态性两种，那么编者笔下的意识形态与意识领域两个概念应该是怎样的关系？教材在其后关于文学的意识形态属性的论述中引用了马克思关于社会结构由经济基础和上层建筑两个基本层次构成的观点。那么，精神活动，也就是意识领域的活动应该属于哪个基本层次？从教材对精神活动的界定来看，它应该属于上层建筑，那么精神活动的概念是不是能完全等同于上层建筑的概念？还是说精神活动是上层建筑的一个组成？这些教材都没有做进一步的阐述。另外，教材明确指出说引用马克思的"人的活动"的范畴就是为了改变以往文学研究中的"静态的、单一的考察"，但是教材又把人类生活中形形色色的复杂活动，简化为"物质实践活动"和"精神活动"两种，这不恰恰正是一种单一化的研究方式吗？在教材的编著者看来，人类活动不是物质实践活动，就是精神活动，不是直接满足人的生存需要的生产活

---

① 童庆炳主编：《文学理论教程（修订版）》，高等教育出版社 1998 年版，第 39 页。
② 同上。

动，就是人意识领域的活动，难道没有其他可能的存在吗？如若人类活动只有两个基本层次，那么类似于参加各类体育运动、亲友聚会、甚至是自杀之类的人类活动应该属于哪一个层次？文学活动是复杂的，这一点《文学理论教程》的编者也承认，但在分析一些具体问题时却又似乎忘记了这种复杂性，这甚至会造成在同一本书中可能存在的前后矛盾。在该教材的第十四章，编者在分析文学消费的特征时指出，文学消费具有："一般商品消费与精神享受以及意识形态再生产的二重性质。"① 既然说文学消费具有商品消费的一般性质，那么是不是也就意味着文学消费不仅仅只属于上层建筑领域或人的意识领域？《文学理论教程》的作者指出，人类文学消费活动的一些特征必须得依靠生产力发展、生产关系演变等本属于经济基础范围内的理论观点才能解答清楚。而且，文学消费活动又和文化工业中从业人员的生存问题直接关联，这些都说明只从精神活动这个角度定性文学消费是很困难的。而文学消费又是文学活动的重要组成部分之一，既然它都具有商品属性，那么将文学活动只看成是人的一种精神活动是否合理呢？教材说文学活动"基本属于精神活动的范畴"，那么应该如何来理解"基本"二字？"基本"是指文学作品的创作、阅读、传播过程离不开有关的物质载体，还是指文学活动能直接满足人的生存需要？《文学理论教程》应该做一个比较清晰的说明。

很多学者都将"文学是一种意识形态"的观点看作是马克思主义文艺本质观的核心观点，并从马克思的《〈政治经济学批判〉序言》中找到对应的理论根据。马克思在《〈政治经济学批判〉序言》中指出："人们在自己生活的社会生产中发生一定的、必然的、不以他们的意志为转移的关系，即同他们的物质生产力的一定发展阶段相适合的生产关系。这些生产关系的总和构成社会的经济结构，即有法律的和政治的上层建筑竖立其上并有一定的社会意识形式与之相适应的现实基础。"② 根据这段表述，学者们指出马克思将社会结构分为经济基础和上层建筑两个基本层次，其中

---

①　童庆炳主编：《文学理论教程（修订版）》，高等教育出版社1998年版，第276页。

②　马克思：《〈政治经济学批判〉序言》，《马克思恩格斯选集》第2卷，人民出版社1972年版，第82页。

上层建筑包括两个层面：一是政治、法律制度，二是社会意识形态。所以，很明显文学在社会结构中的位置应该在社会意识形态这一层，因而文学就具有了社会意识形态的属性。对于"文学是一种意识形态"这一观点在文学理论研究领域里历来就有不同的意见，有很多争论，而且这类争论早在 20 世纪 50 年代的苏联就出现了。如学者吴元迈在自己的文章中就曾提到："特罗菲莫夫于 1950 年在关于斯大林的《马克思主义和语言学问题》的一次讨论会上说：艺术在资本主义社会里，'一部分'是上层建筑，'一部分'是基础，因为它是'谋利的手段'。又说：'从体现在艺术中的审美价值来看，艺术是许多时代的产物，它在这些时代里形成、丰富、发展、洗炼。它的生存较之任何一种基础、任何一种上层建筑都要长远得多，就此来说，它是同这两者的定义不合的。艺术中有上层建筑的东西，这就是其中所体现的大部分思想；但也有非上层建筑性的东西，这就是包藏在艺术名著中的客观真理和审美价值'。"① 国内学者对于"文学是一种意识形态"观点的质疑与争论开始于 20 世纪 70 年代末，代表性的文章有：朱光潜的《研究美学史的观点和方法》（《文学评论》1978 年第 4 期）和《上层建筑和意识形态之间关系的质疑》（《国内哲学动态》1979 年第 7 期），吴元迈的《也谈上层建筑与意识形态的关系——与朱光潜先生商榷》（《哲学研究》1979 年第 9 期），张薪泽的《〈也谈上层建筑与意识形态的关系〉一文质疑》（《哲学研究》1980 年第 5 期），敏泽的《文艺要为政治服务》（《文艺研究》1980 年第 1 期），曹廷华的《'文艺从属于政治'是不科学的命题》（《文艺研究》1980 年第 3 期），毛星的《意识形态》（《文学评论》1986 年第 5 期），吴元迈的《关于文艺的非意识形态化》（《文艺争鸣》，1987 年第 4 期），钱中文的《论文学观念的系统性特征》（《文艺研究》1987 年第 6 期），栾昌大的《文艺意识形态本性说辨析》（《文艺争鸣》1988 年第 1 期），董学文的《马克思主义文艺学当代形态论纲》（《文艺研究》1988 年第 2 期），曾凡的《理性的迷误——和曾镇南同志商榷》（《文

---

① 吴元迈：《也谈上层建筑与意识形态的关系——与朱光潜先生商榷》，《哲学研究》1979 年第 9 期。

艺争鸣》1988年第3期），文理平的《关于文艺与上层建筑及意识形态的关系的讨论》（《文艺理论与批评》1988年第5期），邵建的《从艺术本体和人类本体看艺术之本质》（《文艺评论》1989年第3期），陆梅林的《何谓意识形态——艺术意识形态论一》（《文艺研究》1990年第2期），潘新宁的《怎样理解马克思主义文艺本质观——为艺术意识形态论作辩护和补充》（《文艺争鸣》1992年第1期），董学文的《文学本质界说考论——以"审美"与"意识形态"关系为中心》（《北京大学学报》（哲学社会科学版）2005年第5期），钱中文的《对文学不是意识形态的"考论"的考论》（《文艺研究》2007年第2期）等等。以上这些文章的观点及论述内容在这里就不再赘述了，但有一点值得我们注意，即这些文章的论点无论是认为文学是一种意识形态，还是否认文学具有意识形态属性，都会选择从马克思、恩格斯甚至是斯大林的专著、文章、讲话稿中寻找原文来支撑自己的论述，《文学理论教程》也继承了这一点。在这本教材中，编者不但认为文学就是一种意识形态，而且也采用了从马克思的原文中寻找理论根据的论证方法来证明相关观点的正确。当然，所引述的马克思原文和80年代的文学理论教材所引用的内容是一致的，都是前面提到的马克思在《〈政治经济学批判〉序言》中的经典阐述。在这一基础上，《文学理论教程》进一步从"文学与话语""文学与社会""文学与反映"三个方面分析了文学的一般意识形态性质，并指出："文学的一般意识形态性质是对文学活动的普遍性质的概括，指文学是一种反映社会生活的社会性话语活动。"①

　　与蔡仪、以群主编的文学理论课教材相比，《文学理论教程》对于文学的一般意识形态性质的分析有明显的创新。它不但强调了传统的观点，即文学是社会的产物、文学是对现实反映的产物，而且还引入了20世纪西方文论体系中的"话语"概念。编者在这里引入"话语"概念其目的是为了充实对于文学的一般意识形态性质的阐释，同时也是为了能更加全面地解释意识形态这个概念。自从法国学者特拉西首次开始使用意识形态这个概念，到现在已经超过200年时间了，很多学者都对其进行过深入的

---

① 童庆炳主编：《文学理论教程（修订版）》，高等教育出版社1998年版，第64页。

研究。特别是马克思与恩格斯在继承特拉西观点的基础上，结合黑格尔的相关论述，以辩证唯物主义与历史唯物主义为根本理论根据，通过长时间的不断研究提出了马克思主义的意识形态理论，成为马克思主义理论的最重要组成之一。杰姆逊就曾指出："意识形态理论是马克思对异化的认识中一个不可缺少的组成部分，同时也是马克思主义对意识分析和文化分析最有独创性的贡献之一。"① 而进入 20 世纪后，西方学者对意识形态概念进行了多方面的研究，对它的界定更是纷繁复杂。英国学者伊格尔顿就曾在自己的专著中列举过关于意识形态的多达 16 种的重要定义，而且指出还可以用六种方式粗略地定义它②。甚至还有国内学者指出："早在 50 年代，一些挪威的研究工作者就指出，'意识形态'这个词的定义当时已有 150 种之多。在此之后的几十年里，有关的大量研究和著述使这个数字即使不能说增加了两倍，至少也翻了一番。"③ 特别是美国学者杰姆逊 1985 年在北京大学的讲学活动中，对于马克思的意识形态理论进行了七种模式的解读，更是拓展了研究者们的学术视野，从而使得当时的学者对于意识形态这一概念以及马克思的意识形态理论都有了新的认识。而《文学理论教程》的编著者，在教材的编写过程中非常重视对于西方 20 世纪的各种文论思想的鉴别与吸收，重视所谓的对于中国传统文论思想、20 世纪西方文论思想及马克思主义文学理论等三方面的"协调和融会"，因而在阐释文学的一般意识形态性质时引入"话语"概念也就是一种必然。对于话语概念，研究最为深入、影响最大的当属法国学者福柯。《文学理论教程》在这一部分内容的论述中也受到了福柯理论的影响。例如在修订版中，教材对于意识形态这一概念的界定是："意识形态是与经济基础相对的一种上层建筑形式，指上层建筑内部区别于政治、法律制度的话语活动，如哲学、伦理学、宗教、文学及其他艺术等。"④ 而在修订二版和第四版中，

---

① 弗雷德里克·杰姆逊：《后现代主义与文化理论——杰姆逊教授讲演录》，唐小兵译，陕西师范大学出版社 1986 年版，第 225 页。

② 参见宋伟杰的译文《意识形态导论：结语》，《文艺理论研究》1998 年第 1 期。

③ 谭好哲：《文艺与意识形态》，山东大学出版社 1997 年版，第 25 页。

④ 童庆炳主编：《文学理论教程（修订版）》，高等教育出版社 1998 年版，第 59 页。

教材阐述文学的审美意识形态属性时指出："文学成为具有无功利性、形象性和情感性的话语与社会权力结构之间的多重关联域。"这些论述，强调了文学是上层建筑内部区别于政治、法律制度的话语活动，强调了文学与社会权力之间的密切联系，甚至将文学看成是社会权力形成及运作发挥效力时的有机组成，这明显都受到了福柯的"话语""话语实践""话语权力"等观点的影响。在很多学者眼中福柯的话语论与意识形态这个概念之间有着极为密切的联系，以至于有学者提出福柯话语论所阐述的内容与有的研究者主张的意识形态概念所涉及的内容是一致的，只是名称不同罢了。例如，学者周宪就提出："……伊格尔顿明确指出了意识形态的形成（亦即话语的形成），是通过'设置一套复杂话语手段'，正是经由这样的话语手段，原本是人为的、特定群体的和有争议的思想观念，就被看作是自然的、普遍的和必然如此的了。这种对意识形态的界定，与福柯话语形成的分析颇多共同点，只不过在福柯那里称之为话语，而在伊格尔顿那里则称作意识形态而已。"① 由此也可以从一个侧面证明，在 20 世纪西方的文艺理论研究领域话语论与意识形态之间存在着的紧密关联。《文学理论教程》用话语概念完善意识形态概念的阐述，体现出了 90 年代文学理论研究中的转型特质，即在延续中求得革新。它的延续体现在教材继承了传统的理论表述，将意识形态仍旧定性为是上层建筑的组成，这与 80 年代中国文学理论教材的阐述完全一致；而它的革新在于将意识形态当成是一种话语活动，以显示出与中国传统的文学理论教材的不同。到这里，《文学理论教程》也就完成了对于文学普遍性质的分析，也就是对文学的一般意识形态性质的分析，进而进入下一个阶段，即对文学的特殊性质——审美意识形态性的论述。

### （二）文学的审美意识形态性

　　将美、审美以及与美有关的概念引入文学理论的研究领域，用以揭示文学活动的部分特征，这并不是《文学理论教程》的独创，中国学者很早就开始了相关研究。例如，中国近代著名学者梁启超在其《〈晚清两大家

---

① 周宪：《福柯话语理论批判》，《文艺理论研究》2013 年第 1 期。

诗钞〉题词》一文中提出："还有一义，文学是要常常变化更新的，因为文学的本质和作用，最主要的就是'趣味'"。① 梁启超非常重视"趣味"二字，并在《趣味教育与教育趣味》一文中说自己的信仰就是"趣味主义"，"趣味是生活的原动力"②。而且，梁启超还将"趣味"分为高、下两等，并说："人生在幼年青年期，趣味是最浓的，成天价乱碰乱迸；若不引他到高等趣味的路上，他们便非流入下等趣味不可。"③ 学者叶朗指出，梁启超所说的"高等趣味"其实就是"审美趣味"④。其原因是梁启超在《美术与生活》一文中指出"审美本能"与"趣味"的关系极为密切，他说："要而论之，审美本能，是我们人人都有的。但感觉器官不常用或不会用，久而久之麻木了。一个人麻木，那人便成了没趣的人；一民族麻木，那民族便成了没趣的民族。美术的功用，在把这种麻木状态恢复过来，令没趣变成有趣。换句话说，是把那渐渐坏掉了的爱美胃口，替他复原，令他常常吸受趣味的营养，以维持增进自己的生活健康。明白这种道理，便知美术这样东西在人类文化系统上该占何等位置了。"⑤ 在梁启超看来，文学的本质是"趣味"，而"趣味"又与人的"审美本能"相关，虽然梁启超没有明确说明文学与审美直接相关，但我们却完全可以从其论述中得出文学与审美有联系的结论。

与梁启超同一时期的大学者王国维，更是将康德、席勒、叔本华等人的美学理论与自己的文学研究活动结合起来，取得了令世人瞩目的成就。例如，他在《文学小言》一文中提出："文学者，游戏的事业也。人之势力用于生存竞争而有馀。于是发而为游戏。婉娈之儿，有父母以衣食之，以卵翼之，无所谓争存之事也。其势力无所发泄，于是作种种之游戏。逮争存之事亟，而游戏之道息矣。唯精神上之势力独优，而又不必以生事为急者，然后终身得保其游戏之性质。而成人以后，又不能以小儿之游戏为

① 易鑫鼎编：《梁启超选集（上卷）》，中国文联出版社 2006 年版，第 330 页。
② 童秉国选编：《梁启超作品精选》，长江文艺出版社 2005 年版，第 336—337 页。
③ 同上书，第 338 页。
④ 叶朗：《中国美学史大纲》，上海人民出版社 1985 年版，第 580 页。
⑤ 易鑫鼎编：《梁启超选集（上卷）》，中国文联出版社 2006 年版，第 460 页。

满足，于是对其自己之感情及所观察之事物而摹写之，咏叹之，以发泄所储蓄之势力。故民族文化之发达，非达一定之程度，则不能有文学；而个人之汲汲于争存者，决无文学家之资格也。"① 而他在《古雅之在美学上之位置》一文中提出："美之性质，一言以蔽之，曰：可爱玩而不可利用者是已。虽物之美者，有时亦足供吾人之利用，但人之视为美时，决不计及其可利用之点。其性质如是，故其价值亦存于美之自身，而不存乎其外。"② 在这两段论述中，无论是王国维把文学界定为是"游戏的事业"，还是他将美的性质规定成为"可爱玩而不可利用"的，都可以看到康德、席勒等人美学理论中审美无利害的观点对于王国维的影响。王国维还认为艺术美要高于自然美，其原因也和欲望、利害相关，他曾在《〈红楼梦〉评论》一文中提出："故美术之为物，欲者不观，观者不欲。而艺术之美所以优于自然之美者，全存于使人易忘物我之关系也。"③ 而王国维在这里提到的美术，是"以诗歌、戏曲、小说为其顶点"④。这也就是说在王国维看来，以诗歌、小说为代表的文学作品中所表现出的艺术美要远远胜过自然美，其原因就在于艺术美能更容易地使人摆脱现实利害关系，而这也从一个侧面揭示了文学活动的审美无功利属性。

　　进入 20 世纪之后，为满足当时大学有关课程的教学以及相关研究的需要，中国学者开始逐步编写、翻译与文学理论相关的教材、讲义和专著。到 1949 年，正式出版的介绍、阐述文学理论研究领域有关知识的书籍数量就达上百种⑤。在这些教材、讲义、专著中，一些学者的观点与梁启超、王国维二人的观点颇为接近，都是从美或审美的角度入手分析论证文学的特征。例如，学者夏丏尊在其 1928 年出版的《文艺论 ABC》一书中提出："文艺的本质是情，那么只要是情，就可作为文艺的本质了吗？决不是的。情原有许多种类，其性质有现实的情与美的情的不同，……文

---

① 王国维著，吴无忌编：《王国维文集》，北京燕山出版社 1997 年版，第 230—231 页。
② 王国维：《千古文心：王国维文选》，百花文艺出版社 2002 年版，第 64 页。
③ 同上书，第 80 页。
④ 同上书，第 81 页。
⑤ 具体书目目录可参见张法等人撰写的《世界语境中的中国文学理论》一书，此书由安徽教育出版社于 2009 年出版，第 261—265 页。

艺中的情不是现实的情，是美的情。所谓美的情者，是与个人当前实际利害无关系的情，美的情能使人起一种快感。即其情为苦痛时也可起一种快感。"① 夏丏尊将文艺的本质界定为是一种能引发快感的、与个人现实利害无关的"美的情"，很明显，这是用西方美学的观点改造了中国传统文论中的"诗缘情"理论。这可以看成是一种实验，是当时的学者力求用西方的学术理论完善中国传统的文论体系，使之完成现代化演变的有益尝试。

又如，学者姜亮夫在其 30 年代的著作《文学概论讲述》中提到："……作者如何会因这种感官而引起这一种'使事物融化'的精神作用呢？这便是因人类本能里有'美欲'这种分子。这种美欲的分子，不仅是文学的特质，（文学特质里的美，只在事物人化，人事物化，以及声调色泽等等，到下面再说。）也是文学生成的根本义。……美欲之对象是'一切美的全部'，其目的在求美。艺术起源，当然可以美欲说明之，即人世一切爱好，如服饰，美衣，玉食，金堂，玉阶，雕梁，画栋，亦皆为求美之表现也。"② 姜亮夫所提到的美欲，实际就是美学研究中的一个与审美主体密切相关的概念——审美需求。姜亮夫的独特之处在于，他不但用美欲概念解释文学艺术的本质，还用其解释文学艺术生成的原因。他力图运用审美需求——也就是美欲，去揭示主体开展文学艺术创作、欣赏活动时的根本性精神动因。此外，姜亮夫表示美欲可以使作者产生"使事物融化"的精神作用，那么，事物"融化"到哪里去了？显然在姜亮夫看来，事物是融化进了审美主体的主观世界，也就是如他所说的"事物人化"和"人事物化"。而这实际就是中国传统文论里经常提到的主体与客体、人与景、情与景的相融为一。这种"融化"观所代表的是与西方传统的主客两分、二元对立思想完全不同的"天人合一"的哲学观念。只是在这里姜亮夫使用了与"天人合一"观完全没有联系的，在西方哲学中与"知识欲""道德欲"共同构成人精神作用③的"美欲"概念，来阐释经常在传统诗

---

① 夏丏尊：《夏丏尊经典》，京华出版社 2001 年版，第 330—331 页。
② 姜亮夫：《文学概论讲述》，云南人民出版社 2000 年版，第 72 页。
③ 同上。

词中展现出来的情景交融、无我无物的文学特质。

再如，学者薛祥绥在其 1934 年出版的《文学概论》一书中指出："审美情操者，艺术兴起之感情也。据此情操，斯可鉴赏美丽，快慰人生。发乎文学，则为美丽性。今夫文学名作，绮縠纷披而娱目，宫徵靡曼而悦耳，情趣缠绵而厌心，神味隽永而乐意，皆美丽性之表现也。"① 薛祥绥这里提到的"美丽性"，实际是文学作品中的审美特征。说"美丽性"表现在"娱目""悦耳""厌心""乐意"，也就是强调了文学作品强大的情感感染能力。

著名作家老舍在 30 年代初于齐鲁大学任教时，编写的《文学概论讲义》中也将美确定为是文学的特质之一。在书中他指出："文学的真面目是美的，善于表情的，聪明的，眉目口鼻无一处不调和的。"② 在老舍看来首先理智不是文学的特质，因为说理的有哲学，说明人生行为的有伦理学，供给知识的有自然科学，所以他的结论是："感情是文学的特质之一；思想与知识是重要的，但不是文学的特质，因为这二者并不专靠文学为它们宣传。"③ 接着老舍分析了伦理道德与文学的关系，他说："道德的目的是不是文学的特质之一呢？有美在这里等着它。美是不偏不倚，无利害的，因而也就没有道德的标准。美是一切艺术的要素，文学自然不能抛弃了它；有它在这里，道德的目的便无法上前。"④ 美的无利害性使得文学与道德拉开了距离，在这一论述的基础之上，老舍接着分析说："在这里，我们看清楚了，凡是好的文艺作品必须有美，而不一定有道德的目的。就是那不道德的作品，假如真美，也还不失为文艺的；而且这道德与不道德的判定不是绝对的，有许多一时被禁的文学书后来成了公认的杰作——美的价值是比道德的价值更久远的。那有道德教训而不失为文艺作品的东西是因为合了美的条件而存在，正如有的哲学与历史的文字也可以被认为文学：不是因为它们的道理与事实，而是因为它们的文章合了文学的条件。

---

① 薛祥绥：《文学概论》，启智书局 1934 年版，第 28 页。
② 老舍：《文学概论讲义》，复旦大学出版社 2004 年版，第 38 页。
③ 同上书，第 42 页。
④ 同上书，第 42—43 页。

专讲道德而没有美永不会成为文学作品。在文学中，道德须趋就美，美不能俯就道德，美到底是绝对的；道德来向美投降，可以成为文艺，可是也许还不能成为最高的文艺；以白居易说，他的传诵最广的诗恐怕不是那新乐府。自然，文学作品的动机是有种种，也许是美的，也许是道德的，也许是感情的……假如它是个道德的，它必须要设法去迎接美与感情，不然它只好放下它要成为文学作品的志愿。"① 情感与美是文学作品的两大特质，那么这两个特质是如何在作品中被作者传达出来的呢？老舍认为必须依靠想象。所以，他最后总结到："感情与美是文艺的一对翅膀，想象是使它们飞起来的那点能力；文学是必须能飞起的东西。使人欣悦是文学的目的，把人带起来与它一同飞翔才能使人欣喜。感情，美，想象，（结构，处置，表现）是文学的三个特质。"②

在老舍对于文学三个特质的概括中，有一点应该引起我们极大的关注，即在老舍的分析中情感和美是文学的两种特质。这意味着在老舍的知识体系中情感和美是有区别的，在它们之间不能简单而又随意地划个等号就算完事。这一点不但使得老舍的文学观与20世纪二三十年代的一些学者（如夏丏尊等人）对于文学特征的认识有了区别，甚至使其与当下众多极为流行的文学理论教材中关于文学本质的解释有了根本性的区别。在老舍的分析中，文学的感情特质是相对理智而言的，这突出了文学作品的对于读者情感方面的感染力；而文学的美的特质是针对道德目的而言的，这强调的是文学作品"不偏不倚"的无利害性。文学作品最终的目的是给读者带来"欣悦"，而且还是一种"飞翔"中的"欣喜"，这说明在老舍看来，文学作品可以让读者摆脱现实生活中各类利害关系的羁绊与纠缠，从而使人进入审美愉悦的状态。老舍将感情与美区分开来的做法，与当下的很多文论学者探讨文学本质时的观点完全不一样。现在很多学者一说到文学的本质就是审美，那怎么来理解审美？部分学者认为，审美是指文学作品中蕴含着丰富的情感，这情感就是审美的情感。在这些学者眼中，似乎

① 老舍：《文学概论讲义》，复旦大学出版社2004年版，第44页。
② 同上书，第48页。

情感和审美之间没有任何差异，这两个概念完全可以不留痕迹地相互替换。的确，以康德为代表的西方学者从18—19世纪开始就将人的心理活动分为情、知、意三个方面，分别研究人的情感、理性和意志，而且还——对应地建立了美学、逻辑学和伦理学等三门相对独立的学科知识体系研究人类的这三种活动。因而，在国内的文学理论研究领域很多学者一提到情感活动就想到美学，一说到美学就意味着它是研究人的情感活动的。不可否认，美学研究或者说对于人审美活动的研究的确是属于人的情感活动范围内的研究，但反过来说，凡是人的情感活动都是人的审美活动、属于美学的研究范畴，这样的说法对吗？如果说这样的说法是正确的，那就能推导出很多荒诞的结论。如，人类社会中的全部心理学家因为在工作中要研究人的感情活动，所以他们都是美学家；医院中精神病科的大夫在治疗工作中也要探究人感情活动的秘密，所以他们也应该是美学家；一个足球队的教练在选择上场队员时，不但要考虑技术、体力等问题，还要考察队员的心理状态、研究他们的情感、情绪，所以他还是个美学家……我们应该认识到，感情和美这两个概念在内涵和外延上是不同的，不可能完全重叠，它们之间有差异、有分别，正是因为老舍敏锐地捕捉到这一点，所以他才将感情和美区别对待，认为它们是文学特质的两个方面，而不是简单地将感情与美合二为一当成是文学的一种特质加以论述。从这一点上也体现出了老舍先生扎实的美学研究功底。

从1949年建国后到1966年，因受前苏联学者文学理论研究的影响，绝大多数的国内学者在编著关于文学理论的教材、专著时，都会移用苏俄学者的论述框架。在这些教材或专著中，无论是文学理论问题的提出角度、论证阐释过程，还是得出的最终结论，都可以轻易发现当时中国学者的有关研究与苏俄学者之间存在着千丝万缕的联系。当然，此时的中国学者也不会忘记文学研究与美学研究之间的关系，也有学者尝试用与美相关的概念解释文学活动。例如，由学者李树谦和李景隆主编的《文学概论第一编》中，编者试图用"美感"来解释文学的特征，他们提出："文学是通过艺术形象来认识和反映生活的，因此，当它作用于社会生活时，也就具有和其他科学不同的性质。这就是文学的美感作用所要研究的问题。"①
文学正是因为具有了美感作用，才使得它与其他科学有了区别。那什么是
美感？他们继续分析到："凡是读过科学著作与文学作品的人，都会体验
到它们给予人的感受是大不相同的。科学著作直接影响我们的理智，并以
丰富的知识把我们武装起来；而文学呢？除了能提供给我们许多生活知识
之外，还能激起我们对作品所描绘的人物的同情、热爱或憎恶、愤怒的感
情。……我们把文学作品所引起人们的这种特殊的反映，这种产生使人快
乐、欣慰、同情、愤怒、悲痛的感觉叫做美感。……文学是用个别化的、
具体感性的、唤起美感的形式来概括生活现象的典型化的方法来反映生活
的；因此，在艺术作品中所呈现出来的完美的艺术形象，便不仅影响人的
理智，而且还影响人的感情。"② 李树谦、李景隆两位学者在 20 世纪 50
年代出版的文学理论教材中就开始分析文学作品的"美学意义"，这并
不令人特别奇怪，因为毕竟早在 20 世纪二三十年代，就有中国学者这
么做过。真正让人吃惊或敬佩的是，这二位学者不但从社会功用的角度
分析了文学的美感作用，而且他们还力图将美感与反映论、典型化等理
论观点有机的统一起来，去尝试揭示文学的某些本质特征，这在当时是
很少见的。

　　除了李树谦、李景隆二位之外，以群、蔡仪等人在 60 年代的关于文
学研究的著述中也都提到了美感的问题，但他们都是简单地从社会功用的
角度分析文学作品的美感作用。如：以群指出如果简单概括文学的种种社
会作用，可以把它们归纳为认识作用、思想教育作用和美感教育作用三个
方面，并认为："在自然界和社会生活中，本来就存在着种种美的事物，
而作家则按照一定的审美观念，加以选择、概括和再创造，塑造出优美、
生动的艺术形象，表现在文学作品里。因此，人们在阅读作品时，对其中
人物的行为、命运和种种生活情景，必然会在感情上产生强烈的反应，引
起优美的或丑恶的、崇高的或卑鄙的、悲惨的或可笑的等等感觉或感情，

---

① 李树谦、李景隆编著：《文学概论第一编》，东北师范大学函授教育处 1956 年版，第 42 页。
② 同上。

从而在精神上得到愉悦和满足。这种情感，就是人们通过阅读文学作品所产生的美感。"① 以群还进一步指出，文学的三种社会作用是密切地联系在一起的，他说："读者阅读文学作品时，有的固然是为了接受思想教育或提高认识能力；但有的却只是为了欣赏，也就是为了娱乐或是愉快，只有当他们读了之后产生美感，感到愉快，对作品觉得爱不忍释之后，才会在反复地咀嚼、回味、深思之中，不知不觉地受到思想上和认识上的教育。"② 再如，学者蔡仪在其60年代出版的《文学常识》一书中也指出："文学的这种教育作用和科学等的教育作用的不同，就在于对客观现实的认识同时，还能引起主观的亲身的感受和精神上的感动，还能引起理智上和情绪上的满足和兴奋。这正说明优美的文学的所以优美，它的教育作用也就是一般所说的美感教育作用。"③

文革结束后到20世纪80年代末，中国出现了大量的文学理论教材和相关的专著。在这些教材和专著中，编著者们一般都会引用与美或审美相关的概念来探讨文学活动的特点，但其中绝大多数人的论述与以群、蔡仪二人的极为相似，都只是分析文学作品的美感作用。当然，在其中也有一些例外，应该引起我们的关注。例如，学者童庆炳在其1984年出版的教材《文学概论》中提出："那么，文学反映生活的特殊性是什么呢？我们认为文学对社会生活的反映，是审美的反映。审美是文学的特质。审美地反映生活这一点，把文学和其他社会意识形态以及科学区别开来。所谓审美，就是对美的认识和欣赏。"④ 对于这一段论述，有的学者指出这是"第一次把'审美反映'作为文学的基本概念写进了教材"⑤。

又如，学者林焕平在其《文学概论新编》一书中提出："把这种能动的反映论引入艺术领域，我们看到，艺术家在反映社会生活的时候，不是简单地再现生活，而是带着自己强烈的爱憎感情去评价生活，按照自己的

---

① 以群主编：《文学的基本原理（上册）》，作家出版社上海编辑所1964年版，第73页。
② 同上书，第74—75页。
③ 蔡仪：《蔡仪文集（第八卷）》，中国文联出版社2002年版，第87—88页。
④ 童庆炳：《文学概论（上册）》，红旗出版社1984年版，第47页。
⑤ 钱中文、吴子林：《新中国文学理论六十年（下）》，《社会科学战线》2010年第4期。

理想对生活进行选择、集中、提炼和加工，在想象中对生活加以补充、组合和改造，并通过实践，把这种在观念中加以变形了的生活物化在艺术作品中，因此艺术作品在一定意义上就是作者审美意识的物化，而不仅仅是生活美的简单反映。从艺术美的成分构成看，它也不仅仅是生活美的表现，而是还包括着作家美好的思想、感情和理想的形象化以及形式美等诸多因素。认为美不是艺术的本质属性的观点，就在于对艺术美作了狭隘理解，并与表现生活美混为一谈。"① 在林焕平看来认为艺术可以不具备美的性质是非常荒谬的观点，是一种机械唯物论的简单反映论，这一观点的根本错误在于"把艺术表现美的事物与艺术美混淆了"。② 所以，在研究文学艺术的本质特征时，应该以"能动的革命反映论"为哲学基础，要明白艺术品不是艺术家简单反映生活的结果，而是审美意识"物化"，或者说是审美意识外化的成果。因此，林焕平指出审美性是艺术的本质属性之一，并为文学给出了如下定义："艺术（或作为语言艺术的文学）是以形象反映生活，表现思想感情的、美的意识形式。前面三个附加语，概括了我们已分析过的艺术的四个方面的属性，后面的'意识形式'指出艺术是社会意识形态的一种。"③

再如，王振铎、鲁枢元在其主编的《新编文学概论》一书中明确提到了"文学是审美意识形态"的观点，他们指出："马克思主义出现以后，人们学会运用唯物主义历史观和辩证分析方法来观察、认识人类社会，从而也就能够科学地看待种种社会精神现象。对于文学艺术现象不再只是作孤立的、片面的、静态的考察，而是开始作总体的、全面的、动态的认识了。从此，文学理论真正成为一门科学，即对人类社会的一种审美意识形态进行整体性研究的社会科学。"④ 他们还认为："作为观念形态的文学，不是静止的、定型定量的实用物品，而是流动的、变幻无穷的审美意识。文学作品的创造过程，传布过程和阅读接受过程，乃是人的审美意识的运

①　林焕平主编：《文学概论新编》，广东教育出版社1986年版，第22页。
②　同上书，第21页。
③　同上书，第32页。
④　王振铎、鲁枢元主编：《新编文学概论·前言》，河南大学出版社1987年版，第2页。

动流程。文学的特殊本质及其价值就寓于这种审美意识的运动之中。如果文学的审美意识活动停止了，文学的生命也就结束了。"① 王振铎、鲁枢元二人认为文学的本质是多重的，由多个层次构成，相对于"物质与精神的关系""文学内部的特殊矛盾""文学语言与普通社交语言的相区别"等几个层次而言，"人类审美意识的交流和演进"是文学本质的更深层次②。王、鲁二人不但认为审美意识是文学的生命，文学作品的创作、传播和阅读过程实际就是人审美意识的运动过程，而且还从历史积淀特性、感应兴发特性、心理幻觉特性等三个方面③对人的审美意识进行了细致论述。

　　再如，学者吴中杰在《文艺学导论》一书中认为："文艺不同于一般意识形态，它对现实生活的反映，是一种特殊方式的反映，即审美反映。这种审美反映，不仅在反映形式上有别于科学反映，而且在掌握现实的方式上也有自己的特殊性。"④ 在分析文学作品的社会功用时，吴中杰指出文艺具有审美作用，他说："何谓审美作用？我们欣赏艺术形象时，在感情上受到打动，得到美的享受，从而净化了灵魂，这就是文艺的审美作用。"⑤ 而文艺的审美作用具体表现在：首先是给人以美的享受，使人得到愉快和休息；其次，培养人的爱美之心，使人的性格得到全面发展；再则，文艺能对人的心灵起净化作用。⑥ 在文学创作论的分析中，吴中杰认为"审美力"是创作主体必须具备的能力，他说："观察，是为了把握对象的特点，但文艺创作既然不是生活对象的纯客观的反映，它还包含着主观的审美感受，所以，除了观察力以外，作家艺术家还必须具有审美力。创作过程中的审美力，是指创作主体对于现实生活的审美感受能力。"⑦ 在文学鉴赏论的分析中，吴中杰明确提出："文艺鉴赏是一种审美心理活

① 王振铎、鲁枢元主编：《新编文学概论》，河南大学出版社1987年版，第47—48页。
② 同上书，第56页。
③ 同上书，第49—56页。
④ 吴中杰：《文艺学导论》，江苏文艺出版社1988年版，第26页。
⑤ 同上书，第73页。
⑥ 同上书，第74—75页。
⑦ 同上书，第125页。

动，因此，对审美力的分析应该着重分析其心理机制。"① 接着他细致分析了审美感知、审美想象、移情作用、审美认识等几种"审美心理机制"，并探讨了美感的差异性与共同性。在文学批评论的分析中，吴中杰认为："对于文艺作品，我们要求真、善、美的统一……"② 而艺术上的美可以从"形象的生动性""性格的典型性""情感的真切性""形式的独创性"③ 等方面去衡量。在《文艺学导论》一书中，吴中杰不但提出文学是一种审美反映，更为重要的是，他将这一文学本质观贯穿于全书论述的始终，使得"审美"一词与文学理论的研究较为紧密地融合在了一起，这在80 年代的相关教材和专著中是很少见的。而这也说明，在吴中杰所建构的理论体系中，"审美"已经不再是一种时髦而又空洞的装饰物，他已经将"审美"一词真正看成是文学理论研究中的核心概念了。

1989 年，学者王元骧在其出版的《文学原理》一书中，也明确提出了"文学是一种审美意识形态"的观点。王元骧首先从反映论的角度入手分析，指出文学是一种具有"受动性"和"能动性"的反映，是一种社会意识形态。接着，他又指出文学不仅具有意识形态的共同本质，还具有自己的特殊本质，文学是一种与"认识反映"完全不同的"情感反映"，所以他说："那么，文学在反映现实过程中所形成的主客体关系的性质是什么呢？它与其他反映活动的最根本的区别就在于它是审美的。其特点就在于它是以主体的审美体验（审美快感和审美反感）的形式，通过对现实世界中审美对象的评价活动而作出反映的。所以，在性质上是属于情感的反映方式而不属于认识的反映方式。"④

以上我们简单列举了一些中国学者从 20 世纪 20 年代到 80 年代末，将美、审美以及有关概念引入进文学理论研究领域的情况。从中我们可以看到，1949 年以前中国学者在研究文学问题时如要借助美学研究成果，多是强调审美的无利害属性，其理论的背景资源是以康德为代表的西方学者

---

① 吴中杰：《文艺学导论》，江苏文艺出版社 1988 年版，第 289 页。
② 同上书，第 316 页。
③ 同上书，第 315—316 页。
④ 王元骧：《文学原理》，浙江教育出版社 1989 年版，第 34 页。

的美学理论。而建国后，学者们在文学理论研究中使用美及审美等概念时，多要与反映论哲学、马克思主义文艺理论思想相结合，所运用的概念也经历了从美感到审美反映再到审美意识形态的演变，并最终确立了审美意识形态在界定文学本质时的主导地位。虽然审美意识形态是《文学理论教程》的核心概念，但这并不意味着这一概念最早是由本书的编著者提出的，从现在已知的文献资料考察，最早提出这一概念的是俄国学者沃罗夫斯基。沃罗夫斯基在其 1910 年初次发表的《马克西姆·高尔基》一文中首次提出了"审美的意识形态"，并简单分析了他所认为的审美的意识形态的一些特点。在这篇文章中，他比较了审美的意识形态与政治的意识形态，指出："但是，如果说政治的意识形态已经具有了完全符合工人运动的意义、方向和任务的明确的形式（马克思主义），那么，对于审美的意识形态就还不能这样说。人类创作的这个领域，其实质是对生活作出诗意的反映，因此它对现实的反映往往最不准确，反映得也最不及时的。具有一定阶级特征的艺术创作，只有在这个阶级本身已经显著地成长起来，并意识到自己的独立性的时候，才会产生出来。在运动初期，这个未来的战斗阶级的最早的一批骨干才开始在成长，思想还不明晰，还很模糊而混乱的时候，审美的意识形态的内容只能是一些朦胧而欢欣的预感和期望，它意识到已经积蓄了非常充沛的力量，并且渴望给这些力量以用武之地。"① 沃罗夫斯基在这里提出"审美的意识形态"的说法，其目的是为了更好地展开对高尔基文学创作道路的分析。他认为，高尔基是以浪漫主义者的身份进入文学领域的，而浪漫主义又与审美的意识形态密切相关。他指出："这种审美的意识形态还没有牢固的现实的社会基础，它本身还和现实主义格格不入。由于它是从对未来正在日渐迫近的这种预感出发，所以它染上了一些幻想的成分，它是浪漫主义的。"② 以上所引述的沃罗夫斯基的观点，有很多地方是值得商榷的。例如，审美的意识形态与现实主义"格格不入"，人类的创作活动对现实的反映往往"最不准确"、也"最不及

---

① 沃罗夫斯基:《论文学》，人民文学出版社 1981 年版，第 271 页。
② 同上。

时"等等，但他提出的"审美的意识形态"的概念却是非常新颖的。

在 20 世纪的五六十年代，前苏联的一些学者也曾分析论述过文学的审美意识形态属性。例如，学者阿·布罗夫在其著作《艺术的审美实质》一书中指出，艺术和其他的社会意识形态之间是相互联系、彼此影响的，并处于"某种统一状态之中"，包括艺术在内的一切意识形态、一切社会现象都有"彼此相像的共同的东西"，但不阐明每一种社会现象的特殊规律，就不可能存在任何个别的知识领域。在艺术领域也是如此，不明确分析出艺术的质的特殊性，是无法界定艺术的本质的。他说："阐明艺术的实质、它的规律性——这意味着主要指出艺术的特点，指出那些使艺术区别于其他一切社会意识形态的特征，这些特征规定了艺术的质的特殊性，从而规定了艺术在与其他意识形态并列时的相对独立性。"① 那么，在阿·布罗夫看来艺术的质的特殊性是什么？对此，他明确指出："现在产生一个问题：一般来讲，艺术的这一特征究竟具有怎样的性质呢？当然，这就是审美的特征。艺术的一切特殊方面和规律性，就是审美的方面和规律性。因此，艺术的质的规定性，它的实质，也就是审美的规定性和实质。"② 在此结论的基础上，他还进一步指出："绝对的审美对象和艺术的特殊对象是一个东西。这就是说，艺术和审美具有同样的客观基础，即具有同样的内容的特征。因此，不仅艺术的形式，而且艺术的全部实质，都应该肯定是审美的。"③ 再如，学者斯托洛维奇从艺术的社会功用角度阐述了艺术的审美属性。他认为，"各种社会意识形式的对象的特征"，是"由它们所完成的社会改造功用所制约"的。因此，要确定艺术认识的特殊对象，首先应理解艺术在社会发展中到底有什么独特作用。所以，他说："艺术作为一种独特的社会意识形式，其目的是培育人对世界的思想—情感的、审美的关系。从而，艺术主要地反映使它有可能实现自己特殊的社会改造功用的那些属性。现实的审美属性就是这样的属性，因此，它

---

① 阿·布罗夫：《艺术的审美实质》，高叔眉、冯申译，上海译文出版社 1985 年版，第 2—3 页。

② 同上书，第 9 页。

③ 同上书，第 218—219 页。

们就是艺术认识的独特对象。"①

　　到 20 世纪 80 年代初，一些国内的学者在其文章中也陆续提出了审美意识形态的概念。如，学者孔智光在 1982 年发表的《试论艺术时空》一文中提出："在我们看来，艺术的本质是审美的意识形态，是艺术家对客观现实生活的主观能动的审美反映，是对客观现实生活的再现与主观心理的表现的统一。艺术的这种一般本质规定和制约着艺术时空的特殊本质。"② 再如，学者周波在 1983 年发表了文章《试谈文学批评标准的客观性》，在这篇文章中他也指出："为什么马克思主义'美学观点和历史观点'是文学批评的客观标准呢？因为这种观点符合文学自身性质和规律，正确反映了批评与文学之间的必然联系。文学是用语言塑造形象反映社会生活的社会意识形态，作为一般社会意识形态，它具有依存于社会历史的普遍规律；作为审美意识形态和形象性的艺术特点，它又具有审美（或艺术）的特殊规律。美学和历史的观点正是这种普遍规律和特殊规律的正确反映，因而它是衡量文学作品的客观准则。"③ 再如，学者江建文在 1984 年初发表的文章《要发掘生活中真正的美》中也提出了"文学是一种审美意识形态"的观点，他认为："文艺作为一种审美意识形态，除了要具备认识价值、社会功利价值等之外，还必须具备审美的价值，即必须能使欣赏者或愉快兴奋，或慷慨激昂，或哀恸悲戚。"④ 此外，江建文在同年发表的《列宁文艺批评思想略论》一文中，也指出："由此可见，列宁是严格地把自己对文学真实性的要求与自然主义的真实性的要求区别了开来。这就进一步揭示了文学真实性问题的更深一个层次——即对本质和规律的认识，更清楚地阐明了文学作为一种审美意识形态，对现实反映的特殊性。"⑤ 以上这几位学者对于审美意识形态的阐述，多是从反映论入手，

---

　　① 斯托洛维奇：《现实中和艺术中的审美》，凌继尧、金亚娜译，生活·读书·新知三联书店 1985 年版，第 198 页。

　　② 孔智光：《试论艺术时空》，《文史哲》1982 年第 6 期。

　　③ 周波：《试谈文学批评标准的客观性》，《山东师范大学学报》（哲学社会科学版）1983 年第 6 期。

　　④ 江建文：《要发掘生活中真正的美》，《学术论坛》1984 年第 1 期。

　　⑤ 江建文：《列宁文艺批评思想略论》，《广西大学学报》（哲学社会科学版）1984 年第 1 期。

以"审美"将文学艺术与一般的社会意识形态相区别，从而体现出文学的特殊本质来。不过，他们的论述也有一些不足，即在他们的文章中审美意识形态多是作为一个区别性、标志性的概念而存在，比较缺乏全面系统的论述。从 20 世纪 80 年代开始，真正对"文学是一种审美意识形态"的观点进行深入探索和系统阐述的中国学者当属钱中文先生。从 1984 年起，钱中文发表了一系列的文章和专著，对文学的审美意识形态本质开始了细致的梳理和全面的论证工作，这一持续了近 30 年的学术探索工作，也使他成为了中国当代对于审美意识形态研究贡献最大的学者之一。1992 年学者童庆炳在其主编的教材《文学理论教程》中全面应用了审美意识形态论，使得这一观点迅速传播，获得了学术界的广泛认可。与 80 年代出现的一些教材、专著相比，《文学理论教程》在文学本质论的阐释上有以下两方面的特点，一是明确使用了审美意识形态这一概念，二是将这一观点贯穿于文学活动研究的方方面面。80 年代出现在中国文学理论研究领域的教材或专著，几乎每一本都会提到美或审美的概念，但绝大多数的阐述都是从美感方面分析文学作品的功用，或者是结合马克思主义文学理论中的"美学的和历史的原则"探讨文学批评的标准问题。虽然有学者在 80 年代能将审美的概念与文学本质问题的研究相联系，但他们也多是从审美反映论的角度展开问题的分析与梳理。而《文学理论教程》在吸收众多学者 80 年代学术研究成果的基础上，在教材中明确提出文学具有审美意识形态的属性。这体现出了一种转型特质，也就是一种在 90 年代转型阐释语境中所体现出来的通过对新的知识类型的探索与追寻以替换旧有理论体系的时代特征，这也就是为什么很多学者称这本教材是"换代"教材的原因之一。更为重要的是，《文学理论教程》提出审美意识形态的概念，不仅仅只是在文学本质论里谈谈就完了，而是将这一概念与文学作品的创作、文学作品的传播、文学作品的接受与批评等问题的分析紧密结合，切实做到了以审美意识形态为最根本的理论依据之一来建构文学理论的整体框架结构，同时也真正使得审美意识形态性是文学的一种本质属性的观点名实相副。

《文学理论教程》所采用的文学具有审美意识形态属性的观点虽然在

90年代获得了广泛的认可，但进入2000年后却遇到了很多质疑的声音。例如，学者陶东风认为："值得商榷的是，《文学理论教程》最终依然把'审美'（非功利性、情感性等）视做文艺的特殊性质或'内在性质'，而把'意识形态'（功利性、认识性等）视做与'审美'对立的'外在性质'，在'审美'与'意识形态'之间进行了一种二元拆分，而没有看到'审美'（其实质是艺术活动的自主性）本身即是一种意识形态，是一种历史的、社会的和地方性的知识—文化建构。"① 再如，单小曦在2003年发表的《"文学的审美意识形态论"质疑——与童庆炳先生商榷》一文中，先是通过分析由童庆炳主编的十几种文学理论教材中关于审美意识形态论的阐述，得出结论："由上述可知，童先生的'审美意识形态论'存在的主要问题体现在两个层面中：一是不同版本的论著对'审美意识形态论'具有不同版本的解释，各种解说之间不仅各不相同，甚至相互矛盾；二是不同解说自身也有诸多不尽合理和值得商榷的地方。"② 接着单小曦分别从"意识形态"和"审美"两个概念入手分析，阐述童庆炳主编教材中存在的问题，并最终指出："综而述之，审美意识作为独立的意识类型不过是一定社会意识形态的表现者，不能单独成为一种意识形态。文学与意识形态不同质，文学是'一种意识形态'或'一种审美意识形态'的说法不能成立。当我们说文学具有一定的意识形态性时，其审美因素已经内在地包含其中了。意识形态性的现实实用特征和审美的非功利、超越及自由性特征使两者具有天然的相斥性，它们不可能融汇成为一个实存事物。所谓'审美意识形态'之说，不过是人为虚构和神化出的概念。"③ 在单小曦之前，国内学界已有一些对于《文学理论教程》中所提到的观点——"文学是一种审美意识形态"的零星质疑，但由于单小曦的这篇质疑文章是发表在国内文艺理论研究领域比较重要的期刊《文艺争鸣》上，而且单小曦当时只是一名吉林大学的在读硕士研究生，他却要公开发表文

---

① 陶东风：《大学文艺学的学科反思》，《文学评论》2001年第5期。
② 单小曦：《"文学的审美意识形态论"质疑——与童庆炳先生商榷》，《文艺争鸣》2003年第1期。
③ 同上。

章、指名道姓地与童庆炳"商榷"文学的审美意识形态论，所以引发了较大的反响，以至于毕业后留校任教的北京师范大学文学博士陈雪虎在2003年第二期的《文艺争鸣》上，专门发表文章《如何理解"审美意识形态论"——答单小曦的质疑》回应有关疑问。陈雪虎在文章中提出，单小曦在其文章中的一些观点和论述"简直令人不知所云"，对于审美意识形态说的判断更是"武断得令人匪夷所思"①，接着他从马克思的意识形态谱系、审美意识形态论的提出及其内涵、引入"话语活动"论的必要性等几个方面阐述了自己的相关观点，并且指出："文学从根本上讲是审美活动，文学的特性是审美，应当辩证全面地看待'审美'本质。可以说，'审美意识形态论'既强调艺术的社会意识形态和生产本性，又注意到了文学作为艺术的审美本质特征，从而摆脱了僵化的旧有文学观念体系和理论范式，也超越了80年代出现的一些纯审美理论的狭隘性。因此可以说，审美意识形态论既继承和坚持马克思主义文艺理论，又在新的现实中发展和发挥了马克思主义，是八九十年代文论界的重要研究成果之一。"②

自单小曦之后，国内的一些研究者相继对审美意识形态论提出了自己的质疑，例如，学者周忠厚认为："意识形态的概念，不能随便解释。意识形态不是意识加形态，不是意识的样态或意识的外化形态。意识形态是思想体系。如果说文艺是意识形态，很多人还难以感觉到错在哪里，那么，说文艺是思想体系，它的谬误就很明显了。政治学、哲学、法学，说它们是思想体系还好说，文艺学、文艺批评也可以说是思想体系。但是，一些含有审美情感的文学艺术作品，说它们是思想体系就让人很难理解了。说文学艺术，包括文学艺术作品是一个思想体系就让人大惑不解了。……按照逻辑，文艺不是意识形态，自然就可以得出结论：文艺不是审美意识形态。"③再如，学者陈吉猛在《文学与审美意识形态——兼与童庆炳先生

---

① 陈雪虎：《如何理解"审美意识形态论"——答单小曦的质疑》，《文艺争鸣》2003年第2期。

② 同上。

③ 周忠厚：《关于审美意识形态的几点思考》，《河北师范大学学报》（哲学社会科学版）2003年第6期。

商榷》一文中提出审美意识形态论具有很大的"局限性",他指出:"从社会意识的角度来看,我们认为,文学不是'一种'意识形态,而是'全方位'性的意识形态,是各种意识形态的集中表现形式,是政治、道德、哲学、宗教、审美等这些意识形态的交汇、出入之所,同时,文学还是非意识形态性的社会意识——科学意识的一种表现形式,文学是意识形态与非意识形态场。"① 在陈吉猛看来,单纯说文学是一种意识形态是不科学的,文学展现的是"全方位"的意识形态,而且文学还可以表达非意识形态的内容,所以文学应该是一个复杂的"形态场"。而在这复杂的"形态场"中只强调文学的审美本质,明显是不合理的。因而,他认为:"将'审美意识形态论'作为文艺学的'第一原理',实际上是要将文学的审美这种意识形态本质作为文学的终极和绝对本质。这将导致对文学的其它意识形态本质和文学的非意识形态本质的压抑和漠视,而且这也会导致'审美意识形态论'对于文学的全面阐释能力的匮乏,因为文学一旦以审美来作终极和绝对的定位与定性,对于文学的阐释就只能围绕审美来作文章了,文学的许多非审美方面就'无地自容',就被当作'外部研究'的对象而被排斥了——这是'审美意识形态论'的非合理性所在。"②

面对这些质疑,童庆炳先生专门撰文指出应从三个方面入手全面理解"审美意识形态"的基本内涵,他说:"第一,'审美意识形态'不是审美的意识形态,不是审美与意识形态的简单相加。它本身是一个有机的完整的理论形态,是一个整体的命题,不应该把它切割为'审美'与'意识形态'两部分。'审美'不是纯粹的形式,是有诗意内容的;'意识形态'也不是单纯的思想,它是具体的有形式的。……第二,在我们强调'审美意识形态'的独立性同时也要看到,审美意识形态有巨大的溶解力,一切政治的、道德的、教育的、宗教的、历史的甚至科学的内容都可以溶解于审美意识形态中。反过来说也是一样,审美意识形态可以包容政治的、道德的、教育的、宗教的、历史的甚至科学的内容。审美意识形态是一个

---

① 陈吉猛:《文学与审美意识形态——兼与童庆炳先生商榷》,《南华大学学报》(社会科学版)2003年第4期。

② 同上。

包容性很大的概念。……第三，就'审美意识形态'本身的内涵来看，《文学理论教程》（修订版）第四章，已经阐释得比较清楚了。《教程》在谈到'文学的审美意识形态性质'问题时写道：文学既是无功利的也是有功利的；文学既是形象的，也是理性的；文学既是情感的，也是认识的。这就是说，文学审美意识形态作为一种理论具有复合性结构，它指明了文学活动具有双重的性质。"①

虽然童庆炳对围绕审美意识形态论而出现的诸多质疑做出了正面的解答，但这并没有消除一些学者的疑惑，反而是进入 2005 年后关于"审美意识形态"的争论逐渐步入到了白热化的阶段。从 2005 年开始，很多学者就文学是不是审美意识形态的问题展开了非常激烈的讨论。当然我们应该看到，这场激烈的争论不仅仅只是学术研究、理论探索的必然发展结果，其背后可能还有诸多非学术因素的推动原力。但是，这些激烈的争论以及猛烈的质疑是不是能从另一个侧面说明《文学理论教程》对于文学的审美意识形态属性有论述不完善的地方？否则，单小曦也不会在 2003 年就发表文章，提出审美意识形态是"人为虚构和神化出的概念"的观点。在笔者看来，《文学理论教程（修订版）》在分析文学的审美意识形态性质时有些问题并没有论述清楚，阐释也有不完善的地方，其主要体现在以下三个方面。

第一，关于审美愉悦。

虽然童庆炳、钱中文等学者一再强调审美意识形态是一个整体性命题，不是审美与意识形态二者的简单相加，这一表述是一个有机的、完整的理论形态，不能粗暴地分割为"审美"与"意识形态"两部分，但每当看到作为这一理论基本构成要素的"审美"二字时，就不由让人想到将研究美和人的审美活动作为学科核心的另一门知识——美学。在美学研究中，一提到人的审美活动绝大多数学者都有一个共识，即在审美活动中审美主体要体验到精神上的一种愉悦感，这种愉悦感也就是我们常说的审美

---

① 童庆炳：《怎样理解文学是"审美意识形态"？——〈文学理论教程〉编著手札》，《中国大学教学》2004 年第 1 期。

愉悦。若要将审美意识形态作为文学的本质，把文学活动看成是审美活动，那必然要涉及审美愉悦的问题。《文学理论教程》的编著者也清楚地认识到了这个问题，童庆炳说："我们说'文学是一种语言所呈现的审美意识形态'，这里包含了几个要素，第一个要素：它是一种意识形态，它是具有思想倾向的，哪怕是休闲作品也是有意识形态的性质，这一点是无法逃脱的。第二个要素是：文学要让人愉悦，要让人欣赏，要让人精神上有一种超越感、自由感，这就是审美了。第三个要素是：文学是语言所表达出来的，因此文学是语言所呈现的审美意识形态，它是包含了三个要点的结合，它强调了文学中最重要的三个维度：语言、审美和意识形态。我们提出这个概念，是力图实现在语言、审美和意识形态三者之间的完整的结合，这是符合文学的本性的。"① 在这段表述中，童庆炳特别提到："文学要让人愉悦，要让人欣赏，要让人精神上有一种超越感、自由感，这就是审美了。"让人愉悦，让人获得超越感、自由感，的确是审美活动的特质，但问题是文学就一定能给人带来愉悦感、超越感和自由感吗？这一点在《文学理论教程》中编者没有进行全面而有力的论述。

认为文学作品必然能给人带来一种精神上的愉悦，这样的观点在当今中国的文学理论研究领域似乎成了一种先验式的结论，甚至成为一个可以不言而自明的"公理"。这种情况不仅出现在《文学理论教程》中，更让人关注的是，自蔡仪、以群主编的教材面世以来，我们能见到的国内学者编著的关于文学理论的教材、专著或文章中，绝大多数学者都一致性地认为文学必然给人带来精神愉悦感。但是，与之相对应的现实却是对于这一结论的论证环节经常是缺乏的或者是不全面、不完善的。说文学能让人愉悦，让人获得超越感、自由感，也就意味着在文学活动的全过程中，即在文学作品的创作、传播、接受、批评等各个环节中主体都应该体验到审美愉悦。如果真是如此，那么在作者的创作阶段，其最主要、最根本的创作动机就应该是作者的审美需求，是审美动机，但实际上，《文学理论教程》在论述创作动机这一部分内容时连审美动机这个概念都没提，只是说创作

---

① 童庆炳：《文学本质观和我们的问题意识》，《社会科学》2006 年第 1 期。

动机有："远景动机、近景动机、主导动机、非主导动机、高尚动机、卑下动机、有意识动机和无意识动机等多种类型。"①《文学理论教程》的编著者们为什么不将审美动机作为作者创作时的根本动机而加以阐述呢？其实原因很简单，编著者们也都明白，如果作家创作的最根本动机是满足自己的审美需求，那么中国人熟悉的很多文论观点和文学现象就无法解释了。如，汉代司马迁提出的"发愤著书"说、唐代韩愈提出的"不平则鸣"说；再如，清代曹雪芹在《红楼梦》里直接写出的："满纸荒唐言，一把辛酸泪。"以及俞万春写《荡寇志》、蒲松龄收集鬼故事创作《聊斋志异》的初衷，都是很难用审美二字完全解释清楚的。如此看来，如果说很多作家文学创作的最根本动机不是为了满足自己的审美需要，那么，凭什么就能直接认定文学是审美活动呢？

　　我们再来看文学作品的阅读接受环节。的确，一些文学作品能让读者产生愉悦感、超越感和自由感，但并不是所有的文学作品都是如此。我们读《诗经》、读楚辞会有愉悦感，读李白、读杜甫会有愉悦感，读曹雪芹、读蒲松龄会有愉悦感，但是不是每一位读者去读郭敬明的小说都会产生愉悦感、超越感和自由感呢？文学的本质问题和审美活动之间存在着非常明显的区别。审美活动是审美主体的一种主观体验，主体完全可以根据自己的审美标准认定对象究竟是美的还是不美的。当然，也会有人提出说审美活动是审美主体的一种主观体验是唯心论，是错误的，美应该是一种客观的存在。如果审美活动只是人对客体的美的观照、感悟、判断，那么，面对同一个对象为什么有人会觉得美，有人会觉得不美呢？认为美是一种客观存在的学者会说，出现这种情况的原因在于每个人的审美能力有高低之分。一些人无法欣赏意大利歌剧、芭蕾舞、中国传统戏曲的美，是因为他们缺乏相应的艺术修养和审美能力。学者们提出审美能力的概念对于美在客观的观点起到了有力的理论支撑作用，但有些审美现象是审美能力也无法完全解释清楚的。例如，同一个主体面对同一个对象，为什么会出现有时觉得它美，有时觉得它不美的情况？面对一个艺术品，有人会说昨天看着不美，今天就觉得美了，

_____

① 童庆炳主编：《文学理论教程（修订版）》，高等教育出版社1998年版，第122页。

甚至是早上看着美，晚上就审不出美了。主体面对审美对象说它是美的，就意味着主体具备了相应的审美能力，而到晚上面对同一个对象，主体却说不美了，这难道是在不到 24 小时的时间里人的审美能力发生了急剧的退化？说美是客体的美，说美是一种客观存在，就意味着美不以个人的意志为转移，但审美活动的事实却表明，美恰恰是由人的主观世界所决定的，这一点在康德完成哲学领域的"哥白尼式的革命"后就已经得到了确认。所以，审美活动不是对于所谓"客体美"的挖掘，而是一种审美主体的主观体验，因而它也就带有了很强的个体性和随意性。但文学的本质问题就完全不同了，既然说是本质，就应当带有普遍性，对于文学本质的界定就应当适用于绝大多数的文学作品，而不只是适用于某个时代、某个地区出现的文学作品，或者只是适用于某类作者创作的文学作品，或者只适合于被某些人认为是"优秀"的文学作品。一些人读了郭敬明的多部小说都不会产生所谓的愉悦感、超越感和自由感，这是不是就意味着在这些读者眼中郭敬明的那些"文字集合体"就不是文学作品了呢？事实恰恰相反，当读者一看到郭敬明的文字文本，首先就会认为它们一定是文学作品，只是这类作品有的读者不喜欢，无法引发相应的审美愉悦罢了。郭敬明的小说不是个例，类似的情况还有很多，如现在大量出现的网络小说，什么玄幻的、修真的、穿越的、重生的、异能的，甚至是耽美小说，你要让这些小说作品在所有读者那里都产生普遍的愉悦感，是根本不可能的。此外，我们还可以想一想人类文学创作史中大量存在的那些水平低下、创作粗糙的文学作品，阅读这些作品读者能产生出愉悦感吗？对于这类作品的阅读活动是审美活动吗？用审美意识形态去界定文学的本质，完全可以，但在论述的时候应当细致分析在文学活动的全过程中人的愉悦感、超越感和自由感是怎么产生的。而且，还应阐述主体是不是只会产生愉悦感、超越感和自由感，如果不是，那就应进一步分析指出认定愉悦感、超越感和自由感是最本质、最核心精神体验的原因来。但以上这些，《文学理论教程》都没有提及。

第二，关于审美情感。

在《文学理论教程》中编著者提出："文学是审美的，其另一个含义便是情感——文学是情感的。情感，这里指审美情感，是凝聚在审美形象中的作家或读者的主体态度（好恶，喜怒，肯定与否定，欢乐与痛苦等）。审美情感往往是一种超越个人利害得失而具有人类普遍性的情感。……而且，更为重要的是，这种审美情感作为审美评价，又总是与前述审美无功利、审美形象相互渗透着，并通过它们而显现。"① 文学是情感的，这没有人会提出异议，问题在于教材说文学中的情感就是审美情感，而且这还是一种超越个人利害得失而具有人类普遍性的情感，理由是什么呢？在这段论述中，《文学理论教程》先是提出审美情感是具有人类普遍性的情感，接着引用了荣格的原文："我们已不再是个人，而是全体，整个人类的声音在我们心中回响。"这似乎是要用荣格的话来印证审美情感的人类普遍性，但荣格在其原文中所表达的意思却与审美无关，这段话是他在分析原始意象或原型时说的，荣格认为：

　　　　这样看来，当原型的情境发生之时，我们会突然体验到一种异常的释放感也就不足为奇了，就像被一种不可抗拒的强力所操纵。这时我们已不再是个人，而是全体，整个人类的声音在我们心中回响。个体的人并不能完全运用他的力量，除非他受到我们称为理想的某种集体表象的赞助，它能释放出为我们的自觉意志所望尘莫及的所有隐匿着的本能力量。②

　　很明显，荣格在这里所提到的"我们已不再是个人"，"而是全体"，"整个人类的声音在我们心中回响"，是指"原型的情境"发生时出现的情况，看不出这与审美情感间存在什么必然的内在联系。所以，要用这句话去证明审美情感是一种"超越个人利害得失而具有人类普遍性的情感"，在逻辑上是很难让人信服的。引用荣格的原文之后，《文学理论教程》又写到："同时，审美情感已不只是单纯情感而是情感的形式或形式的情感。"③ 接

---

① 童庆炳主编：《文学理论教程（修订版）》，高等教育出版社 1998 年版，第 69—70 页。
② 荣格：《论分析心理学与诗的关系》，参见叶舒宪选编的《神话—原型批评》一书，陕西师范大学出版社 1987 年版，第 101 页。
③ 童庆炳主编：《文学理论教程（修订版）》，高等教育出版社 1998 年版，第 69 页。

着，它还引用了德国学者卡西尔的话，力求用此段话证明自己观点的正确。卡西尔指出：“我们所听到的是人类情感从最低的音调到最高的音调的全部音阶；它是我们整个生命的运动和颤动。”但是如果我们去查看原书的上下文会发现，卡西尔的这段话并不是针对审美情感而说的，甚至我们可以说卡西尔所提出的艺术本质观与《文学理论教程》所主张的文学本质观并不完全相一致。卡西尔指出：

> ……艺术使我们看到的是人的灵魂最深沉和最多样化的运动。但是这些运动的形式、韵律、节奏是不能与任何单一情感状态同日而语的。我们在艺术中所感受到的不是哪种单纯的或单一的情感性质，而是生命本身的动态过程，是在相反的两极——欢乐与悲伤、希望与恐惧、狂喜与绝望——之间的持续摆动过程。使我们的情感赋有审美形式，也就是把它们变为自由而积极的状态。在艺术家的作品中，情感本身的力量已经成为一种构成力量（formative power）。
> ……
> 因此，企图以某种情感特征来刻画艺术品的特征，那就必然不能得出正确的看法。如果艺术企图表达的不是任何特殊的状态而正是我们内在生命的动态过程本身，那么任何这一类合格证明就简直不过是马马虎虎肤浅表面的合格而已。艺术必须始终给我们以运动而不只是情感。①

卡西尔认为艺术本质上是表现人“生命本身的动态过程”，而不是表现某一种单纯的情感，所以用某种情感去界定艺术品的特征也是完全错误的。为了证明这一观点，卡西尔在后面的论述中提到了教材所引用的关于贝多芬第九交响曲的例子，他说：

> ……把莫扎特的音乐说成是欢乐的或宁静的，把贝多芬的音乐说成是庄重的、低沉的或崇高的，那只是暴露了一种肤浅的鉴赏力。在

---

① 卡西尔：《人论》，甘阳译，上海译文出版社 2004 年版，第 206—207 页。

这里，悲剧和喜剧的区别也同样是无关紧要的。莫扎特的《唐璜》究竟是一出悲剧还是一出轻喜剧，这种问题简直是不值得问的。贝多芬根据席勒的《欢乐颂》而作的乐曲表达了极度的狂喜，但是在听这首乐曲时我们一刻也不会忘掉《第九交响曲》的悲怆音调。所有这些截然对立的东西都必须存在，并且必然以其全部力量而被我们感受：在我们的审美经验中它们全都结合成一个个别的整体。我们所听到的是人类情感从最低的音调到最高的音调的全部音阶；它是我们整个生命的运动和颤动。①

显然，卡西尔在这里所说的"它是我们整个生命的运动和颤动"，指的并不是贝多芬《第九交响曲》中所蕴含的审美情感，更不是什么所谓的"情感的形式或形式的情感"。在卡西尔看来，艺术让我们看到的是"人的灵魂最深沉和最多样化的运动"，在针对艺术品的审美活动中，人会将众多单一或单纯的情感，如狂喜、悲怆、欢乐、宁静等"结合成一个个别的整体"，因而，当人们欣赏乐曲时就会听到人"整个生命的运动和颤动"，而不是只体验到某一种单一情感的传达。所以，《文学理论教程》的编著者在这里引用卡西尔的这句话似乎与前文"审美情感已不只是单纯的情感而是情感的形式或形式的情感"之间没有内在的必然联系。当然，我们也就看不出编著者引用这句话到底是想证明些什么。此外，还要顺便提一下，卡西尔也认为美不是事物的客观属性，他曾说："美并不是事物的一种直接属性，美必然地与人类的心灵有联系——这一点似乎是差不多所有的美学理论都承认的。"②

总体而言，《文学理论教程》在这段关于"审美情感"的论述中，虽然也引用了两段名人名言，但并没有阐述清楚教材所指出的文学作品中表现的情感就是审美情感的原因，也没有深入分析文学作品中的审美情感具备有哪些特征。而且，该书在这里似乎还有点循环论证的味道：为什么说文学作品

---

① 卡西尔：《人论》，甘阳译，上海译文出版社 2004 年版，第 207—208 页。
② 同上书，第 208 页。

中的情感是审美情感呢？因为文学具有审美意识形态性质，既然是审美意识形态，而不是其他的什么政治意识形态、哲学意识形态、法律意识形态、道德意识形态，所以它所蕴含的情感一定是审美情感。而文学为什么具有审美意识形态的性质？因为文学作品中饱含着审美情感，并与审美无功利性、审美形象相互渗透，使得文学体现出审美意识形态的性质。审美情感与审美意识形态之间互为根据、相互证明，这是不是一种循环证明呢？

在《文学理论教程》分析"文学的审美意识形态性质"这一部分内容中，编著者提到的很多概念与观点如审美无功利、审美直觉是不依赖概念而获得的瞬间领悟、审美情感是一种超越个人利害得失而具有人类普遍性的情感等等，都很容易让人想到康德的美学思想。在1750年前后，德国哲学家鲍姆加登提出了"美学"一词，使得美学成为一门新的独立学科。但真正让美学独立，并对后来的美学研究产生巨大影响的学者却是哲学家康德。康德的美学思想主要体现在《判断力批判》一书中，此书也是其批判哲学的重要支柱。康德的批判哲学被称为是发动了一场认识论上的"哥白尼式的革命"。康德指出西方哲学从亚里士多德以来都认为人的观念必须符合对象，这才是知识，这才是真理。但康德却彻底颠倒了主体与客体之间的关系，他认为真理之所以是真理，其原因在于对象符合于观念而不是相反的观念必须符合对象。他认为，作为客体的自然界不为人立法，而是作为主体的人为自然界立法。客体作为人的知觉对象，是由人的主观能动性建立起来的，所以它是符合于我们的观念的。这一观点就如同欧洲文艺复兴时期波兰天文学家哥白尼用"日心说"取代"地心说"一样，产生了巨大的影响，如同是一场大地震，因而被称为是一场革命。在康德看来，真正的知识是由感觉经验和普遍必然性两个因素构成的。感觉经验是人后天接受的知觉印象，它构成了知识的内容因素，而知识中的"普遍必然性"来源于我们的先天认识能力，与感觉经验无关，它也是知识构成的形式因素。而且在康德看来，单纯的感觉或单纯的观念都不能构成知识，如"好""黑的""动物""人"等，知识实际是一种主谓判断，如"人是高等哺乳动物"，它是由概念依据一定的逻辑关系联系起来而形成的。由此，康德在结合大陆理性主义和英国经验主义两方面哲学思想的基础之上，特别是在休谟怀疑论的影响下，提出了

"先天综合判断"。康德认为，只有他发现的"先天综合判断"才能构成具有普遍必然性的知识。因为"先天综合判断"既有感官提供的个别、具体的经验材料，也有先天存在于头脑中的能将经验材料联系起来的先验的形式。这样在《纯粹理性批判》一书中，康德就将西方认识论哲学研究的核心问题之一"知识如何可能"的问题，转化成为探索用人的主观能动性来解释人的知识的来源和形成——即"先天综合判断如何可能"的问题。这一研究思路也被康德应用到美学研究领域。在康德之前的美学家，绝大多数人的研究核心都是美的本质问题，即力求为"美是什么"这一疑问给出满意的解答。但康德的研究重点却不在这里。在审美活动中，审美主体都会感受到美，甚至是脱口而出，说："美啊！"或者是："真美啊！"当审美主体体验到或直接说出"美啊"或"真美啊"的时候，实际上是他做出了一个判断，即"某某审美对象是美的"或"某某审美对象真是美"。由此，康德指出人在审美活动中实际存在着一种判断，所以在康德的美学研究中其研究的核心已经不是美的本质问题了，而是去深入探究人凭借着什么能在审美活动中做出审美判断，以及人在审美活动中的判断与在其他活动——如理性思维活动、伦理道德活动中的判断区别在哪里的问题了。简单来说，在康德的美学体系中已经将"美是什么"的问题，转换成了"审美是什么"以及"人的审美能力如何可能"的问题了。

在康德看来，人的高级认识能力有三种，即知性、判断力和理性。其中知性提供概念，判断力进行判断，理性展开推理，判断力是作为知性与理性之间的中介环节而存在的。对于在人审美活动中发挥作用的判断力，康德指出："尽管如此，对判断力在这些评判中的某种原则的批判性研究是对这种能力的一个批判的最重要的部分。因为即使这些评判自身单独不能对于事物的认识有丝毫的贡献，它们毕竟只是隶属于认识能力的，并证明这种认识能力按照某条先天原则而与愉快或不愉快的情感有一种直接的关系，而不与那可能是欲求能力的规定根据的东西相混淆，因为欲求能力在理性的概念中有其先天的原则。"① 在这段话中，康德对于审美判断的

---

① 康德：《判断力批判》，邓晓芒译，人民出版社 2002 年版，第 3 页。

定位很清楚。审美判断与人的愉快或不愉快的情感有一种直接的关系，它与欲求能力（指知、情、意中的意的部分，也就是意志）不能混淆，但它同人的认识能力却有着密切的关系。这一密切的关系主要体现在审美判断力是由人的认识能力构成的，但我们不能因此就下结论说审美活动就是人的认识活动，因为审美判断的目的不是认识，它"不能对于事物的认识有丝毫的贡献"，它运用认识能力是为了完成审美鉴赏。但一些学者却没有注意到这一点，仍旧认为审美是人的一种认识活动，进而提出一些类似于"审美反映""情感认识"等似是而非的概念。简单举个例子就能说明这一点。人都要吃饭，吃饭时我们经常要用到筷子，但我们绝不会因为用了筷子吃饭，就把"吃饭"这个活动改个称呼，叫做"吃筷子"了。审美活动也是这样，不能因为在审美活动中人运用了认识能力，就把审美活动当成是认识活动。我们还可以比较下面两句话，第一句："花是红的。"第二句："花是美的。"很明显，这两句话，一是认识，一是审美。但因为这两句话从表面看很接近，所以很容易造成一个假象，即"美"和"红"一样，都是花的客观属性之一，因而审美活动就是认识活动，是对客观的美、或者说是对事物的美的属性的认识。"红"的确是花的客观属性，它是自然光照射在花瓣上后反射进入人的视网膜，人的视觉神经感受到特定波长与频率的光线后，给这一光线命名为红色，所以我们以后看到同样波长与频率的光线时，都会认为那是红色的。"红"是花的客观属性，不会以个人的意志为转移，当一朵红花放在某人的眼前，他非说这花是绿的、蓝的、黑的，我们一般都会认为这人的眼睛有问题。但审美却不是这样，面对同一朵花，有人说它美，也可以有人说它不美，甚至是同一个主体可以早上说它美，晚上说它不美。出现以上现象的原因就在于，美不是对象的本质属性，它和人的主观世界有关，是一种审美主体由审美对象的形式而引发的主观情感体验。

康德认为审美活动实际就是人做出了审美判断，要运用人的判断力。但审美活动中的判断力和人在进行其他一些活动（如科学研究）时所运用的判断力是不一样的，它是一种反思的判断力。他说："一般判断力是把特殊思考为包含在普遍之下的能力。如果普遍的东西（规则、原则、规律）被给予了，那么把特殊归摄于它们之下的那个判断力（即使它作为先验的判断力先天地指定了惟有依此才能归摄到那个普遍之下的那些条件）就是规定性的。但如果只有特殊被给予了，判断力必须为此去寻求普遍，那么这种判断力就只是反思性的。"① 简单来说，所谓规定性的判断实际就是一种从普遍到特殊的判断过程。例如在数学课上，面对形态各异的三角形，要判断出哪些是直角三角形，只要运用一个具有普遍性的规则就可以了，即有一个内角是 90°的三角形就是直角三角形。这一判断过程，是应用了普遍性的规则去分辨个别、具体、特殊的现象，所以是规定性的判断。而反思性的判断却与规定性的判断恰恰相反，它是一种从特殊到普遍的判断过程，即从纷繁复杂的个别现象上，反思一种普遍性，而且这种普遍性在康德看来是一种主观设想的普遍性。这就如学者邓晓芒所说："你不要考虑它的属性，而要反思到我们观看它们的时候，我们在主体中引起了一种什么样的东西。这叫反思的判断力。"② 康德认为，反思性的判断力与知心、理性一样都有自己的先验原则，即为自然的形式的合目的性原则，而且反思性判断力的先验原则与人的愉快的情感是紧密结合在一起的。所以，也就是从康德开始，以后绝大多数的美学家在研究审美现象时，都会认为审美愉悦的出现是衡量审美活动发生的最核心的标准之一。

康德深入揭示了人的愉悦感与审美活动之间的直接对应关系，但康德在《判断力批判》一书中还进一步指出，并不是所有能引发人愉悦感的活动都是审美活动。康德认为，与快适、善等活动不同，审美活动作为一种鉴赏判断是"不带任何利害的"③。在《文学理论教程》中，编著者也有类似的阐释。在分析文学的审美意识形态性质时，该书指出："文学是审美的，这就是说，文学往往是无功利的。无功利，或称无利害，指人的活动并不寻求实际利益的满足。而审美的无功利性（disinterestedness）表现在，审美并不寻求直接的实际利益满足。"④ 将审美的无功利性解释为

---

① 康德：《判断力批判》，邓晓芒译，人民出版社 2002 年版，第 13—14 页。

② 邓晓芒：《康德〈判断力批判〉释义》，生活·读书·新知三联书店 2008 年版，第 32 页。

③ 康德：《判断力批判》，邓晓芒译，人民出版社 2002 年版，第 38 页。

④ 童庆炳主编：《文学理论教程（修订版）》，高等教育出版社 1998 年版，第 65 页。

"不寻求直接的实际利益满足"，正确但明显不全面。例如，我站在桥上看着河滩上杂乱排列着的鹅卵石，这些鹅卵石与我之间没有利害冲突，而且我也不想用鹅卵石来满足我的什么"直接的实际利益"，那是不是说当我看着那些鹅卵石就标志着我进入了审美活动呢？答案明显是否定的，原因很简单，因为我没有出现愉悦感。也就是说，当谈论审美的无功利性时，要有前提，那就是在愉悦感出现的基础上来分析无功利性。再从另一方面看，如果某种活动能引发主体的愉悦感，而且也不满足主体的"直接的实际利益"，那这样的活动就一定是审美活动吗？不一定。例如，在拥挤的公交车、地铁上，我给有需要的人让了座位。我做了好事，内心肯定会高兴，愉悦感出现了，而且让座的行为不但没有满足我的实际利益，还会使自己的利益受损，如要忍受车厢的拥挤，甚至是极个别人的白眼与嘲笑，那么让座这一行为是审美活动吗？明显不是。我们一般把这样的事情称为是做了好事，是属于善的范围，而不属于美的范围。

那么，我们应该如何全面理解审美无利害呢？其实康德在探讨审美活动的特征时，已经将这一问题分析清楚了。在康德看来，审美活动要有审美愉悦感出现，审美是无利害的，而且审美判断是静观的。他说："快适和善二者都具有对欲求能力的关系，并且在这方面，前者带有以病理学上的东西（通过刺激，stimulos）为条件的愉悦，后者带有纯粹实践性的愉悦，这不只是通过对象的表象，而且是同时通过主体和对象的实存之间被设想的联结来确定的。不只是对象，而且连对象的实存也是令人喜欢的。反之，鉴赏判断则只是静观的，也就是这样一种判断，它对于一个对象的存有是不关心的，而只是把对象的性状和愉快及不愉快的情感相对照。"[1] 康德认为快适、善和审美都能引发人的愉悦感，但它们之间有区别。所谓快适，是指："那在感觉中使感官感到喜欢的东西。"[2] 在康德看来，快适的愉悦与审美的愉悦不同，它是和利害结合着的。

例如，我喜欢吃甜的东西，我的感觉器官非常喜欢甜味，甜味能引发

① 康德：《判断力批判》，邓晓芒译，人民出版社2002年版，第44页。
② 同上书，第40页。

我的一种愉悦感，但这一愉悦感必须是带有甜味的食物进入我的口腔，和我的舌头——也就是味觉器官接触后才能出现。再如，一个人渴了，他必须将水分真实地补充进身体，才能出现相应的满足感。虽然我们会常说画饼充饥、望梅止渴，但即使人在其中有愉悦感，在康德看来那也不是快适的愉悦。快适的愉悦感的出现，必须是以主体充分地占有对象的实体为前提，它和对象的实际存在是无法分割的。但审美的愉悦与快适的愉悦完全不同，它不需要占有对象的"实存"，只需要关心对象的"性状"，或者说只去"审"对象的"形式"，就能引发审美愉悦。例如，黄山的美丽风光能引发人的审美愉悦，从而使主体全身心地投入一种审美的状态。但这种审美愉悦的产生，和快适的愉悦感完全不同，不需要主体去占有审美对象的"实存"。肚子饿了、口渴了，只有主体把食物真实地吃了、水真实地喝了，才能产生吃饱喝足后的愉悦感。但在审美活动中就不需要如此。游人欣赏黄山的美景时不需要把黄山占领，使其只归属于审美主体一个人，成为审美主体的个人财产后，才能产生相应的审美愉悦。而且，审美主体还可以不去身临其境，只要看看关于黄山的纪录片、风光片，通过观赏其中的画面，主体照样可以关注黄山的"性状"，同样也可以引发审美愉悦。甚至，审美主体连具体的画面都可以不看，只要阅读那些描写黄山奇松怪石、云海温泉的优美文字，通过想象、联想在自己的脑海中建立起关于黄山的形象，也可以审视黄山的"性状"，从而进入审美的状态。这就是康德所说的静观。但善的愉悦感是无法通过静观获得的。与审美活动不同，人在善的活动中要运用理性，要去思考什么才是"善"，使用怎样的方法手段才能完成善的行为，这一点也使得康德认为，善是和"利害"结合在一起的。我们从事善的活动，如做好人好事、帮助有需要的人，主体会产生愉悦感，但这种愉悦感产生的前提是主体必须要有相应的实践活动，必须真实地完成善的行为才可以。只在那里"静观"，想着做这个好事、帮助那个人，而不去行动，主体是无法获得善的愉悦的。康德在《判断力批判》中就指出："但无论快适和善之间的差异有多大，二者毕竟在一点上是一致的：它们任何时候都是与其对象上的某种利害结合着的，不仅是快适，以及作为达到某个快意的手段而令人喜欢的间接的善（有利的东西），而且就是那绝对的、在一切意图中的善，也就是带有最高利益的道德的善，也都是这样。"①

在《文学理论教程》一书中，编著者指出："情感，这里指审美情感，是凝聚在审美形象中的作家或读者的主体态度（好恶，喜怒，肯定与否定，欢乐与痛苦等）。审美情感往往是一种超越个人利害得失而具有人类普遍性的情感。"② 为什么在文学活动中，"凝聚在审美形象中的"诸如好恶、喜怒等"作家或读者的主体态度"，就能成为一种"超越个人利害得失而具有人类普遍性的情感"？书中没有解释。难道超越了个人利害得失，就能获得普遍性？如果真是如此，那么因为很多善的行为"超越了个人利害得失"，所以它们就会具有"普遍性"，因而全体社会成员都会去积极做善事、当善人，但社会生活中的客观现实却不是这样。而且，在具体的文学活动中，《文学理论教程》编著者所说的"主体态度"，也就是好恶，喜怒，肯定与否定、欢乐与痛苦等，往往不具有普遍性。例如，同一部《红楼梦》，有人就认为薛宝钗只想着"好风凭借力，送我上青云"而喜欢林黛玉，有人却说林黛玉尖酸刻薄、喜怒无常而喜欢薛宝钗。再如，同一部《三国演义》，有人会说曹操是个顶天立地、具有雄才大略的真英雄，刘备只是个四处攀附、能哭会装的伪君子；而有人会说曹操只是个心狠手辣、谋权篡国的真小人，刘备却是一个义薄云天、百折不挠的伟丈夫。在文学活动中，类似的例子比比皆是，这种"主体态度"的"人类普遍性"应该怎么理解呢？

康德在《判断力批判》一书中也提出过美具有普遍性，但他的原话是说："美是无概念地作为一个普遍愉悦的客体被设想的。"③ 在康德看来，审美活动与概念无关，而且美的普遍性是审美主体的一种主观设想，并不一定是一个客观事实。那么，为什么很多人愿意将美看成是客观事物的属性？康德的解释是："于是他将这样来谈到美，就好像美是对象的一种性状，而这判断是（通过客体的概念而构成某种客体知识的）逻辑的判断似的；尽管这判断只是感性的［审美的］，并且只包含对象表象与主体的某

---

① 康德：《判断力批判》，邓晓芒译，人民出版社 2002 年版，第 44 页。
② 童庆炳主编：《文学理论教程（修订版）》，高等教育出版社 1998 年版，第 69 页。
③ 康德：《判断力批判》，邓晓芒译，人民出版社 2002 年版，第 46 页。

种关系：这是因为它毕竟与逻辑判断有相似性，即我们可以在这方面预设它对每个人的有效性。"① 在康德看来，审美判断和逻辑判断很相似，所以在审美活动中主体很容易把美当成是对象的一种"性状"，但这并不是说美真的就是客观的了，因为审美活动只包含了"对象表象与主体的某种关系"，而不是去认识对象的"性状"。美的普遍性实际是审美主体的主观"预设"，而这一预设似乎是通过大家共同认可"某对象是美的"而产生了有效性。例如，某人读完一部小说作品后被其深深打动，认为它太好、太美了，所以他把小说推荐给了朋友看。在推荐的时候，他一定会认为自己的朋友读完这部小说后也会觉得它是优秀的、美的作品。审美主体认为别人会认同自己的审美判断，这就是康德所说的一种主观"预设"的普遍性。当然，这种主观"预设"的普遍性不一定就是客观现实，它只是审美主体的一个先天式的断言。对此，康德指出："但是如果他宣布某物是美的，那么他就在期待别人有同样的愉悦：他不仅仅是为自己，而且也为别人在下判断，因而他谈到美时好像它是物的一个属性似的。所以他就说：这个事物是美的，而且并不是因为例如说他多次发现别人赞同他的愉悦判断，就指望别人在这方面赞同他，而是他要求别人赞同他。"②

　　在康德看来，快适、善和审美都能让人产生愉悦感，但它们有区别。这种区别除了前面提到的快适和善的愉悦与利害相关、审美愉悦无关利害之外，还有就是快适的愉悦没有普遍性，而善的愉悦要借助概念才能实现。康德认为快适是建立在私人感受上的愉悦，只是限于他个人。例如人们在饮食习惯上青菜萝卜各有所爱，不能因为自己爱吃辣，就要求全天下的人要和他在口味上保持一致。每个人都可以有自己独特的口味，口味面前没有争议。辣味能引发一部分人快适的愉悦感，但对另一部分人来说却是一种痛苦，这就说明快适的愉悦没有普遍性。与快适的愉悦相反，善和审美的愉悦具有普遍性，但善的愉悦与概念相关，康德说："善是借助于理性由单纯概念而使人喜欢的。"③ 例如，我们要做善事，首先应该明白

---

① 康德：《判断力批判》，邓晓芒译，人民出版社 2002 年版，第 46 页。
② 同上书，第 47—48 页。
③ 同上书，第 42 页。

什么是"善事"，要认识当前社会习俗中对于"善"的界定后，才能判断要做的事情是不是属于善事的范围，所以善的行为离不开对于"善"这一概念的把握，与人的理性相关。但审美却和概念无关。例如，我们看到一朵花，即使不知道它叫什么名字，属于哪个种、哪个属，不掌握与之相关的任何科学知识，这朵花照样能引发我们的审美愉悦。在康德看来，审美活动中出现的愉悦感与概念无关。对此，康德指出："假如引起鉴赏判断的那个给予的表象是一个把知性和想像力在对对象的评判中结合为一个对客体的知识的概念的话，那么对这种关系的意识就是智性的（像在《纯粹理性批判》所讨论的判断力的客观图型法中那样）。但这样一来，这判断就不是在与愉快和不愉快的关系中作出的了，因而就不是鉴赏判断了。但现在，鉴赏判断不依赖于概念而就愉悦和美这个谓词来规定客体。所以那种关系的主观统一性只有通过感觉才能被标明出来。"①

　　以上我们结合康德的美学思想，简单地分析了一些审美活动的特质，其中提到的审美愉悦、审美无利害、审美与概念无关、审美的普遍性等都与《文学理论教程》中论述"文学的审美意识形态性质"这一部分内容密切相关。《文学理论教程》的编著者指出："文学是审美的，其另一个含义便是情感——文学是情感的。情感，这里指审美情感……"② 而康德却认为，只有那些与由快适和善引发的愉悦感完全不同的情感愉悦才和审美相关。这里不由让人产生一个疑问：文学作品中承载的难道只有审美情感吗？例如，当代作家贾平凹创作的长篇小说《废都》，1993年一出版就被查禁。如果说文学作品中都是审美情感的话，那么对于《废都》的查禁，是不是就意味着对美的查禁？在这部小说中存在着大量的情色描写，书中也经常出现"□□□□□□（作者删去××字）"的字样，这都是它被查禁的重要原因，那这些内容应该如何用"审美"去解释呢？类似于《废都》这样的文学作品还有很多，这些突出了凶杀、色情、暴力内容的文学作品，它们的审美意识形态性质应该怎样分析？再如，现在我们经常

---

① 康德：《判断力批判》，邓晓芒译，人民出版社2002年版，第54页。
② 童庆炳主编：《文学理论教程（修订版）》，高等教育出版社1998年版，第69页。

能读到的鬼故事、恐怖小说，这类作品的"审美情感"又是什么？

在前文我们分析老舍先生的著作《文学概论讲义》时提到过，在老舍先生那里文学的特质有三个，分别是感情、美和想象。需要注意的是，老舍是将感情和美分开论述的，这也就意味着在老舍眼中美与感情有区别。老舍认为，文学的感情特质是相对理智而言的，而文学的美的特质是针对道德目的而言的，它强调的是文学作品"不偏不倚"的无利害性。老舍先生对于美和感情的区别，可以引发我们的进一步思考：审美活动能和人的情感活动完全等同吗？从现在学者们的研究共识来看，审美活动的确是属于人的精神活动。但同样不可否定的是，精神活动的范围要远远大于审美活动的范围。否则的话，我们熟悉的心理学家、治疗精神疾病的大夫、调节夫妻情感矛盾的民政局的工作人员，由于在他们的工作中都要分析、研究人的精神活动，所以，我们是不是也可以把他们都叫做美学家了？

在 2006 年完稿的《意识形态与文学艺术——与董学文先生商榷》一文中，学者童庆炳认为："审美最简明的理解是'以情感评价对象'，因此在'审美'中既有形式的因素，也有内容的因素。"[1] 而在 2008 年出版的《童庆炳谈文学观念》一书中，童庆炳进一步指出："概而言之，审美活动是心理处于活跃状态的主体，在特定的心境、时空条件中，在有历史文化渗透的条件下，对于客体的美的观照、感悟、判断。"[2] 进入 2009 年，在《实践是"审美"与"意识形态"结合的中介——对近期"文学审美意识形态论"质疑的三点回应》一文中，童庆炳对"审美是情感的评价"的观点做了较为详细的解释，他说："那么，审美是什么？为什么在'一般到特殊'的认识运动中，用审美来界定文学的特性？对于'审美'各有各的说法。多数学者用康德的观点来解释审美。我的观点认为'审美'是'情感的评价'。这种说法，是我的老师黄药眠先生在上个世纪 50 年代美学大讨论中提出来的，他借用了马克思的价值论来建构他的美学理论。……我对'审美'的理解是接着黄药眠的话来说的。我认为，人在长期的实践

① 童庆炳：《意识形态与文学艺术——与董学文先生商榷》，参见由北京师范大学文艺学研究中心汇编的《文学审美意识形态论》一书，中国社会科学出版社 2008 年版，第 130 页。

② 童庆炳：《童庆炳谈文学观念》，河南大学出版社 2008 年版，第 107 页。

活动中形成了情感，情感是一个很大的概念，它包括感觉、知觉、欲望、联想、感情、想象、理解等一切心理机制。人的情感在生活与艺术活动中必然会面对客观对象，对象如果对人具有价值性的话，那么人的情感就会对对象进行评价，在评价活动中就会产生美、丑、崇高、卑下、悲剧、喜剧等感受，这就是审美。所以简要地说，我们可以把审美理解为'情感的评价'。"①

通过简单梳理童庆炳对于审美的解释和查阅《实践是"审美"与"意识形态"结合的中介——对近期"文学审美意识形态论"质疑的三点回应》一文的全部内容，我们可以有以下三方面感受。

首先，从童庆炳在这篇文章中对于黄药眠先生美学观点的介绍和评价来看，黄先生对于审美活动的认识并没有偏离康德对于美学研究所预设的轨道。例如，童庆炳指出："这样，黄药眠就在很大程度上摆脱了简单揭示'美的本质'的命题，而把这个问题转化为'人的审美活动是什么'的问题。"② 前文我们已经提到过，从康德开始西方学者在美学研究中关注的核心问题已经从"美是什么"转化为"审美活动是什么""人的审美能力是什么"的问题。康德在认识论领域发动了"哥白尼式的革命"，认为不是人的主观观念要符合客体对象，而是人为自然界立法，突显了人的主观能动性。所以在美学研究中，康德与黄药眠先生一样，都更关注对于审美活动特征的分析，也都更关心"人的审美能力如何可能"的问题，而不是直接去回答"美是什么"的问题。

其次，童庆炳对于情感概念的理解与绝大多数学者特别是心理学家的研究存在着较大的区别。不可否认，无论是在哲学研究领域还是在心理学研究领域，学者们关于情感概念的争议是非常多的。不过，虽然争论很多，但学者们也达成了一些简单的共识。例如，童庆炳认为"情感是一个很大的概念"，它包括感情等一切心理机制，但心理学家却认为不是情感包括感情，而是认为情绪和情感被统称为感情。例如，有学者

---

① 童庆炳：《实践是"审美"与"意识形态"结合的中介——对近期"文学审美意识形态论"质疑的三点回应》，《文化与诗学》2009 年第 2 期。
② 同上。

就指出："感情（affection），通常是指情绪和情感的总称，既包含与生理需要相联系的低级情绪情感，也包含与社会需要相联系的高级情绪情感。"① 情绪（emotion）是指："个人对其所认识的事物、所做的事情以及自己和他人的态度体验，包括所有在主观上体验到的、负载着情感的、有意识的心理状态，并总是伴有植物性神经系统的生理反应。"② 情感（feeling）一般是指："对情绪过程的主观体验和感受。"③ 而《现代汉语词典》对于情感的界定是："对外界刺激肯定或否定的心理反应，如喜欢、愤怒、悲伤、恐惧、爱慕、厌恶等。"④ 此外，在心理学研究中情感、感觉、知觉、想象、联想等都是具有相对独立性的心理现象，一般情况下都是将它们分别阐述、分析，而不是一股脑地全归于情感一个概念之下。

最后，童庆炳认为："在评价活动中就会产生美、丑、崇高、卑下、悲剧、喜剧等感受，这就是审美。"美、丑、崇高、卑下、悲剧、喜剧等几个概念都是美学研究中重要的审美范畴，有了这几样感受，那肯定就是审美了，这没有任何问题。但问题在于，人的"情感的评价"就只有这几种吗？说审美是情感的评价，作为一种美学观点有其存在的合理性。但将这一观点应用到文学本质的探讨中，就会出现一些让人疑惑不解的地方。其最主要的问题就在于，在文学作品中可展现的"情感的评价"有很多种，难道每一种都是"审美"的？如果所有的"情感的评价"都是审美的，那么诸如嫉妒、后悔、恐惧、仇恨、失意、自卑、厌恶之类的情感评价，它们的"美"又在哪里？

在美学研究的发展历程中，情感与美、审美等概念的关系错综复杂，要想做到一言以蔽之很困难。在学者朱立元编著的《西方美学范畴史》一书中，作者指出在西方美学发展的不同阶段，情感在美学研究中的位置及

---

① 黄希庭主编：《简明心理学辞典》，安徽人民出版社 2004 年版，第 110 页。
② 同上书，第 287 页。
③ 同上书，第 285 页。
④ 中国社会科学院语言研究所词典编辑室：《现代汉语词典（第 5 版）》，商务印书馆 2005 年版，第 1116 页。

其作用都不相同。例如，在西方哲学的开始期——本体论阶段，美学思考更愿意强调："美本身与情感，特别是肉体感觉的区别。"① 而进入西方哲学的第二阶段——认识论阶段，西方美学家对于情感的看法产生了变化，该书的作者指出："与美学第一阶段的人们对情感的认识相比，此时的情感范畴具有以下的特征：首先，情感成为了审美（一种特殊的认识活动）过程中的心理状态；其次，它与生理上的快感有着本质的差异，它是受理性支配的精神性感受；第三，存在着审美过程中的情感与人的其他活动中体验到的情感的区别；第四，美感具有与高级理性认识内在的紧密联系，它是这种高级认识的初级阶段。"② 从这段分析我们就可以看出，西方美学家自哲学研究的认识论阶段起，就对审美过程中的情感与人在其他活动中体验到的情感做了明确区分。而文学作品所承载的情感，不可能只是人在审美活动中体验到的审美情感，嫉妒、后悔、恐惧、仇恨、失意、自卑、轻视等等诸如此类的情感体验都可以在不同的文学作品中展现出来。这就如英国19世纪初的批评家威廉·赫士列特在《泛论诗歌》一文中所指出的："恐怖是诗，希望是诗，爱是诗，恨是诗；轻视，忌妒，懊悔，爱慕，奇迹，怜悯，绝望或疯狂全是诗。"③ 这也就是说，在很多文学作品中，特别是那些内容较为复杂的文学作品中，呈现给读者的不仅仅是无利害的审美愉悦，还可以有其他很多的"情感的评价"，如仇恨、欲望、嫉妒、恐怖、疯狂……当然，我们也可以说在文学作品所表现的众多情感体验或"情感的评价"当中，审美情感是最核心、最本质的。但这样的观点还会引发疑问，即为什么在这些众多的情感体验当中，审美情感就是最本质的？为什么审美情感就能获得界定文学本质的权力？对于这些内容，在《文学理论教程》一书中编著者都没有给出详细的阐释。

　　在论证"审美意识形态论"时，学者钱中文认为："文学作为审美的

---

① 朱立元编著：《西方美学范畴史（第二卷）》，山西教育出版社2006年版，第193页。
② 同上书，第194页。
③ 威廉·赫士列特：《泛论诗歌》，参见《古典文艺理论译丛（第一册）》，人民文学出版社1961年版，第59页。

意识形态，以感情为中心，但它是感情和思想认识的结合；它是一种虚构，但又具有特殊形态的真实性；它是有目的，但又具有不以实利为目的的无目的性；它具有阶级性，但又是一种具有广泛的社会性以及全人类性的审美意识的形态。"① 学者童庆炳认为："20 世纪 80 年代文学审美意识形态论的提出，已经充分考虑到文学是一种认识，是一种思想，是一种意识形态；但同时又认为文学是人的情感评价，是个人的感性体验，是特殊的意识形态，因此'审美意识形态'观念的发现是要在两者之间取得某种平衡。"② 在两段论述中，论述者们似乎没有考虑到情感与美、审美等概念之间的复杂关系，只是简单建立了两个等式，即"审美 = 感性体验 = 感情"和"意识形态 = 思想 = 认识"，其中"审美"二字理所当然地成为了感情概念的最佳代言者。而当这样的阐释话语被放置于文学本质论的讨论语境中时，给人的感受却是"审美"二字强调情感、强调表现，使之成为了兴盛于欧洲浪漫主义思潮中的"表现论"的挡箭牌；"意识形态"强调认识、强调反映，使这一概念成为了从古希腊时期就出现的"模仿论"的有力代表。所谓"审美意识形态"观念的发现是在"审美"与"意识形态"之间取得"某种平衡"，实际却是"表现论"与"模仿论"达成的"某种平衡"。或者说，这种"平衡"的实质是"审美意识形态论"成为了"表现论"与"模仿论"两种文学本质观的中国式"综合"。

第三，关于审美意识。

《文学理论教程》所坚持的文学的审美意识形态论，进入 2000 年前后开始逐步受到一些学者的质疑，这种质疑在 2005 年前后进入一个白热化的阶段，围绕这一文学本质观，很多学者都发文阐述自己的观点。例如，学者董学文指出："那么，倘若既要强调文学的艺术特性，又要强调文学的意识形态特性，是否可以组建'审美意识形态'概念呢？我认为是不可以的。这种组合，不会产生质变，只会产生混乱。'审美意识形态'在语法上是一个偏正结构，从它的产生过程看，显然它是在强调前者，即'审

---

① 钱中文：《论文学观念的系统性特征》，《文艺研究》1987 年第 6 期。
② 童庆炳主编：《文学理论教程（第四版）》，高等教育出版社 2008 年版，第 55 页。

美的'意识形态，而不是后者，即审美的'意识形态'。"① 对于"审美意识形态"这一概念，董学文还指出："'审美'和'意识形态'两个概念都非常歧义、含糊、抽象，而且它们的内涵和外延既相互排斥又相互包容。如果将'审美'与'意识形态'硬搭配在一起，成为一个固定词组，那就如同'两只角的独角兽'或'苹果的水果'（或'水果的苹果'）称谓一样，这种亦此亦彼的判断，难以成为严格的定义方式。"②

　　针对以董学文为代表的一些学者对于审美意识形态论提出的质疑，以钱中文、童庆炳为代表的对审美意识形态论持支持观点的学者也纷纷撰文给予反驳。在这些反驳质疑的文章中，学者们都普遍强调"审美意识形态"，不是审美与意识形态的简单相加，不是审美与意识形态两个概念的拼凑；"审美意识形态"是一个有机的整体，是一个完整的命题，不能人为地将其切割成审美和意识形态两个部分。特别是学者钱中文，为了进一步阐释文学审美意识形态论的正确性、科学性，于 2007 年发表了长篇论文《文学意识形态与不是意识形态论引起的论争——兼论文学审美意识形态的逻辑起点及其历史生成》③。在这篇论文中钱中文提出，由于一些人对于"审美意识形态"进行了错误的理解，所以才认为"审美意识形态"难以成为严格的定义方式；对于"审美意识形态"这一概念的理解，不能是"审美的意识形态"，而应是"审美意识的形态"④。在文章中，他指

---

　　① 董学文：《文学本质界说考论——以"审美"与"意识形态"关系为中心》，《北京大学学报》（哲学社会科学版）2005 年第 5 期。

　　② 同上。

　　③ 此文最初分为三部分，分别发表于《文学评论》《文艺研究》和《河北学刊》上，后合为一稿，文字略作修改后刊登在 2007 年出版的《中外文化与文论（第 14 辑）》上，并被收录于 2008 年由中国社会科学出版社出版、北京师范大学文艺学研究中心汇编的《文学审美意识形态论》一书。后再经修改，收录于钱中文本人的文集《文学理论：求索与反思》中，并由中国社会科学出版社 2013 年出版。

　　④ 需要我们关注的是在 20 世纪 80 年代的一些文章中，钱中文并没有明确指出他所提倡的"审美意识形态论"的逻辑起点是"审美意识"，反而是在强调"审美的意识形态"。例如，在《评波斯彼洛夫的〈文学原理〉——兼评苏联的其他几本同类著作》一文中，钱中文认为："文学艺术固然是一种意识形态，但这是一种审美的意识形态。"（参见《文学评论》1984 年第 4 期）在《论文学观念的系统性特征》一文中，他认为："也因此，文学的根本特性就在于审美的意识形态性。"（参见《文艺研究》1987 年第 6 期）此文后经作者修改，更名为《文学是审美意识形态》，并收入其文集《新理性精神文学论》（华中师范大学出版社 2000 年版，第 125—136 页）一书。但即使在《文学是审美意识形态》一文中，作者的论述依旧是"审美的意识形态"。

出："20 世纪 80 年代，我在探讨'文学审美意识形态'时，不是从已有的现成的意识形态作为逻辑起点，而是从'审美意识'开始的，也即从'追溯'审美意识形态'产生的过程'的源头开始的。审美意识是与意识同步生成的，是人审美地把握世界方式中的重要现象，是人的本质的确证。20 世纪 80 年代提出把'审美意识'作为'文学审美意识形态'的逻辑起点的初衷，就是想改变一下半个多世纪以来我们已经习以为常的横向思维方式，即总是凭借过去先贤的多种既定文学理论观念，或是以某种现成的学说来界定文学本质，如文学是意识形态说。把审美意识作为逻辑起点，就是试图从发生学、人类学的观点，揭示文学的原生点及其在审美反映的不断丰富与更新中、在其历史发展生成中的自然形态。"① 在这篇文章中，学者钱中文从分析人类发展史上意识和审美意识的发生入手，借助发生学、人类学的有关理论，并结合语言和文字的生成、演变过程和文学作品的演化进程，细致分析了文学的审美意识形态性质，指出文学是人类审美意识的形态，而不是什么审美的意识形态。这一文章的出现，对于在《文学理论教程》中提及的文学本质观是一种极为有益的补充，也使得文学审美意识形态论更具合理性。但读完这篇文章，也不免觉得其中有一些的遗憾。

遗憾之一，在《文学意识形态与不是意识形态论引起的论争》一文中，作者并没有为审美意识这一概念给出一个清楚而明晰的界定。如果将"审美意识形态"解释成为"审美意识的形态"，就会让理论研究的关注重心从以往的"审美"和"意识形态"两个概念转移到"审美意识"这一概念之上，因此对于审美意识的明确界定就显得尤为重要。在美学研究中，审美意识是一个非常重要但又是一个争论颇多的概念。例如，在蒋孔阳主编的《哲学大辞典·美学卷》中指出："（审美意识是）人在审美活动中形成、发展并支配人的审美、创造美活动的认识思想、情感、意志。……审美意识的产生、发展以人与现实的审美关系为前提，以客观事物的审美特性为源泉和对象，受对象的制约。它以人的健全的感官、脑功能为生理基础，以审美的感觉、知觉、表象、判断、联想、想象、情感活

---

① 钱中文：《文学理论：求索与反思》，中国社会科学出版社 2013 年版，第38—39 页。

动、意志活动等一系列既连锁、递进又交叉、重叠的复杂的心理活动为心理基础和心理形式，人怀着一定的审美目的、需要所从事的审美实践以及对审美实践经验的概括、总结是形成审美意识的认识论基础。"① 在朱立元主编的《美学》一书中，作者认为："所谓审美意识，概括地说，就是指人对自身审美需要和外在对象的审美意义，以及二者之间所构成的审美价值关系的心理反映形式。它主要包括人的审美愿望、审美趣味、审美观念、审美理想等内容。"② 在日本学者竹内敏雄主编的《美学百科辞典》中指出："（审美意识）在心理学角度上，它指审美态度里的意识过程；从哲学观点上，它表示有关审美价值的直接体验（因此，特别在哲学美学里为了避免审美意识一语容易引起的心理学误解，多指审美体验）。"③ 在苏联学者别利亚耶夫等人编纂的《美学辞典》中认为："（审美意识是）社会意识的一种形态，像其他意识形态（政治的、法律的、道德的、宗教的、科学的）一样，是现实的反映，也是从社会（这里即审美）理想的立场对现实的评价。"④ 在董学文、江溶主编的《当代世界美学艺术辞典》中指出："（审美意识是）社会意识的一种形式，它通过感性地呈现的和受到趣味判断评价的形象反映周围世界、人的多方面的活动、人的活动的成果和艺术作品。……按其成分和结构来说，审美意识有如一个逐级上升的阶梯。构成这一阶梯的各个部分——审美情绪、情感、知觉、趣味、需要、理想、观点、范畴和理论，彼此之间都是相互联系又相互依赖的。"⑤ 在王世德主编的《美学词典》中，编者指出："（审美意识是）人的主观对客观存在的美丑属性的反映，包括人的审美感觉、认识、感情、经验、趣味、观点和理想等。"⑥ 在张锡坤主编的《新编美学辞典》中，编者认为："（审美意识是）指客观存在的诸审美对象在人们头脑中创造性

---

① 蒋孔阳主编：《哲学大辞典·美学卷》，上海辞书出版社 1991 年版，第 574—575 页。
② 朱立元主编：《美学》，高等教育出版社 2001 年版，第 135 页。
③ 竹内敏雄主编：《美学百科辞典》，池学镇译，黑龙江人民出版社 1987 年版，第 138 页。
④ 别利亚耶夫等编：《美学辞典》，汤侠生等译，东方出版社 1993 年版，第 322 页。
⑤ 董学文、江溶主编：《当代世界美学艺术学辞典》，江苏文艺出版社 1990 年版，第 31—32 页。
⑥ 王世德主编：《美学词典》，知识出版社 1986 年版，第 68 页。

的反映。一般通称之为'美感'。美感就其内涵来说，有广义与狭义之分。审美意识是广义的'美感'，它包括审美意识活动的各个方面和各种表现形态，如审美趣味、审美能力、审美观念、审美理想、审美感受等等。"①

以上我们只是简单列举了一些学者对于审美意识这个概念的界定。通过这些引述内容我们可以看到，在美学研究中学者们对于审美意识的看法并不一致，有说它是"认识思想、情感、意志"的，有说它是"心理反映形式"的，有说它是"审美体验"的，有说它是"评价"的，有说它是"反映"的，还有直接说"审美意识就是美感"的……观点纷纷，莫衷一是。所以，在将审美意识作为文学审美意识形态论的"逻辑起点"加以论述时，对于审美意识的界定就非常重要了。只有清晰界定了审美意识这一概念的内涵，之后关于"审美意识的形态"的论述才显得顺理成章，才能使得审美意识真正具备有成为逻辑起点的合法权利，也才会使得文学审美意识形态论能具有更强的说服力。

遗憾之二，在长文中作者明确提出了"审美意识是与意识同步生成的"观点，但文章中对于这一观点的阐述还有待完善。在论文中，钱中文先是指出："审美意识是与意识同步生成的，是人审美地把握世界方式中的重要现象，是人的本质的确证。"② 而后又进一步认为："就人类的意识、语言、思维的生成来说。这些现象都是长期劳动实践过程的产物，是在现实基础之上发生的，审美意识与意识是同步发生的。"③ 这里需要我们注意的是，作者最初发表在 2007 年第一期《文学评论》上的文章《论文学审美意识形态的逻辑起点及其历史生成》和发表在 2007 年第二期《文艺研究》上的文章《对文学不是意识形态的"考论"的考论》中，都没有"审美意识与意识是同步发生的"这句话。只是在《论文学审美意识形态的逻辑起点及其历史生成》一文的"内容提要"中作者写到："审

---

① 张锡坤主编：《新编美学辞典》，吉林人民出版社 1987 年版，第 49 页。
② 钱中文：《文学理论：求索与反思》，中国社会科学出版社 2013 年版，第 39 页。
③ 同上书，第 72 页。

美意识与意识一样古老，形成于人的长期劳动、生存实践活动中。"① 表述了和 "审美意识与意识是同步发生的" 相类似的意思。此后，当以上两篇文章和发表在 2007 年第一期《河北学刊》上的文章《意识形态的多语境阐释——兼析"虚假意识"问题》合为一篇论文，改名为《文学意识形态与不是意识形态论引起的论争——兼论文学审美意识形态的逻辑起点及其历史生成》，并被发表在 2007 年的《中外文化与文论（第 14 辑）》之后，"审美意识与意识是同步发生的" 这一论述才明确出现。应该说，"审美意识与意识是同步发生的" 这一观点是非常新颖的，因为此前的绝大多数学者一般都认为是先有意识而后才出现审美意识的。以往的学者一般会认为，人类并不是一开始就具备成熟的意识，人类意识也是经过了一个从无到有、从简单到复杂的漫长的进化历程。伴随着人类从直立行走到使用天然工具、再到制造工具的过程，人类对大脑的储存信息、处理信息等功能提出了更高的要求，这也促使人的脑容量不断增大、大脑器官逐步走向完善，由此人类渐渐具备了产生意识的生理基础。但是，具备了一定的生理基础并不意味着人类意识就会自动产生。人类的意识不仅是自然的产物，而且还是社会的产物，它与人的生产劳动和人类语言的产生密切相关。有学者就认为："人的意识是人类祖先在劳动和劳动中的社会联系的发展过程中与语言一起产生的。从动物进化到人类，从动物脑演化到人脑是人类意识产生的基础和前提。因此，意识不仅是自然界长期发展的产物，而且也是社会的产物。使动物变成人、动物心理变成人类意识的是社会生产劳动和在劳动中的语言。"② 人类意识出现后，随着社会的发展、生产力的提高，以及人类神经系统的不断进化，意识开始走上从简单到复杂、从模糊到清晰的演变道路。也就是在这一过程中，人类的审美意识出现了，并也开始逐步走向独立和成熟。甚至，有学者在结合相关考古工作提供的事实材料的基础上，明确提出："综合上述事实材料，我们可以推断，最迟在旧石器时代中晚期，人类已确定无疑地形成了一定的审美意识。"③

---

① 钱中文：《论文学审美意识形态的逻辑起点及其历史生成》，《文学评论》2007 年第 1 期。
② 叶奕乾等主编：《普通心理学（修订二版）》，华东师范大学出版社 2004 年版，第 55—56 页。
③ 朱立元主编：《美学》，高等教育出版社 2001 年版，第 129 页。

　　对于人类审美活动的起源、审美意识的起源以及艺术的起源等问题，国内很多学者都进行过较为细致的研究，但他们的研究结论却并不能完全印证"审美意识与意识是同步发生的"这一观点。例如，学者朱狄认为："在史前的原始人那样根本就没有'审美对象'或近似'审美对象'这类的观念，如果有类似审美对象的东西，那就是他们所创造的艺术。而正像我们所见到的那样，他们的艺术并不是为了审美目的而创造的，而是为了另一些特殊的宗教目的而创造的。"① 在《艺术的起源》一书中，朱狄在分析了大量史前文物的考古资料、史前人类生活的遗迹后，指出："实际上人类并不是先有了审美能力而后才有了艺术，而是相反，先有了艺术，而后才培养了审美力。"② 人类创造的艺术品肯定是人意识的产物，在朱狄看来是先有艺术而后有人的审美能力，所以人的意识和审美活动绝对不是同时产生的。对此他还进一步断言："如果情况果真如此，那么马克思的名言：艺术对象创造出懂得艺术和能够欣赏美的大众，将在一种新的意义上再一次被证明为正确的：是艺术造就了人类的美的观念，而不是相反。"③ 又如，学者林少雄在分析华夏民族审美意识的起源时指出："陶器是史前社会最系统、最全面地记录和反映人类意识的物质裁体。因此我们要想讨论华夏审美意识的起源，要想对华夏民族的审美意识有一个较为明晰的认识，不仅在理论上应有一个逻辑起点，同时在发展序列上应有一个时间起点，而这一个时间起点，我们将其定在陶器时代。"④ 再如，学者朱志荣也表示："人类真正的审美的自发意识萌芽于器皿的制造。从打制石器开始，原始人就逐步在感受形式美的规律。山顶洞人埋葬尸体时洒上赤铁矿粉，反映了他们对色彩的自觉运用。色彩作为一种象征的符号，具有早期的宗教和审美的价值。而穿孔的石珠、兽牙和贝壳等饰品，更是反映了先民们淳朴的爱美天性。从陶器的

---

　　① 朱狄：《原始文化研究——对审美发生问题的思考》，生活·读书·新知三联书店1988年版，第795页。

　　② 朱狄：《艺术的起源》，武汉大学出版社2007年版，第214页。

　　③ 同上书，第215页。

　　④ 吴中杰主编：《中国古代审美文化论（第一卷）》，上海古籍出版社2003年版，第11页。

形制与纹饰，到神话的创构与充实，无不体现了古人的情趣与理想。"①

　　针对以上三位学者的观点，也许有人会提出疑问，既然原始初民没有审美能力、没有审美意识，也没有美感，那么他们怎么能创造出就连现代人欣赏时都会认为是"美"的艺术品呢？就算朱志荣的观点属实，但他只是说"审美的自发意识萌芽于器皿的制造"，而人类在"器皿制造"这个时代之前应该具备的是"非自发"或者是"非自觉"的审美意识，或者说人类最初具备的是不发达的美感能力。似乎钱中文先生就比较认可这一观点。在《文学发展论》一书中，他指出："原始初民创造工具，目的是为了实际使用，谈不上审美问题。但是后人从这原始的工具上感觉到了美，这作何解释？这主要是原始初民的审美感觉尚不发达，他在他所处的环境中，首先要解决温饱问题，审美是真正其次的东西。"② 对于原始人的一些创造物能引发现代人进入审美状态的现象，学者郑元者作出过明确的解答，他认为："应该指出，现代人在史前艺术作品中领略到某种'美'或'艺术'的意绪，主要指的是史前艺术给予人们的某种审美效应，亦即鉴赏效应，然而，这种审美效应并不必然地就是史前艺术作品制作者的动机本身。对于这一点，否认它并不比承认它有更多的事实根据，那末，我们何不承认它呢？问题的焦点也恰恰在于此，效果既不能统摄动机，也不能等同于动机。一句话，史前艺术作品作为史前人类艰难的生存活动的某种特殊的物化形态，它得以产生的动机并不是为了审美，而是别的什么。"③ 在这段话中，郑元者说的很清楚，现代人觉得美的艺术品，在原始人那里可能根本就不是现代意义上的艺术品，不能因为现代人有了审美体验，就认为它们是原始人审美意识外化的产物。这就如同现代人阅读《逍遥游》，不能因为觉得这篇文章想象丰富、言辞华美，就认定庄子当初创作的是一篇文学作品，而忽视《逍遥游》从本质上来看实际是作者为阐述自己的哲学观念而创作的应用性文章这个客观事实。

---

① 朱志荣：《商代审美意识研究》，人民出版社 2002 年版，第 50 页。
② 钱中文：《文学发展论》，高等教育出版社 2005 年版，第 15 页。
③ 郑元者：《艺术之根：艺术起源学引论》，湖南教育出版社 1998 年版，第 76—77 页。

对于人类意识产生在前、审美意识出现在后的结论，既有学者从理论层面通过细致分析而加以肯定的，也有学者通过查找研究考古资料而得以确认的。如，学者杨春时认为："审美意识是怎样在历史上出现的呢？从逻辑上说，它产生于现实意识之后，是在现实意识的基础上发生的。这是因为，现实意识是被自觉意识控制，它没有超出现实活动的水平，仍然是维持人类生存的工具，因此不可能产生实用以外的需求，不是自由的意识。……从总体性上超越现实，就是摆脱外在世界和内在生存需要的控制，进入自由的理想世界。这就意味着突破现实意识系统，进入审美意识系统。审美意识就是在现实意识的基础上的自由创造。……从历史上说，审美意识是与现实意识同在原始意识中发生的。审美意识起源于原始社会与阶级社会之交，这个时期，正是原始意识崩溃、现实意识取而代之的时候。"[1] 又如，学者靳绍彤在引用三则关于史前艺术的材料后指出："我是想以此材料证明旧石器时代的原始人当时没有审美意识。因为旧石器时代的人刚刚开始了意识发展的历史，而尚未进入审美思维发展的历史。但当时的审美创造却是客观存在的。……从概念上看，实践是认识的基础，有了审美实践就必然有审美意识。但是实际上并不是这样，当时原始人的确有了创造美的活动，但旧石器时代的人的意识是非常低下的，生活环境也非常恶劣，他们当时的一切活动都是为了自身的生存和发展，不可能有闲心、闲情、闲时间单独地进行审美创造。……总之都是为了自身的存在和发展而采取的活动，在这种行动前后所形成的意识，也只能称为功利意识，而不能称为审美意识。因为在当时的经济条件下，他们并没有把它们看成是美的，他们所获得的愉快也不是审美愉快，而是功利性的愉快。"[2]

通过以上的简单介绍，大家可以发现关于审美意识的起源问题是一个比较复杂的问题。虽然绝大多数学者都认为人类意识的出现要早于审美意识的诞生，但审美意识究竟产生于人类发展的哪个历史时期，大家都有不同的看法：有说是旧石器时代中晚期的，有说是陶器时代的，有说是器皿

---

[1]　杨春时：《审美意识系统》，花城出版社1986年版，第46—48页。
[2]　靳绍彤：《沉醉的神往——审美思维论》，湖南文艺出版社1991年版，第143—145页。

制造时代的，有说是新石器时代的，有说是产生在原始社会与阶级社会之交的……而在《文学意识形态与不是意识形态论引起的论争》一文中，学者钱中文明确提出审美意识与意识"一样古老"，认为"审美意识与意识是同步发生的"，这一结论与现在学术界通行的观点并不完全一致，作者对此应该加以详细的论述和说明。在文章的具体论述过程中，钱中文先是引述并分析了黑格尔、马克思等人关于"意识"概念的相关表述，并在此基础上指出："就人类的意识、语言、思维的生成来说。这些现象都是长期劳动实践过程的产物，是在现实基础之上发生的，审美意识与意识是同步发生的。"① 接着，作者结合维柯等人的观点分析了人类的意识、语言、思维的发展演变，并指出："作为原始初民通过意识活动而认识世界的原始思维，实际上是一种因语言而获得表现的混合型的思维，它既是'诗性智慧'，又是神话思维，虽然关于原始思维、神话思维、巫术、宗教，人类学家有着不同的说法。实际上诗性智慧、神话思维都包含了审美意识在内，而审美则是人的本性的表现。"② 最后，作者运用了卡西尔、卢卡奇等人的理论分析了人类神话思维的特质和巫术活动的特点，并指出："神话思维通过虚幻的但把虚幻当作真实的巫术的操作过程，相当集中地显示了具有审美特性的模仿性、拟人化原则，使得审美意识得以自然的形态，显现于这种思维的过程与巫术活动之中，促使人的审美的可能性转为现实性。"③

　　在以上几段论述中，学者钱中文提出审美是"人的本性的表现"，那么这里的"本性"具体指什么？是"天性""人性"，还是"动物性"？在这句表述之后，作者引用了普列汉诺夫的一句话，似乎要用普列汉诺夫的观点来证明"审美是人的本性的表现"这一结论。作者写到："普列汉诺夫曾经说道：'人的本性使他能够有审美的趣味和概念。他周围的条件决定着这个可能性怎样转变为现实。'"④ 普列汉诺夫在 19 世纪末 20 世纪

---

① 钱中文：《文学理论：求索与反思》，中国社会科学出版社 2013 年版，第 72 页。
② 同上书，第 74 页。
③ 同上书，第 74—75 页。
④ 同上书，第 74 页。

初创作发表的专著《没有地址的信》，是一部较早地系统化运用马克思主义基本理论分析论述艺术起源问题的著作，它在中国产生过巨大的反响，影响了几代学人。甚至到现在为止，一些学者在研究相关问题时还会广泛引用普列汉诺夫列举的材料，运用普列汉诺夫的观点分析问题。但不得不说，若以现在的学术研究成果为基础，展开相关理论分析后我们会认识到普列汉诺夫的著作《没有地址的信》是有局限性的。普列汉诺夫在这本著作中所使用的关于人类早期生活状态的考古材料，全部来自于 20 世纪之前的考古发掘工作和田野调查。而从 20 世纪初到现在的这一百多年来，众多学者在相关领域取得的研究成果却是极为丰富的。这些新的研究成果，很多都是普列汉诺夫不清楚、不了解的事实，甚至有的事实完全可以证实普列汉诺夫的一些表述是不准确的。对此，学者朱狄就曾表示："本书想要做的事情并不是新的，实际上普列汉诺夫《没有地址的信》的主旨也在于对审美发生问题的探讨。可惜普列汉诺夫当时并不知道有史前艺术的存在，所以当他对别人写的《比利牛斯山游记》发表评论说：荒野的景色由于同我们厌倦的城市风光相反而使我们喜欢时，他相信这一对立原理已揭示了'美的秘密'。普列汉诺夫如果知道正是比利牛斯山的山脚下埋藏着最丰富的史前艺术的话，那么他就可能不再会对地平线之上的荒野景色感兴趣了。"[1] 朱狄在这里提到比利牛斯山埋藏的史前艺术一例，就是要说明《没有地址的信》一书在论据的使用上存在局限。论据有问题，论点就有可能存在疑问。所以，普列汉诺夫关于审美发生问题的相关结论可能不是完全科学的。而要研究人类的审美发生问题，就不能仅仅依靠一些推论、甚至是猜测来完成相关答案的寻找工作，更重要的是要在研究中掌握大量的事实材料，并在事实的基础上做出判断和分析。因此，朱狄就提出："这说明了什么呢？它说明人类学家所发现的事实比美学家所做的推论更重要，如果推论不符合事实，就立刻会丧失它的价值。"[2]

---

① 朱狄：《原始文化研究——对审美发生问题的思考》，生活·读书·新知三联书店 1988 年版，第 781 页。

② 同上。

对于《没有地址的信》一书，不但有学者认为其中的一些事实材料已显陈旧，而且书中普列汉诺夫所说的"人的本性使他能够有审美的趣味和概念"①，这句中的"本性"到底指什么，中国学者也有争议。在《没有地址的信》中，普列汉诺夫认可了达尔文的观点，认为动物和人一样都具有美感和道德感，为此他还在多处引用了达尔文的原文印证这一观点，例如，他引述了达尔文的如下原文："一切动物都具有美感，虽然它们赞美极不相同的东西；同样地，它们都会有善恶的概念，虽然这种概念把它们引导到同我们完全相反的行动上去。"② 既然普列汉诺夫认可了达尔文的观点，认为人和动物都有美感，那我们是不是可以说他所提到的"本性"就是"动物性"或者是"本能"呢？也正是基于这一点，所以有学者评价普列汉诺夫的理论其实是"生物学的人性论"③。但有的国内学者并不认可这一观点。他们认为普列汉诺夫所谓"人的本性"，指的不是"生物学的人性论"，而是人的"神经系统的生理本性"④；指的更不是什么人的"审美本能"，而是人的"心理——生理神经系统方面的所谓本性"，这是"人类美感活动发生的主体方面的心理——生理基础"⑤。对于普列汉诺夫在美感论中所说的"人的本性"的观点，国内学者不但有着不同的理解，而且早在 20 世纪 80 年代初期就有学者提出过质疑。例如，学者黄药眠认为："……假定就是诚如普列汉诺夫所说，审美感是人类的本性的存在，只有有了某一社会条件，它才能显现出来，那么我们就不禁要问，这本性的存在，具有什么具体的特征，足以证明它一定有这种可能呢？假如没有具体的条件，就不能够把本性显现出来，而且更重要的是，如果具体的条件不同，所显现出来的社会性质又有那么大的差异或甚至根本相反，那么

---

① 普列汉诺夫：《没有地址的信·艺术与社会生活》，人民文学出版社 1962 年版，第 17 页。

② 普列汉诺夫：《没有地址的信·艺术与社会生活》，人民文学出版社 1962 年版，第 15 页。此话出自达尔文的《人类起源》第一卷，第 52 页——原文注。

③ 黄药眠：《试评普列汉诺夫的审美感的人性论——对普列汉诺夫文艺思想中的生物学的人性论底批判之一》，《文艺理论研究》1980 年第 2 期。

④ 本伟：《普列汉诺夫的美感论是人性论吗？》，《辽宁大学学报》（哲学社会科学版）1984 年第 6 期。

⑤ 柳正昌：《普列汉诺夫美感理论的再评价——兼与计永佑同志商榷》，《郑州大学学报》（哲学社会科学版）1988 年第 1 期。

我们又如何能断定它们都是出自于同一个'人的本性'？所以这种'人性'乃是离开现实的、抽象的可能性，这是先验的唯心主义！"① 既然学者们对于普列汉诺夫的观点有着不同的理解，甚至指责这是一种"先验的唯心主义"，所以在《文学意识形态与不是意识形态论引起的论争》一文中，如果作者明确提出了审美是"人的本性的表现"的观点，而且还用普列汉诺夫的表述来印证这一结论，那么就需要作者进一步说明他所说的"人的本性"是不是就是普列汉诺夫所指的"人的本性"，并且还应进一步分析这种"人的本性"的内涵是什么，它的具体特征又是什么，为什么审美就能成为这种"本性"的表现。

此外在《文学意识形态与不是意识形态论引起的论争》一文中，钱中文先生在分析神话思维与审美意识的密切联系时，还提到了巫术活动的重要性。这一段论述明显是受到了卢卡奇的著作《审美特性（第一卷）》中相关内容的影响。而且，作者还引用了原文："普列汉诺夫说：在巫术的操作中，'每一次都能表现出在巫术与审美模仿的统一中的偶然性'。"② 这里作者有一个小小的笔误，即"每一次都能表现出在巫术与审美模仿的统一中的偶然性"一句应是出自卢卡奇的《审美特性（第一卷）》，作者在注释中也标明清楚了，只是在正文的撰写中将"卢卡奇说"误写为"普列汉诺夫说"了。作者在这里引用卢卡奇的原文是想用其理论证明自己观点的正确性，但问题是卢卡奇似乎并不认为"巫术的操作过程"就可以使审美意识"得以自然的形态"显现出来。在卢卡奇看来，审美意识有一个发展演化并最终独立的过程，在《审美特性》一书中，他写到："虽然巫术模仿形象不论内容还是形式的确定都是与审美没有直接关系的，但在客观上由此却奠定了形成对现实审美反映的基础。……这种形式没有那种有意识的审美意图，这在当时还不可能存在，也没有任何谜一样的'艺术欲求'。这对于我们关键在于，尽管这一过程从审美观点看来是自发地、无意识地进行的，如果说其中存在什么意识的话，那么也只能是一种巫术

---

① 黄药眠：《试评普列汉诺夫的审美感的人性论——对普列汉诺夫文艺思想中的生物学的人性论底批判之一》，《文艺理论研究》1980 年第 2 期。

② 钱中文：《文学理论：求索与反思》，中国社会科学出版社 2013 年版，第 74 页。

的（或技术性的）意识。"① 他还分析到："一种反映组合的这种自身独立性的确立——尽管长期不可分割地披着巫术的外衣，尽管相应于审美的形象却完全没有审美的意识，说得更恰当一点，完全被这种巫术的外衣所掩盖——因此，审美作为客观原理已经存在。"② 而对于审美的出现，卢卡奇则认为经历了一个"自行分化"的过程，他认为："审美的形成类似于自我意识由日常生活实践中的自行分化，就像在对现实的科学反映独立化过程中'对于……的意识'的形成一样。"③

对于艺术起源问题的研究，在学者朱狄看来有三种途径："第一就是从史前考古学角度对史前艺术遗迹的分析研究；第二就是从现代残存的原始部族的艺术进行分析研究；第三就是从儿童艺术心理学方面所进行的分析研究。"④ 而且朱狄认为："为了使艺术起源的研究建立在历史事实的基础上，第一种方式无疑是最重要的。其他的两种只有从属的意义。"⑤ 朱狄的这一观点不但在分析艺术起源问题时有重要的指引作用，而且在我们研究人类审美活动的起源时也有非常重要的意义。要研究人类审美活动、审美意识的起源，应广泛关注早期人类生活的各个层面，如工具、建筑、装饰、图腾、巫术、雕刻、绘画、歌舞……只有在广泛占有、深入分析大量的人类史前文化遗迹的基础上，得出"审美意识是与意识同步生成的"结论才能使人信服。例如，同样是探讨人类艺术和审美活动的起源问题，学者易中天在《艺术人类学》一书中就通过对史前文化遗迹的多方面分析来阐发自己的观点。易中天先是结合众多民族的图腾，并在分析图腾物的特征以及由图腾产生的有关崇拜和禁忌的基础上指出："在这里，我们清楚地看到，把自己装扮成动物的模样，就既不是出于审美动机的'装饰'，也不是想入非非的'游戏'，而是一种带有神圣意味的社会行为，是一种原始人类在其刚刚迈进人类社会门槛时不可或缺的自我确证方式。"⑥ 而

---

① 卢卡奇：《审美特性（第一卷）》，徐恒醇译，中国社会科学出版社 1986 年版，第 356—357 页。
② 卢卡奇：《审美特性（第一卷）》，徐恒醇译，中国社会科学出版社 1986 年版，第 381 页。
③ 同上书，第 193—194 页。
④ 朱狄：《艺术的起源》，武汉大学出版社 2007 年版，第 20 页。
⑤ 同上。
⑥ 易中天：《艺术人类学》，上海文艺出版社 2001 年版，第 74 页。

在分析史前雕塑"洛塞尔的维纳斯"以及不同地区的原始人对于鱼、蛙、蛇的崇拜后，易中天认为生殖崇拜在原始社会中具有巨大的影响力，其渗透在原始人类日常生活的各个方面，甚至包括原始人的身体装饰。他提出原始人的腰间饰物不是为了遮羞，更和审美无关，而是与人类自身的生殖繁衍活动相关，他指出："很明显，这类物件挂在腰间，与其说是遮蔽，毋宁说是挑逗。"① 在分析史前洞穴壁画时，易中天通过分析阿尔塔米拉、拉斯科克斯等史前艺术遗址的特点后指出，如果这些洞穴壁画真是由于人类所谓的"对美的崇拜"或者说"爱美的天性"而创作的，那么诸如原始初民在半饥半饱中却对"艺术作品"要进行精雕细刻、原始社会的"艺术家"热衷于"美的创造"却又将自己的作品安排在不见天日的洞穴深处等一系列问题就无法理解了。所以在易中天看来，原始人创作洞穴壁画的目的是："也就是说，原始人在洞穴深处描绘这些动物形象，不是为了娱乐、消遣、观赏和审美，而是为了狩猎活动的顺利进行和获得成功。"② 在分析原始时期的工艺产品时，易中天认为与艺术关系最为密切的工艺产品有三类，其中第一类是狭义的工具，包括木器、石器、骨器等，主要用于狩猎、采集、缝纫、战争等活动，这些工具以实用为最根本的目的。对此易中天指出："如前所述，在最原始的工艺即石器制造业那里，生产基本上只有一个尺度，即实用。审美意识还没有或刚刚萌芽，快感则停留在生理满足的水平上，而生产却恰恰从破坏这一快感开始。"③ 而真正与人类的美感建立联系的工艺产品，在易中天看来是第二类工艺产品——编织物，他认为："第二类是编织，包括绳索、篮筐和织物，它们已有很高的艺术性，并已表现出原始人类朦胧的审美意识和形式感受能力。"④

　　通过引述易中天《艺术人类学》一书中的相关内容，我们可以看到人类审美活动的起源问题是一个比较复杂的问题，它涉及了原始人类日

---

① 易中天：《艺术人类学》，上海文艺出版社2001年版，第93页。
② 同上书，第131—132页。
③ 同上书，第270页。
④ 同上书，第263页。

常生活中的方方面面。但在《文学意识形态与不是意识形态论引起的论争》一文中，作者只是简单分析了人类的巫术活动来印证自己"审美意识是与意识同步生成的"观点。他说："神话思维通过虚幻的但把虚幻当作真实的巫术的操作过程，相当集中地显示了具有审美特性的模仿性、拟人化原则……"①在这里，作者既然认为巫术的操作过程"显示"了具有"审美特性"的模仿性、拟人化原则，那么就应该结合具体的巫术分析其中的审美特性究竟是什么，而且还应指出作为操作过程的巫术又是如何把这一审美特性显现出来的。清楚解答以上两个问题后，观点的提出者还应深入分析这一能显示"具有审美特性的模仿性、拟人化原则"的巫术操作过程是否具有普遍性，原始人类的巫术是不是都具有如此的特质。人类早期的巫术活动是中外众多学者的重点研究对象，但大家的研究结论却差异较大。在探讨巫术与人类审美意识起源之间的关系时，如果研究者认为它们之间具有关联性，那么就应展开分析明确指出存在这种关联的根本性原因是什么。这么做的原因在于，曾有学者根据自己的研究明确指出，巫术活动无关审美，只是实用。例如，匈牙利学者阿诺德·豪泽尔曾说："……在这个纯粹是实践的阶段上，生命所有的一切都是明显的围绕着谋生的赤裸裸的手段。几乎没有任何东西能使我们言之成理地去假设艺术除了获取食物的手段之外还有另外的目的。所有征兆都指向一个事实：艺术是巫术技巧的一种工具，因此它有一种彻头彻尾的实用的作用。其目的仅在于直接的经济对象。"②

　　当然，现在的很多学者都认为阿诺德·豪泽尔的观点是有失偏颇的。因为很多事实证明，人类的巫术活动和人的情感情绪密切相关。英国学者马林诺夫斯基就认为："这样我们才明白，巫术行为底核心乃是情绪底表演——不然，表演出来的是甚么呢？表演出来的自然不是所要达到的目的，因为倘若那样的话，巫术师便要模仿敌人底死了。"③对于巫术与人

---

　　①　钱中文：《文学理论：求索与反思》，中国社会科学出版社2013年版，第74—75页。

　　②　阿诺德·豪泽尔：《艺术社会史》，转引自朱狄《原始文化研究——对审美发生问题的思考》，生活·读书·新知三联书店1988年版，第407—408页。

　　③　马林诺夫斯基：《巫术科学宗教与神话》，中国民间文艺出版社1986年版，第54页。

类情感之间的关系，在《文学意识形态与不是意识形态论引起的论争》一文中也提到了，作者说："这样，神话思维一方面具有感性的特征，是一个想象充沛的感性系统，并在操作中激发审美感情，从而构成审美意识与审美反映的最初形态。"① 巫术操作能"激发"人的审美感情，表面上看似乎与马林诺夫斯基的观点是一致的，但问题却在于马林诺夫斯基认为蕴含在巫术活动中的人类情感是极为复杂的，譬如，"战事巫术要表演的是愤怒，是攻取的凶猛，是斗争的热情。被禳黑暗与祸殃的巫术，要表演的是怖畏的情绪，至少也是与怖畏情绪相争扎得很厉害的状态……"② 巫术活动中人类的情感情绪有愤怒、有凶猛、有热情、有畏惧、有恐怖……那么，在这么多的情感中，无利害的审美情感是怎么在巫术操作中"激发"出来的呢？这一"激发"过程在哪些巫术中有具体的表现？这些问题都需要作者做进一步的解释。

综上所述，笔者认为在《文学意识形态与不是意识形态论引起的论争》一文中作者对于"审美意识是与意识同步生成的"观点的阐述是不完善的，而出现这一遗憾的根源还是在于作者没有清晰界定审美意识这一概念。只有明确了审美意识的概念，才能让读者更好地理解审美意识与意识、审美意识与非审美意识之间的联系与区别，才能让读者更好地运用人类学的相关研究成果，理解文学审美意识形态的逻辑起点问题和其历史生成过程。

以上我们分别从审美愉悦、审美情感、审美意识等三个方面，论述了《文学理论教程（修订版）》以及有关论文中在分析文学的审美意识形态性质时存在的一些遗憾和不足。此外，我们还应关注一下"审美"使得文学获得了"独立性"的观点。学者童庆炳在分析 20 世纪 80 年代中国的文学审美意识形态论的诞生语境时，都会反复强调正是"审美"视角的介入使得文学摆脱了政治的从属地位，获得了"独立"。例如，他曾说："在'文化大革命'结束后，学者们面对的是'文学从属于政治'、'文学为政治服务'的僵化口号，面对'文学政治工具论'的尴尬，这在文论界可

---

① 钱中文：《文学理论：求索与反思》，中国社会科学出版社 2013 年版，第 75 页。
② 马林诺夫斯基：《巫术科学宗教与神话》，中国民间文艺出版社 1986 年版，第 55 页。

以说是一个'事件'。为了摆脱和纠正这种文学'政治工具论'的失误，引导文学健康发展，他们不约而同进行了深刻的反思，并对文学的本质特征进行了新的思考。"① 在《新时期文学审美特征论及其意义》一文中，他指出："文学理论工作者受邓小平'祝辞'和关于今后不继续提文艺从属于政治思想的鼓舞，开始解放思想，力创新说。于是，当时的文学理论界不约而同地从'审美'或'情感'这个角度切入，来研究'文学是什么'这个千百年来反复研究过的问题。"② 而在《文学本质观和我们的问题意识》一文中，他也指出："文艺学是在'文革'十年极端僵硬的状况下走出来的。应该说我们文艺学是在一步一步解决自己问题的，首先解决的就是文学是不是刻板地从属于政治？文学有没有独立性？文学是不是要永远听政治的指挥？"③ 类似于以上三则引文的表述，在童庆炳的相关专著和论文中还有很多，但读完这些论述后，不由让人产生了一些疑问，譬如，包括文学理论研究在内的文学活动能真正摆脱政治的束缚，获得所谓的完全的"独立性"吗？再如，难道"审美"或者说关于美的观念真能摆脱政治的种种束缚，而成为一种完全"独立"的存在？

对于文学与政治之间的复杂关系，学者陶东风在结合中国当代文学理论研究历程的基础上曾提出："长期以来，中国文学理论界一个普遍流行但未经深入审理的看法是：当代中国文学理论知识的政治化是其最大的历史性灾难，它直接导致了文学理论自主性的丧失，使文学理论沦为政治的奴隶。从而，自然而然地，文学理论的出路在于其非政治化。这在很大程度上已经成为一个共识，以至于任何重新肯定文学理论知识生产之政治维度的言论，都可能被视作是一种倒退——倒退到'文艺为政治服务'的年代。"④ 在陶东风看来，之所以将"当代中国文学理论知识的政治化是其最大的历史性灾难"等观点评价为是"未经深入审理的看法"，其原因就在于很多中国学者，包括审美意识形态论的支持者们，不但对于政治，而

---

① 童庆炳主编：《文学理论教程（第四版）》，高等教育出版社 2008 年版，第 54 页。

② 童庆炳：《新时期文学审美特征论及其意义》，《文学评论》2006 年第 1 期。

③ 童庆炳：《文学本质观和我们的问题意识》，《社会科学》2006 年第 1 期。

④ 陶东风：《重审文学理论的政治维度》，《文艺研究》2006 年第 10 期。

且对于文学与政治关系的理解都是狭隘的。陶东风认为，这些学者只是将政治简单等同于在某一特定历史时期和特定时空时间条件下出现的"政党政治乃至政策"。例如，童庆炳在阐述文学审美特征论出现的历史语境时，都会提到一些具有鲜明时代特征的文艺政策，譬如 1966 年的"文艺黑线专政"论、1975 年的"文艺是对资产阶级实行全面专政的工具"论等等。对于诸如此类的理论分析，陶东风指出："在'文革'时期，所谓'政治'指特定的政党政治乃至政策，所谓文艺学的'政治性'实际上是指文学理论的知识生产必须为主导意识形态政策服务，其本质是主导意识形态对于文学理论知识生产所实施的控制。"① 有学者认为用"审美"二字就能使文学摆脱"政治"绳索的捆绑，使得文学"独立"。对于这种观点，陶东风并不认同，他指出："然而，尽管笔者也是文学自主性的捍卫者，但并不认为文学理论知识生产的政治性与其自主性在任何情况下都是绝对不能相容的。其实，'政治化导致文学理论知识生产自主性的丧失'这个结论来自中国文学理论工作者对于特定时期中国的文学理论和政治关系的经验观察，把它泛化为文学理论和政治的一般关系是成问题的。"② 同样的，对于文学与政治之间的关系，伊格尔顿早就做出了如下判断："认为存在着种种形式的'非政治的'批评，这其实只是一个神话，一个更加有效地促进了文学的某些政治用途的神话"③ 从伊格尔顿的论述出发，我们是不是可以认为用"审美"界定文学的本质，只是用"文学审美本质论"取代了"文学政治工具论"，而不可能改变文学"服务"于政治的现实；政治是否需要文学的"服务"，这不是由文学决定的，而是要看具体存在怎样的"政治需要"；说文学的本质是"审美"，只不过是学者们为适应政治的新要求而将"文学政治工具论"改头换面后呈现出的、带着"非政治化"面具、通过宣扬文学所谓的"独立性"来遮蔽"某些政治用途"的文学理论知识。这也就如同我们在前文中曾经引述过的、学

---

① 陶东风：《重审文学理论的政治维度》，《文艺研究》2006 年第 10 期。
② 同上。
③ 特雷·伊格尔顿：《二十世纪西方文学理论》，伍晓明译，北京大学出版社 2007 年版，第 211 页。

者孟繁华的观点，他在《中国 20 世纪文艺学学术史（第三部）》一书中指出："在当代中国，文艺学的发展同政治文化几乎是息息相关的，或者说是政治文化规约了文艺学发展的方向。它虽然被称为是一个独立的学科，并形成了较为完备的知识体系。但是，从它的思想来源、关注的问题、重要的观点等等，并不完全取决于学科本身发展的需要，或者说，它也并非完全来自对文学艺术创作实践的总结或概括。"[1]

文学与政治之间的关系是复杂的，而"审美"与政治之间的关系同样复杂。伊格尔顿就曾提出："从广义上说，我认为，美学范畴在现代欧洲思想中占有重要地位，因为美学在谈论艺术时也谈到了其他问题——中产阶级争夺政治领导权的斗争中的中心问题。美学著作的现代观念的建构与现代阶级社会的占统治地位的意识形态的各种形式的建构、与适合于那种社会秩序的人类主体性的新形式都是密不可分的。正是由于这个原因，而不是由于男人和女人突然领悟到画或诗的终极价值，美学才能在当代的知识的承继中起着如此突出的作用。但是，我也认为，从某种意义上来理解，美学对占统治地位的意识形态形式提出了异常强有力的挑战，并提供了新的选择，因此，美学又是一种极其矛盾的现象。"[2] 在伊格尔顿看来，美学观念并不是一种脱离于政治、脱离于意识形态的纯粹存在，它是一种极为复杂的现象。一方面，它与现代社会主流意识形态的各种形式的建构密切相关，它与"中产阶级争夺政治领导权"的问题密切相关；但另一方面，美学观念却又可以对主流意识形态提出挑战，从而显示了自己的矛盾性。而且，美学的发展历史也表明，"从百分之百的历史意义上说"，"美学的确是个资产阶级的概念"，"它萌芽、发育于启蒙运动时期"[3]。以上这些都说明了美学、美学观念、审美观念都不可能离开政治而完全独立，所以，伊格尔顿才会提出："在写本书时，我确实想驳斥这样一些批评家，他们认为，美学与政治意识形态的任何联系都必定是令人厌恶反感的或是

①　孟繁华：《中国 20 世纪文艺学学术史（第三部）》，上海文艺出版社 2001 年版，第 7 页。

②　特里·伊格尔顿：《美学意识形态·导言》，王杰等译，广西师范大学出版社 1997 年版，第 3 页。

③　同上书，第 8 页。

让人无所适从的。"① 依照伊格尔顿的分析我们可以认识到，美学并不是一个与政治无关的存在，"审美"本身就不可能摆脱政治的束缚，所以，提出通过"审美"角度的介入就能使文学脱离政治的从属地位的观点，是值得商榷的。

（三）文学的话语蕴藉属性

在《文学理论教程》中，编著者在论述文学的本质问题时建立了一个比较明晰的从一般到特殊的逻辑线索。他们先指出文学具有意识形态属性，而与宗教、哲学、伦理道德等其他意识形态形式相比较，文学的特殊性在于审美，所以文学是审美意识形态。但审美意识形态还有很多，如音乐、舞蹈、绘画、雕塑等都是，文学与其他审美意识形态形式的区别就在于文学离不开语言，文学作品的创作、传播、接受都依靠语言这个工具。在《文学理论教程》中，编著者认为文学语言与日常话语、哲学话语、政治话语、科学话语、新闻话语等不同，它具有"蕴藉"的属性，只有"话语蕴藉"这一概念才能恰当阐释文学语言的特征。他们认为："话语蕴藉是对文学活动的特殊的语言与意义状况的概括，指文学作为社会性话语活动蕴含着丰富的意义生成可能性。"② 而且，"文学作为话语蕴藉"包括以下两层意思，一是"整个文学活动带有话语蕴藉性质"，二是"被创造出来以供阅读的特定语言性'文本'带有话语蕴藉性质"③。此外，编著者还进一步指出文学的话语蕴藉特点常常更为充分地体现在含蓄和含混这两种"较为典范的文本修辞形态"中。其中，含蓄是指："把似乎无限的意味隐含或蕴蓄在有限的话语中，使读者从有限中体味无限。"④ 含混："有时也称歧义、复义或多义等，是文本的话语蕴藉的典范形态之一，指看似单义而确定的话语却蕴蓄着多重而不确定的意义，令读者回味无穷。"⑤

将文学语言的特征概括为是话语蕴藉、并认为含蓄和含混是文本话语

---

① 特里·伊格尔顿：《美学意识形态·导言》，王杰等译，广西师范大学出版社 1997 年版，第 8 页。

② 童庆炳主编：《文学理论教程（修订版）》，高等教育出版社 1998 年版，第 73 页。

③ 同上。

④ 同上书，第 74 页。

⑤ 同上书，第 75 页。

蕴藉的典范形态的观点，充分体现出了 90 年代转型语境中文学理论研究的特点，即在延续中追求类型的转变，在理论建构中追求对古今中外各种理论资源的协调与融会。《文学理论教程》对于含蓄概念的运用与阐释，体现出了对于中国传统文论中诸多理论观点的继承。例如 "言不尽意"（《周易·系辞上》）、"文已尽而意有余"（钟嵘《诗品序》）、"境生于象外"（刘禹锡《董氏武陵集记》）、"象外之象""景外之景"（司空图《诗品》）、"言有尽而意无穷"（严羽《沧浪诗话》）等等，这些表述都可以与 "使读者从有限中体味无限" 的含蓄概念建立起必然的逻辑联系。而且，推崇含蓄的文学语言观并不是中国古代个别文论学者的偶然论述，它带有明显的普遍性，有学者就认为："文学语言的凝练和文本意蕴的丰厚成为中国古代文学的主导特征和中国古代文论的总体美学追求。"① 这里所说的 "文学语言的凝练和文本意蕴的丰厚"，在《文学理论教程》中则被表述成为 "含蓄突出的是表达上的'小'中蓄'大'"②。运用简单凝练的语言表达丰富的作品内蕴，是中国古代文论中重点论述的理论内容，《文学理论教程》很好地继承了这一点。当然，在《文学理论教程》之前出现的一些文学理论教材中，编著者们就已经提到了这一点。如，在以群主编的《文学的基本原理》中，编者就曾指出："文学作品的语言，还常常是含蓄而有蕴藉的。……这就是要求语言简练而含蓄，使它可以引起人们丰富的联想和回味。"③ 这段分析论述与《文学理论教程》中关于 "含蓄" 概念的表述是极为相似的，所以由此我们可以看到，无论是从理论内容的阐释上，还是在具体概念——"含蓄""蕴藉" 等术语的运用上，《文学理论教程》都体现出了明显的继承性和延续性。而《文学理论教程》对于含混这一术语的使用，则表现出其对于 20 世纪西方文论思想的吸收与借鉴。1930 年英国 "新批评" 派的代表学者威廉·燕卜荪写出了《含混七型》一书，细致分析了 "含混" 这一术语。含混在中国又被译为是复义、朦胧等，燕卜荪认为 "任何语义上的差别"，"不

---

① 陶东风主编：《文学理论基本问题（修订版）》，北京大学出版社 2012 年版，第 123 页。
② 童庆炳主编：《文学理论教程（修订版）》，高等教育出版社 1998 年版，第 75 页。
③ 以群主编：《文学的基本原理（修订本）》，上海文艺出版社 1984 年版，第 326 页。

论如何细微","只要它使同一句话有可能引起不同的反应"①，就是语言的含混现象。在分析语言中的"复义"，即含混现象时，燕卜荪指出："因此一个词可能有几种显然不同的意义；有几种意义彼此关联；有几种意义需要它们相辅相成；也有几种意义或是结合起来，为了使这个词表达出一种关系或者一个过程。这是一个个可以不断发展下去的阶梯。'复义'本身可以意味着你的意思不肯定，意味着有意说好几种意义，意味着能指二者之一或二者皆指，意味着一项陈述有多种意义。"② 燕卜荪的这些观点在《文学理论教程》中则被阐释为："换言之，读者阅读本文时可能感到其中含蕴着多重意义，有多种'读法'。……含混偏重的是阐释上的'一'中生'多'。"③《文学理论教程》对于"含混"概念的使用，充分展现了编著者们对于西方当代文论思想所持有的积极开放的态度和批判性借鉴吸收的学术研究理念。而在"文学的话语蕴藉属性"这一部分内容中，《文学理论教程》一方面是对中国古代文论思想的发掘和整理，一方面是对西方当代文学语言理论的借鉴和吸收，这都体现出了在90年代转型语境中研究者们在建构文学理论话语体系时的综合性探索精神。

　　文学语言的特征问题是文学理论研究中的一个难题，存在着诸多的争论、争议。在《文学理论教程》中，编著者除了认为话语蕴藉是文学语言的特征外，还指出文学话语具有"形象性、生动性、凝炼性、音乐性"以及"内指性、心理蕴含性、阻拒性"④ 等特点。这种对于文学语言特征的多元综合式分析，并不能完全解答人们的有关疑惑。例如，《文学理论教程》认为含蓄是文学语言"较为典范的文本修辞形态"，而在语言学研究中，有学者就认为虽然很多优秀文学作品的语言都有"言不尽意"的特征，但人们的日常语言中也存在"言内意外"的现象。语言学家叶蜚声、徐通锵指出："由于用语言表达思想的时候可以'言不尽意'，留下一些

---

　　① 燕卜荪：《含混七型（选段）》，参见赵毅衡编选《"新批评"文集》，百花文艺出版社2001年版，第344页。
　　② 同上书，第350页。
　　③ 童庆炳主编：《文学理论教程（修订版）》，高等教育出版社1998年版，第75页。
　　④ 同上书，第178—180页。

意思上的空白让听话人自己去补充、理解，这就使语言的运用成为一种值得深究的学问。同样的意思采用不同的说法，往往会收到不同的效果。在日常生活中，像婉转的告诫，含蓄的言辞，辛辣的讽谕，等等，都很注意留下意思上的空白让听话人自己去领会、补充。这种现象可以用'言内意外'来概括。"①

而对于文学语言的另一"典范修辞形态"——含混，《文学理论教程》的编著者认为它也可称为"歧义、复义或多义"，这一点在语言学的研究领域中也存在着一些争议。有的语言学学者认为，虽然在具体的语言实践中多义现象与歧义现象联系密切，但歧义与多义不同，歧义可能是由"语音因素""词汇因素""语法因素""语用因素"等原因形成的"结构关系和语义内容（包括功能）可作两种和多种解释"②的语言现象；而且"多义"在语言学中"总是就同一个单位说的"，但是"歧义现象的形式一般都不是同一个单位"③。另外学者石安石还指出，"把同一形式可能表达不同意义的现象叫做'多义'"，而"把运用中实现的对同一形式的不同理解叫做'歧义'"，是"不妥"的，其原因在于这是一种从语言交际效果的角度界定歧义的方式，但是："这交际效果的根源仍在形式本身有表达不同意义的能力；对有这种能力的形式在交际中是否会实现不同的理解，有很多临时的因素起作用，这种情形可以另作研究。"④ 所以，在具体的语言学研究中不易将"歧义"简单地称之为"多义"⑤。如果我们不过多顾忌"歧义""多义"等概念在语言学研究领域内的诸多争论，只分析语言运用的实际状况，也可以发现无论是"含混"，还是"歧义""多义"，不是文学语言所独有的特质，在日常用语中这类情况是很常见的。例如，熟识的甲、乙二人在一段时间没有联系后偶然遇见，他们的寒暄可能由以下几句开始：

---

① 叶蜚声、徐通锵：《语言学纲要（第 3 版）》，北京大学出版社 1997 年版，第 150 页。
② 杨文全主编：《现代汉语》，重庆大学出版社 2010 年版，第 293—294 页。
③ 石安石：《语义论》，商务印书馆 1993 年版，第 128 页。
④ 同上。
⑤ 石安石：《语义研究》，语文出版社 1994 年版，第 147 页。

　　　　甲问："好久不见，最近怎么样？"

　　　　乙说："还可以，凑合。你呢？"

　　　　甲说："就那样，混呗。"

　　《文学理论教程》在阐述文学语言的含混特征时，分析了杜甫诗《江汉》中的两句："落日心犹壮，秋风病欲苏。"指出这两句诗可以有多重解释，从而证明文学语言的话语蕴藉属性。但我们看上面甲、乙二人的对话，其中的"凑合""混呗"等也都可以有多重阐释，也蕴蓄着多重而不确定的意义，也体现出了"一"中生"多"。绝大多数语言学家通常都认为歧义是生活中普遍存在的一种语言现象，并不是文学作品所独有的，学者赵元任就曾指出："一个符号可作不止一种理解时，我们就说它有歧义（ambiguity）。歧义与模糊（vagueness）、笼统（generality）两者都有区别。……词典中的词几乎都是歧义的，因为每个词差不多总有若干不同的释义。"①　而另一方面，也不是所有的文学作品都能有多重解释，有的文学作品语言简单、直接，其含义清楚明了。如夏明翰1928年英勇就义前创作的那首非常著名的诗歌："砍头不要紧，只要主义真。杀了夏明翰，还有后来人。"这首诗表意清晰，字字言志，体现了夏明翰英勇无畏的革命精神，丝毫解读不出其中的"含混"在哪里。由此我们可以看到，一方面日常语言中也存在着大量的"含混""歧义""多义"等语言现象，而另一方面并不是所有文学作品的语言都是"含混"的，所以用《文学理论教程》中所说的含混或者是歧义、多义等概念是很难将文学语言与日常话语区别开来的。

　　此外，《文学理论教程》的编著者认为"含混"一词有时也可称为"歧义、复义或多义等"的说法，也是一个值得我们关注的问题。含混在汉语中一般被解释成为："模糊；不明确。"②　这与"歧义""多义""复

─────────────

　　①　赵元任：《汉语的歧义问题》，参见由北京大学中文系《语言学论丛》编委会主编的《语言学论丛（第十五辑）》一书，商务印书馆1988年版，第221—222页。

　　②　中国社会科学院语言研究所词典编辑室编：《现代汉语词典（第5版）》，商务印书馆2005年版，第534页。

义"等概念有着非常明显的区别。学者赵毅衡很早就注意到了这一点,他在《"新批评"文集》一书中指出:"燕卜荪沿用了一个旧名称 ambiguity 来称呼诗歌语言这种现象,此词我国一般译作'含混',但燕卜荪给 ambiguity 下的定义是:不论如何细微、只要使一句话有可能引起不同反应的'任何语义上的反应'。燕卜荪的意思显然不是指'意义含糊不清',而是指诗歌语言的复杂多义现象。因此,译成'含混'是会招致误会的。"① 在《文学理论教程》中关于"语言的话语蕴藉属性"的阐释内容中,我们明显可以看出编著者并不认为文学语言的表意是"模糊"的。他们在这一部分内容中所强调的是"同样的话语系统却蕴藉着多重不尽相同的意义"②,所以,对于这种语言现象用术语"含混"概括是存在问题的,它很容易让人产生文学语言"意义含糊不清"的错觉。

总体而言,想要通过"话语蕴藉"或"含蓄""含混"等概念就将文学话语与哲学话语、政治话语、科学话语、新闻话语等其他的话语体系完全区别清楚是很难做到的。特别是要区分文学语言与日常语言,"则是更为困难的一件工作"③。学者韦勒克、沃伦指出:"日常语言不是一个统一的概念:它包括口头语言、商业用语、官方用语、宗教用语、学生用语等十分广泛的变体。……日常用语也有表现情意的作用,不过表现的程度和方式不等,可以是官方的一份平淡无奇的公告,也可以是情急而发的激动言词。……无庸置疑,日常语言往往极其着意于达到某种目的,即要影响对方的行为和态度。但是仅把日常语言局限于人们之间的相互交流是错误的。一个孩子说了半天的话,可以不要一个听众;一个成年人也跟人家作几乎毫无意义的闲聊。这些都说明语言有许多用场,不必硬性地限于交流,或者至少不是主要地用于交流。"④ 日常语言包括广泛的变体,是一种没有统一概念的繁杂的语言现象,同样文学语言也是一种复杂的语言现

---

① 赵毅衡编选:《"新批评"文集》,中国社会科学出版社 1988 年版,第 304 页。

② 童庆炳主编:《文学理论教程(修订版)》,高等教育出版社 1998 年版,第 75 页。

③ 雷·韦勒克、奥·沃伦:《文学理论》,刘象愚等译,生活·读书·新知三联书店 1984 年版,第 11 页。

④ 同上书,第 11—12 页。

象。有学者认为文学语言是具有"形象性""生动性"，但早在 20 世纪 80 年代初期就有诗歌评论者认为当时出现的一些"朦胧诗"是晦涩、难懂的，他们明确提出："但是，也有少数作者大概是受了'矫枉必须过正'和某些外国诗歌的影响，有意无意地把诗写得十分晦涩、怪僻，叫人读了几遍也得不到一个明确的印象，似懂非懂，半懂不懂，甚至完全不懂，百思不得一解。"① 这些被有的评论者称为是"晦涩、怪癖"的"朦胧诗"，如若说其语言特征是形象生动，那就显得十分牵强了。

　　而有学者认为文学语言的特征是"凝练"，但这样的说法更有问题。一部具体的文学作品，其语言特色究竟是凝练简洁的，还是拖沓繁复的，除了和作者本人的创作能力相关外，还和作者自身所追求的表达效果密切相关。有的时候作家为了表现特定的表达效果，会刻意地运用不凝练、不简洁的语言。例如，鲁迅名篇《秋夜》中的第一句："在我的后园，可以看见墙外有两株树，一株是枣树，还有一株也是枣树。"② 如果文学语言一定要是凝练简洁的，那么鲁迅就应该将这一句写成："我家后院墙外有两株枣树。"改动后的这句话与鲁迅的原文相比较而言在表意方面没有太大的区别，语言也更加凝练，但读起来总让人觉得少了些韵味。在《秋夜》中，鲁迅通过冷寂深邃的意境创造，渲染烘托秋夜的氛围，将自己即彷徨又执着的复杂心绪淋漓尽致地展现了出来。而这些都是鲁迅通过运用诸如"一株是枣树，还有一株也是枣树"这样的并不凝练、也不简洁的语言构建出的特殊表达效果。所以，文学作品的语言应该是凝练简洁的，还是繁复华丽的，是没有一个恒定不变的统一标准的。具体运用哪种风格的语言，这需要作者在每一次的创作中根据自己的创作目的进行选择。

　　还有学者受俄国形式主义文论思想的影响，认为文学语言应具有"阻拒性"，或者说文学话语具备"陌生化"的特征。在《文学理论教程》中，编著者认为："作家们总是设法把普通话语，加工成陌生的、扭曲的、对人具有阻拒性的话语。这种话语可能不合语法，打破了某些语言的常

---

① 章明：《令人气闷的"朦胧"》，《诗刊》1980 年第 8 期。
② 丁华民主编：《鲁迅文集（第十卷）》，吉林文史出版社 2006 年版，第 77 页。

规，甚至还不易为人所理解，但却能引起人们的注意和兴趣，从而获得较强的审美效果。"① 学者王乾坤也指出："这个语言立场对我们的要求是什么，简单地说就是对物象、事实、事理、逻辑加以偏离，加以超越。这个立场在语言上的要求，就是使认知语言或逻辑语言变形，就是与事实陈述捣乱，就是艾略特所言，'扭断语法的脖子'。事实记叙不可以，而表情的散文诗偏可以如是反常地说'一棵是枣树，还有一棵也是枣树'。"② 那么又能如何做到文学语言的"陌生化"？在王乾坤看来主要依靠的就是修辞，他提出："反常和变形成了修辞的标志，成了文学语言的最一般的特点。"③ 俄国形式主义学者通过对诗歌语言"陌生化"特征的分析来探讨文学本质属性的研究方法，对现在的文学理论研究有很大的借鉴意义，但用"陌生化"理论来界定所有文学作品的语言特征是有疑问的，主要表现在以下三个方面。

第一，在王乾坤的研究中，他着重强调以"变形"和"反常"为标志的修辞，这说明他对修辞的理解并不全面、准确，他只关注到了语言活动中的积极修辞的现象，而忽视了消极修辞的问题。在一些语言学家看来，修辞并不是只指"变形"和"反常"，它实际是人类语言活动中普遍存在的一种行为。学者胡范铸认为："任何为了一定的目的运用语言的交际行为都是一种修辞行为。文学作品需要修辞，著书撰文需要修辞，但是，并非只有书面才有修辞，并非文学作品才有修辞，更不能说只有比喻夸张才是修辞。修辞不仅表现在词句的层面，作品的层面，而是贯穿于言语交际的全部过程。"④ 而消极修辞则是包括陈望道在内的很多语言学家都深入研究过的问题。例如，有学者指出："修辞分为消极修辞与积极修辞两大类。消极修辞就是选择的言语手段能够明确表达思想，主要包括音韵和谐、词义明确、语句通顺、结构合理等几个方面的要求。积极修辞指根据表情达意的需要，运用各种语文材料，极力使语言准确、鲜明、生

---

① 童庆炳主编：《文学理论教程（修订版）》，高等教育出版社 1998 年版，第 179 页。
② 王乾坤：《文学的承诺》，生活·读书·新知三联书店 2005 年版，第 255 页。
③ 同上书，第 263 页。
④ 张斌主编：《新编现代汉语（第二版）》，复旦大学出版社 2008 年版，第 510 页。

动、富有感人力量的修辞方法。……消极修辞适用于一切语言，无论什么语言文字都首先必须是简明准确的，然后才能谈及形象生动等等，因为如果所采用的手段形式不规范或意义不明确，也就更谈不上形象生动了。因此，消极修辞是一种普遍使用的修辞方法，是积极修辞的基础。"① 通过学者的这段论述我们可以认识到，无论怎样的"变形"与"反常"，文学语言都必须以消极修辞为基础，必须以准确传达作者的创作意图、主观体验为基础。作家老舍就曾表达过类似的意思，他说："语言的创造并不是另造一套话，烧饼就叫烧饼，不能叫'饼烧'，怎么创造？话就是这些话，虽然是普通的话，但用得那么合适，能吓人一跳，让人记住，这就是创造。"② 将"烧饼"说成是"饼烧"，明显是一种"变形"，很"反常"，也真正"扭断"了语法的"脖子"，但读者阅读时只会觉得"饼烧"二字匪夷所思、是语病，而不会获得什么"较强的审美效果"。的确，鲁迅在《秋夜》中为了表达情思意绪，可以写出"一株是枣树，还有一株也是枣树"的话语，但他不会为了追求所谓的"变形"，把"一株是枣树"一句"反常"地写成"枣是一株树"，甚至是"树一枣株是"。所以，我们在研究文学语言修辞的变形与反常时，不能脱离消极修辞而空谈，至少要在准确找到语法"脖子"的基础上，再谈"扭断"它的问题吧。

第二，无论是俄国形式主义学者什克洛夫斯基提出的"陌生化"，还是英美新批评派学者燕卜荪深入分析过的"复义"概念，它们都有一定的适用范围，即只是针对诗歌语言特征而言。这一点是什克洛夫斯基和燕卜荪二人在自己的分析论述中反复确认的。但现在要突破这一适用范围，将"陌生化"看成是对文学话语特征的"概括"③，就会出现问题，因为有的文学作品的语言特征并不符合这一"概括"。例如，我国 20 世纪著名作家赵树理的小说创作，其语言特征就不能用"陌生化"去概括。赵树理在创作小说时，从来都不会想方设法地把日常语言"加工成陌生的、扭曲的、对人具有阻拒性的话语"。赵树理小说的语言是真正口语化的

---

① 杨文全主编：《现代汉语》，重庆大学出版社 2010 年版，第 364—365 页。
② 老舍：《老舍论创作》，上海文艺出版社 1982 年版，第 291 页。
③ 童庆炳主编：《文学理论教程（修订版）》，高等教育出版社 1998 年版，第 179 页。

语言。周扬曾在 1946 年发表文章分析了赵树理小说的语言特征，他说："他在他的作品中那么熟练地丰富地运用了群众的语言，显示了他的口语化的卓越的能力；不但在人物对话上，而且在一般叙述的描写上，都是口语化的。"① 读者在阅读赵树理小说时，不会感到"陌生"和"扭曲"，因为其语言实际就是我们日常生活中所说的"大白话"，有学者就评论到："他的语言具有明白如话的特色，而且吸收了传统说书艺术的长处，能琅琅上口，具有可朗读性。"② 也正是因为赵树理在小说创作中不去追求所谓语言的"陌生化"和"扭曲"，而是坚持口语化特色，才使他的小说作品获得了读者们的青睐，也使其在中国现当代文学史上占有了重要的位置。

第三，即使在诗歌创作领域，有的诗歌的语言特征也不能简单地概括为是"陌生化"。例如我们在前文中提到的夏明翰就义前创作的诗歌，其语言特征就不是"陌生"和"扭曲"的。再如，唐代大诗人白居易在创作诗歌时非常反感南北朝齐梁以来的艳丽诗风，追求诗歌语言的通俗直白、浅显易懂，他作诗"甚至要求老妪能解（释惠洪《冷斋夜话》)"③。对于诗歌的创作，白居易在《新乐府·序》中提出："其辞质而径，欲见之者易谕也。其言直而切，欲闻之者深诫也。其事核而实，使采之者传信也。其体顺而肆，可以播于乐章歌曲也。"④ 在这段话中白居易明确了自己的诗歌创作标准，有学者就指出："这里的'质而径'、'直而切'、'核而实'、'顺而肆'，分别强调了语言须质朴通俗，议论须直白显露，写事须绝假纯真，形式须流利畅达，具有歌谣色彩。也就是说，诗歌必须既写得真实可信，又浅显易懂，还便于入乐歌唱，才算达到了极致。"⑤ 白居

---

① 复旦大学中文系"赵树理研究资料编辑组"编：《中国当代文学研究资料——赵树理专集》，福建人民出版社 1981 年版，第 187 页。

② 钱理群、温儒敏、吴福辉：《中国现代文学三十年（修订本)》，北京大学出版社 1998 年版，第 486 页。

③ 袁行霈主编：《中国文学史（第二卷)》，高等教育出版社 2003 年版，第 359 页。

④ 白居易：《白居易集笺校（第一册)》，朱金城笺校，上海古籍出版社 1988 年版，第 136 页。

⑤ 袁行霈主编：《中国文学史（第二卷)》，高等教育出版社 2003 年版，第 368 页。

易去世后，当时的皇帝唐宣宗李忱曾创作《吊白居易》一诗寄托对白居易离世的悲悼惋惜之情，其中有两句为："童子解吟长恨曲，胡儿能唱琵琶篇。"① 这诗句表明在李忱看来，白居易的诗歌代表作《长恨歌》《琵琶行》就连"童子""胡儿"这些人都能理解吟唱。因此，无论是白居易自己所遵循的创作要求——诗歌必须"老妪能解"，还是李忱评价白居易时写下的诗句，都能说明白居易诗歌的语言特征并不是"陌生化"的。而且，追求诗歌语言的直白易懂并不是白居易一个人的诗歌理想，他不是一个特例，唐代中期多位诗人的诗歌创作都体现出了一种通俗化的诗风。有学者就指出："'当时语'即当时民间的俗语言。在诗中使用'当时语'，既然有老杜在前导源，则后继者便有了坚实的依据。于是，张籍、王建、白居易、元稹等人纷纷起而效仿，致力于通俗晓畅、指事明切的乐府诗的创作……"②

　　通过以上的分析我们可以发现，无论是"话语蕴藉""含蓄""含混"，还是"形象性""生动性""简洁凝练""陌生化"等，都很难将文学语言的复杂特征完全阐释清楚。对于文学语言的这种复杂性，学者韦勒克、沃伦就曾表示过文学语言与非文学语言之间没有绝对的界限，他们说："我们还必须认识到艺术与非艺术、文学与非文学的语言用法之间的区别是流动性的，没有绝对的界限。美学作用可以推展到种类变化多样的应用文字和日常言辞上。如果将所有的宣传艺术或教喻诗和讽刺诗都排斥于文学之外，那是一种狭隘的文学观念。"③ 相对于韦勒克、沃伦二人较为"温和"地表示文学语言与非文学语言之间的区别是"流动的""没有绝对的界限"，有的学者关于文学语言的分析会让很多人觉得过于"极端"，是一种"离经叛道"。例如，法国学者德里达就从自己的解构主义思想出发提出文学语言与日常语言、科学语言、哲学语言等之间没有本质的区别。德里达在《哲学的边缘》一书中认同了法国诗人瓦莱里的观点，

---

① 周啸天主编：《唐诗鉴赏辞典补编》，四川文艺出版社 1990 年版，第 615 页。
② 袁行霈主编：《中国文学史（第二卷）》，高等教育出版社 2003 年版，第 359 页。
③ 雷·韦勒克、奥·沃伦：《文学理论》，刘象愚等译，生活·读书·新知三联书店 1984 年版，第 13 页。

即哲学是文学的分支。德里达通过对于隐喻的分析解构了文学与哲学之间的二元对立，他指出，哲学实际上是"一种'竭力掩饰自身文字特征'的特殊写作"①。如果说哲学是一种写作，那么，"这时可以提出一个要求，那就是：在研究哲学文本的时候，必须考虑它的形式结构、修辞机理、它的文本类型的特殊性和多样性、它的阐述和生产的模式。不仅如此，还要考虑它的舞台和句法空间，这不光是把它的所指和参照物同存在或真理联系起来，还包括编排它的程序等等一切内容形式因素。简言之，必须把哲学视作'一种特殊的文学类型'，利用它的语言潜力，挖掘、强化或推进那些背离常规的、比哲学本身还要古老的转喻（隐喻）资源"②。从20世纪70年代起，德里达与奥斯汀、塞尔等人围绕言语行为理论等问题爆发了长时间的争论。针对这一时期德里达的相关论述，国内学者进一步分析了德里达的文学语言观："在他看来，规范语言即日常语言中，同样也充满了虚构因素、叙事因素。规范语言和文学语言一样，要遵循的首先并不是现实的、日常的那些规定性的因素，而是一种叙事原则和结构手法。换言之，无论是规范语言还是文学语言，都要遵循一种修辞学的法则。这样，文学语言和日常语言之间的界限就消失不见了。科学、哲学等学科所使用的语言当中，也充溢着诗意的语言所具有的那种修辞的性质，这就和文学语言没有了本质的区别。"③

　　如果说德里达的文学语言观"解构性"太强、让人无法认同的话，那么有一点我们必须都承认，即文学语言是一种复杂的语言现象。文学作品中的语言既可以是简约的，也可以是繁复的；既可以是直白的，也可以是晦涩的；既可以是平淡的，也可以是绚丽的；既可以是熟悉的，也可以是陌生的；既可以是严谨的，也可以是疏放的……苏联学者巴赫金在分析研究文学语言的特征时就注意到了这一点，他指出文学语言的基本特性应该

---

　　① 赵一凡：《从胡塞尔到德里达——西方文论讲稿》，生活·读书·新知三联书店2007年版，第382页。

　　② 德里达：《哲学的边缘》，芝加哥大学出版社1982年英文版，第293页。转引自张奎志文《德里达对"诗与哲学之争"的解构》，刊载于《世界哲学》2006年第2期。

　　③ 曹卫东：《文学语言与文学本质——从哈贝马斯对德里达的批判说起》，《天津社会科学》2006年第5期。

是"多语体性"。巴赫金认为语言本身就是一种复杂的社会现象，具有"杂语"的特点，他指出："总而言之，语言在自己历史存在中的每一具体时刻，都是杂样言语同在的；因为这是现今和过去之间、以往不同时代之间、今天的不同社会意识集团之间、流派组织等等之间各种社会意识相互矛盾又同时共存的体现。杂语中的这些'语言'以多种多样的方式交错结合，便形成了不同社会典型的新'语言'。……所以各种语言不是互相排斥，而是错综复杂地交织（如乌克兰语、叙事诗语、早期象征主义的语言、大学生的语言、儿童的语言、小知识分子语言、尼采派语言等等）。"① 而文学作品必然要以语言为媒介材料进行构思创作，由于语言具有了"杂语"特点，所以文学作品必然会将这一特点表现出来，体现出一种"多语体性"，甚至是一种"全语体性"。巴赫金在《文学作品中的语言》一文中提出："在文学作品中我们可以找到一切可能有的语言语体、言语语体、功能语体，社会的和职业的语言等等。（与其他语体相比）它没有语体的局限性和相对封闭性。但文学语言的这种多语体性和——极而言之——'全语体性'正是文学基本特性所使然。文学——这首先是艺术，亦即对现实的艺术的、形象的认识（反映），其次，它是借助于语言这种艺术材料来达到的艺术的形象反映。"② 也正是因为文学语言具有了"多语体性"，甚至是"全语体性"，所以巴赫金指出："创造一种特殊的统一又唯一的诗语，这个念头是典型的乌托邦式的诗语哲学。……创立一种特殊'诗语'的思想，同样反映了托勒密式的对语言修辞世界的见解。"③ 国内学者王一川在论述文学作品语言层的特征时，也提出过与巴赫金相类似的观点，他说："语体层面是针对文学文本的文类或体式运用而言的，指文学文本当其为着造成特殊的表达效果而综合地混杂或并用多种不同文类或体式时呈现的语言状况。这里的文类，涉及小说、诗、散文

① 巴赫金：《长篇小说的话语》，白春仁译，参见钱中文主编《巴赫金全集》第三卷，河北教育出版社 1998 年版，第 71—72 页。

② 巴赫金：《文学作品中的语言》，潘月琴译，参见钱中文主编《巴赫金全集》第四卷，河北教育出版社 1998 年版，第 276 页。

③ 巴赫金：《长篇小说的话语》，白春仁译，参见钱中文主编《巴赫金全集》第三卷，河北教育出版社 1998 年版，第 68 页。

诗、散文、日记、书信、文件、档案、表格、绘画和图案等；体式，则是指较为具体的表现性文体，如抒情体、叙事体和戏剧体，纪实体和传奇体，写实型和象征型等等。"①

从古至今，文学作品的数量千千万万。面对这些不计其数的文学作品，我们可以分析某一部作品的语言特色，也可以研究某一位作家的语言特点，还可以探讨某一文学流派的语言特征，但要归纳总结出那么几个要点去概括几乎所有文学作品的语言特征是非常困难的。因为此时研究者要面对的不仅仅只是作品本身了，他还要面临不同文学作品间由于时代、地域、文化传统、作者的用语习惯、审美追求等诸多因素造成的巨大差异和不可逾越的鸿沟。所以，当我们在分析探讨文学语言的特征时应更多地关注巴赫金、王一川等人的观点，从文学作品语言的实际特质出发，建设科学合理的文学语言理论。

（四）余论

有学者认为《文学理论教程》是"一本过渡时期的文学理论"，他们指出："它体现的是从计划经济到市场经济、从民族国家到全球化语境、从文化战争到文化建设、从现实主义文学理论到文化论文学理论、从意识形态文学观到现代性文学观过渡阶段的文学理论，此前的代表性著作是斗争哲学主导下的意识形态浓厚的蔡本《文学概论》，此后则是以当代西方文学理论和中国古典文论为思想资源，致力于解释当代中国文学现象的20世纪50年代生学人所著的文学理论。"② 认为《文学理论教程》是"过渡阶段的文学理论"当然是正确的，但笔者更愿意将其视为是一种文学理论话语体系的转型实践，是在20世纪90年代出现的一种中国式的文学理论建构探索。说《文学理论教程》是一种中国式的理论建构探索，就在于它充分体现了当下中国的文学理论研究者在阐释文学理论的基本问题时所面临的棘手情况，即学者们建构的理论体系都要力求将古今中外四个方面的各式文论资源顾及到，要将不同时期、不同地域出现的各种文学现象解释

---

① 王一川：《文学理论》，四川人民出版社2003年版，第232页。
② 张法等：《世界语境中的中国文学理论》，安徽教育出版社2009年版，第142—143页。

清楚。我们在粗略翻看欧美学者、包括前苏联学者在内的文学理论研究者撰写的关于文学理论基本问题的专著和教材时会发现，他们在著书立说时绝大多数都不会提及《诗经》《红楼梦》怎么怎么样、鲁迅小说的创作特色是什么，更不会顾及《文心雕龙》《沧浪诗话》阐述了哪些理论观点。但中国学者不行。中国的文学理论研究者在阐述文学理论的基本规律时，不但要考虑《诗经》、鲁迅的小说，还要考虑到古希腊的史诗、莎士比亚的戏剧、巴尔扎克的小说、象征主义诗歌、荒诞派的戏剧、意识流小说；不但要顾及《文心雕龙》的文论观点，还要顾及亚里士多德、贺拉斯、歌德、高尔基、弗洛伊德、索绪尔、萨特、马尔库塞、德里达、马克思、列宁、毛泽东等人的文艺观点。不怪乎有人会说，现在中国大学所使用的文学理论教材就是一件"百衲衣"，是一部名人名言的"汇编"。

一些研究者指出《文学理论教程》的内容过于庞杂，将其评价为是"百衲衣"，是"汇编"，但这实际是从另一个侧面说明了在 20 世纪 90 年代转型阐释语境中出现的《文学理论教程》所具有的多元化特征。我们可以设想一下，在阐述文学理论的基本原理时，如果当今的中国学者不走"百衲衣"和"汇编"的道路，那么引起的争议可能会更大。从 20 世纪 90 年代中期开始，部分学者明确主张借助于中国古典文论思想，建设全新的、中国化的文学理论体系。但其他学者对此就提出了反对意见。他们认为自五四新文化运动以后，中国文学已经形成了一套与中国古典文学区别极大的新传统，这一新的传统，或者叫"小传统"是无法用古典文论的体系完全阐释清楚的。进入 21 世纪后，很多学者都不约而同地指出文学理论研究有危机，在他们看来当今中国文学理论话语体系的建构中存在着两难的困境：如果有学者面面俱到、来一个古今中外的"大综合"，就会被认为是忽视了文学理论知识的历史具体性和文化差异性；而如果有学者只强调地方性知识、只关注文学理论话语体系的民族性和历史性，则会被认为是以偏概全，缺乏必要的普遍性。危机、困境的确是存在的。但我们不能因为文学理论研究有危机、身处困境就简单指责具有多元化特征的《文学理论教程》是一件"百衲衣"，是"汇编"，是非历史的、非语境化的知识生产模式下的产物。这种简单化的评价恰恰是脱离了《文学理论教程》产生的历史语境而得来的论断。20世纪90年代的中国社会正处于转型时期，多元化的思想意识交织缠绕，在这样的语境中文学理论研究必然会具有转型特征。所以，我们在分析评价《文学理论教程》时，应充分注意到它所展现的20世纪90年代文学理论研究中的转型特质，应将其视为一种转型阐释语境中的话语建构探索。

# 参考文献

## 一　书籍类

阿·布罗夫：《艺术的审美实质》，高叔眉、冯申译，上海译文出版社 1985 年版。

北京师范大学文艺学研究中心编：《文学审美意识形态论》，中国社会科学出版社 2008 年版。

蔡仪主编：《文学概论》，人民文学出版社 1979 年版。

陈传才：《中国 20 世纪后 20 年文学思潮》，中国人民大学出版社 2001 年版。

陈厚诚、王宁主编：《西方当代文学批评在中国》，百花文艺出版社 2000 年版。

陈平原：《当代中国人文观察》，人民文学出版社 2004 年版。

陈思和主编：《中国当代文学史教程》，复旦大学出版社 2004 年版。

陈晓明主编：《后现代主义》，河南大学出版社 2003 年版。

陈晓明：《无边的挑战：中国先锋文学的后现代性》，广西师范大学出版社 2004 年版。

程正明、程凯：《中国现代文学理论知识体系的建构：文学理论教材与教学的历史沿革》，北京大学出版社 2005 年版。

戴锦华：《隐形书写——90 年代中国文化研究》，江苏人民出版社 1999 年版。

董学文、金永兵等：《中国当代文学理论（1978—2008）》，北京大学出版社 2008 年版。

邓晓芒：《康德〈判断力批判〉释义》，生活·读书·新知三联书店 2008

年版。

杜书瀛、钱竞主编:《中国 20 世纪文艺学学术史 (四部)》,上海文艺出版社 2001 年版。

弗雷德里克·杰姆逊:《后现代主义与文化理论——杰姆逊教授讲演录》,唐小兵译,陕西师范大学出版社 1986 年版。

盖生:《20 世纪中国文学原理关键词研究》,人民出版社 2013 年版。

高树勋主编:《中国文化法规·机构》,文化艺术出版社 1998 年版。

洪子诚:《中国当代文学史》,北京大学出版社 1999 年版。

姜亮夫:《文学概论讲述》,云南人民出版社 2000 年版。

靳绍彤:《沉醉的神往——审美思维论》,湖南文艺出版社 1991 年版。

康德:《判断力批判》,邓晓芒译,人民出版社 2002 年版。

老舍:《老舍论创作》,上海文艺出版社 1982 年版。

老舍:《文学概论讲义》,复旦大学出版社 2004 年版。

雷·韦勒克、奥·沃伦:《文学理论》,刘象愚等译,生活·读书·新知三联书店 1984 年版。

李树谦、李景隆编著:《文学概论第一编》,东北师范大学函授教育处 1956 年版。

李勇:《中国当代文艺学的范式转型》,北京大学出版社 2012 年版。

林焕平主编:《文学概论新编》,广东教育出版社 1986 年版。

卢卡奇:《审美特性 (第一卷)》,徐恒醇译,中国社会科学出版社 1986 年版。

刘康:《对话的喧声——巴赫金的文化转型理论》,中国人民大学出版社 1995 年版。

马林诺夫斯基:《巫术科学宗教与神话》,中国民间文艺出版社 1986 年版。

毛庆耆、董学文、杨福生:《中国文艺理论百年教程》,广东高等教育出版社 2004 年版。

米歇尔·福柯:《词与物:人文科学考古学》,莫伟民译,上海三联书店 2002 年版。

南帆:《理论的紧张》,上海三联书店 2003 年版。

南帆、刘小新、练暑生：《文学理论基础》，北京大学出版社 2008 年版。

普列汉诺夫：《没有地址的信·艺术与社会生活》，人民文学出版社 1962 年版。

祁述裕：《市场经济下的中国文学艺术》，北京大学出版社 1998 年版。

钱理群、温儒敏、吴福辉：《中国现代文学三十年（修订本）》，北京大学 出版社 1998 年版。

钱中文：《文学理论：走向交往对话的时代》，北京大学出版社 1999 年版。

钱中文：《文学发展论》，高等教育出版社 2005 年版。

钱中文：《文学理论：求索与反思》，中国社会科学出版社 2013 年版。

乔纳森·卡勒：《文学理论入门》，李平译，译林出版社 2013 年版。

石安石：《语义论》，商务印书馆 1993 年版。

石安石：《语义研究》，语文出版社 1994 年版。

宋剑华：《百年文学与主流意识形态》，湖南教育出版社 2002 年版。

孙立平：《失衡：断裂社会的运作逻辑》，社会科学文献出版社 2004 年版。

孙立平：《断裂——20 世纪 90 年代以来的中国社会》，社会科学文献出版 社 2003 年版。

谭好哲：《文艺与意识形态》，山东大学出版社 1997 年版。

陶东风：《社会转型与当代知识分子》，上海三联书店 1999 年版。

陶东风：《文化研究：西方与中国》，北京师范大学出版社 2002 年版。

陶东风主编：《当代中国文艺思潮与文化热点》，北京大学出版社 2008 年版。

陶东风主编：《文学理论基本问题（修订版）》，北京大学出版社 2012 年版。

特里·伊格尔顿：《美学意识形态》，王杰等译，广西师范大学出版社 1997 年版。

特雷·伊格尔顿：《二十世纪西方文学理论》，伍晓明译，北京大学出版社 2007 年版。

童庆炳：《文学概论》，红旗出版社 1984 年版。

童庆炳主编：《文学理论教程》，高等教育出版社 1992 年版。

童庆炳主编：《文学理论教程（修订版）》，高等教育出版社 1998 年版。

童庆炳主编：《文学理论教程（第四版）》，高等教育出版社 2008 年版。

童庆炳：《童庆炳谈文学观念》，河南大学出版社 2008 年版。

王乾坤：《文学的承诺》，生活·读书·新知三联书店 2005 年版。

王晓明：《半张脸的神话》，广西师范大学出版社 2003 年版。

王一川：《文学理论》，四川人民出版社 2003 年版。

王元骧：《文学原理》，浙江教育出版社 1989 年版。

王岳川：《思·言·道》，北京大学出版社 1997 年版。

王岳川：《中国镜像：90 年代文化研究》，中央编译出版社 2001 年版。

王岳川主编：《中国后现代话语》，中山大学出版社 2004 年版。

王振铎、鲁枢元主编：《新编文学概论》，河南大学出版社 1987 年版。

沃罗夫斯基：《论文学》，人民文学出版社 1981 年版。

吴炫：《中国当代文学批判》，学林出版社 2001 年版。

吴中杰：《文艺学导论》，江苏文艺出版社 1988 年版。

夏丏尊：《夏丏尊经典》，京华出版社 2001 年版。

谢冕、张颐武：《大转型——后新时期文化研究》，黑龙江教育出版社
　　1995 年版。

邢建昌：《理论是什么——文学理论反思研究》，人民出版社 2011 年版。

许纪霖：《中国知识分子十论》，复旦大学出版社 2003 年版。

许纪霖等：《启蒙的自我瓦解：1990 年代以来中国思想文化界重大论争研
　　究》，吉林出版集团有限责任公司 2007 年版。

薛祥绥：《文学概论》，启智书局 1934 年版。

杨春时：《审美意识系统》，花城出版社 1986 年版。

杨春时：《百年文心：20 世纪中国文学思想史》，黑龙江教育出版社 2000
　　年版。

杨俊蕾：《中国当代文论话语转型研究》，中国人民大学出版社 2003 年版。

杨文全主编：《现代汉语》，重庆大学出版社 2010 年版。

杨飏：《90 年代文学理论转型研究》，中国社会科学出版社 2001 年版。

姚文放：《当代性与文学传统的重建》，人民文学出版社 2004 年版。

易中天：《艺术人类学》，上海文艺出版社 2001 年版。

叶奕乾等主编：《普通心理学（修订二版）》，华东师范大学出版社 2004

年版。

叶蜚声、徐通锵：《语言学纲要（第 3 版）》，北京大学出版社 1997 年版。

叶朗：《中国美学史大纲》，上海人民出版社 1985 年版。

以群主编：《文学的基本原理（修订本）》，上海文艺出版社 1984 年版。

袁行霈主编：《中国文学史（第二卷）》，高等教育出版社 2003 年版。

张斌主编：《新编现代汉语（第二版）》，复旦大学出版社 2008 年版。

张法等：《世界语境中的中国文学理论》，安徽教育出版社 2009 年版。

张旭东：《全球化与文化政治：90 年代中国与 20 世纪的终结》，北京大学
　　出版社 2014 年版。

张颐武：《从现代性到后现代性》，广西教育出版社 1997 年版。

赵敦华：《现代西方哲学新编》，北京大学出版社 2001 年版。

赵一凡：《从胡塞尔到德里达——西方文论讲稿》，生活·读书·新知三联
　　书店 2007 年版。

郑元者：《艺术之根：艺术起源学引论》，湖南教育出版社 1998 年版。

庄锡华：《20 世纪的中国文艺理论》，上海三联书店 2000 年版。

周宪：《中国当代审美文化研究》，北京大学出版社 1997 年版。

朱狄：《原始文化研究——对审美发生问题的思考》，生活·读书·新知三
　　联书店 1988 年版。

朱狄：《艺术的起源》，武汉大学出版社 2007 年版。

朱立元主编：《当代西方文艺理论》，华东师范大学出版社 1997 年版。

朱立元主编：《美学》，高等教育出版社 2001 年版。

朱立元编著：《西方美学范畴史（第二卷）》，山西教育出版社 2006 年版。

朱志荣：《商代审美意识研究》，人民出版社 2002 年版。


二　文章类

巴赫金：《长篇小说的话语》，白春仁译，参见钱中文主编《巴赫金全集》
　　第三卷，河北教育出版社 1998 年版。

巴赫金：《文学作品中的语言》，潘月琴译，参见钱中文主编《巴赫金全
　　集》第四卷，河北教育出版社 1998 年版。

本伟:《普列汉诺夫的美感论是人性论吗?》,《辽宁大学学报》(哲学社会
　　科学版) 1984 年第 6 期。

蔡翔:《主体性的衰落》,《文艺争鸣》1994 年第 6 期。

蔡翔:《何谓文学本身》,《当代作家评论》2002 年第 6 期。

曹卫东:《交往理性与诗学话语——论哈贝马斯的文学概念》,《文学评
　　论》1998 年第 4 期。

曹卫东:《文学语言与文学本质——从哈贝马斯对德里达的批判说起》,
　　《天津社会科学》2006 年第 5 期。

曹顺庆:《文论失语症与文化病态》,《文艺争鸣》1996 年第 2 期。

曹顺庆、靳义增:《论"失语症"》,《文学评论》2007 年第 6 期。

陈吉猛:《文学与审美意识形态——兼与童庆炳先生商榷》,《南华大学学
　　报》(社会科学版) 2003 年第 4 期。

陈守礼、徐瑞应:《也谈"多元化"问题》,《文艺报》1990 年 4 月 28 日。

陈思和:《民间的还原——文革后文学史某种走向的解释》,《文艺争鸣》
　　1994 年第 1 期。

陈思和:《我往何处去——新文化传统与当代知识分子的文化认同》,《文
　　艺理论研究》1996 年第 3 期。

陈思和:《关于 90 年代文化思潮的一点想法》,《山花》1998 年第 8 期。

陈思和:《共名和无名:百年中国文学发展管窥》,《上海文学》1996 年第
　　10 期。

陈思和:《试论 90 年代文学的无名特征及其当代性》,《复旦学报》(社会
　　科学版) 2001 年第 1 期。

陈晓明:《中国文化的双重语境》,《文艺研究》1993 年第 1 期。

陈晓明等:《后现代:文化的扩张与错位》,《上海文学》1994 年第 3 期。

陈晓明:《回归传统与文化民族主义的兴起》,《天津社会科学》1997 年第
　　4 期。

陈晓明:《历史的误置:关于中国后现代文化及其理论研究的再思考》,
　　《文艺争鸣》1997 年第 4 期。

陈顺馨:《传统与现代:从对立走向对话》,《中国文化研究》1996 年第

3 期。

陈丽：《困境与突围——对经济体制转轨时期上海作家情况的调查》，《社会科学》1995 年第 1 期。

陈美兰：《"文学新时期"的意味——对行进中的中国文学几个问题的思考》，《文学评论》1994 年第 6 期。

陈理宣：《文艺的意识形态性讨论综述》，《文艺研究》1992 年第 2 期。

陈雪虎：《如何理解"审美意识形态论"——答单小曦的质疑》，《文艺争鸣》2003 年第 2 期。

沉风、志忠：《跨世纪之交：文学的困惑与选择》，《文学评论》1994 年第 6 期。

程代熙：《一元·二元·多元——对一个哲学问题的探讨》，《文艺理论与批评》1990 年第 2 期。

戴锦华：《突围表演——九十年代文化描述之一》，《钟山》1994 年第 6 期。

戴锦华：《救赎与消费——九十年代文化描述之二》，《钟山》1995 年第 2 期。

丁亚平：《理论建构与接受的未决状态》，《当代作家评论》1991 年第 2 期。

董鼎山：《所谓"后现代派"小说》，《读书》1980 年第 12 期。

董学文：《社会主义文学发展的主流问题——关于"多元化"的思考》，《北京社会科学》1990 年第 3 期。

董学文：《文艺学：站在世纪之交的高度》，《文学评论》1995 年第 3 期。

董学文：《中国现代文学理论进程思考》，《北京大学学报》（哲学社会科学版）1998 年第 2 期。

董学文：《文学本质界说考论——以"审美"与"意识形态"关系为中心》，《北京大学学报》（哲学社会科学版）2005 年第 5 期。

杜书瀛：《九十年代：建设和发展有中国特色的文艺学》，《文艺理论研究》1992 年第 4 期。

杜书瀛：《世纪之交感言——文艺理论从哪里突破?》，《小说评论》1995 年第 1 期。

杜书瀛：《市场经济与文学艺术和精神文明——市场经济条件下的人文状

况》,《文艺争鸣》1995 年第 6 期。

杜书瀛:《新时期文艺学反思录》,《文学评论》1998 年第 15 期。

方克立:《要注意研究 90 年代出现的文化保守主义思潮》,《高校理论战
　　线》1996 年第 2 期。

冯宪光:《大众文化与文化大众》,《文艺报》1995 年 4 月 1 日。

高楠:《中国文艺学的转换之根及其话语现实》,《社会科学辑刊》1999 年
　　第 1 期。

贺奕:《不幸的类比:"后现代主义"理论的中国市场》,《当代作家评论》
　　1993 年第 5 期。

贺奕:《群体性精神逃亡:中国知识分子的世纪病》,《文艺争鸣》1995 年
　　第 3 期。

贺敬之:《关于艺术研究工作的几个问题》,《文艺研究》1991 年第 3 期。

何成:《批判激进主义,究竟在批判什么?》,《文艺报》1996 年 7 月 12 日。

何西来:《观念更新和多元意识》,《文艺理论研究》1993 年第 2 期。

何西来、杜书瀛、邵燕祥、白烨、钱竞、刘心武:《多元与兼容》,《文艺
　　争鸣》1996 年第 6 期。

洪远:《解放思想,实事求是,繁荣文学研究》,《文学评论》1993 年第
　　1 期。

黄曼君:《中国 20 世纪文学理论批评的总体特征》, 《中国文化研究》
　　1995 年第 2 期。

黄鸣奋:《全球化及其对文艺的影响》,《文艺报》1998 年 1 月 12 日。

黄药眠:《试评普列汉诺夫的审美感的人性论——对普列汉诺夫文艺思想
　　中的生物学的人性论底批判之一》,《文艺理论研究》1980 年第 2 期。

江建文:《要发掘生活中真正的美》,《学术论坛》1984 年第 1 期。

江建文:《列宁文艺批评思想略论》,《广西大学学报》(哲学社会科学版)
　　1984 年第 1 期。

金元浦:《全国中外文学理论学术讨论会纪要》,《文学评论》1993 年第
　　1 期。

金元浦:《当代文艺学的历史语境和未来走势》,《文艺争鸣》1993 年第

4 期。

金元浦：《论我国当代文艺学范式的转换》，《文学评论》1994 年第 1 期。

金元浦：《何以"保守主义"，而又"新"？》，《读书》1996 年第 5 期。

季广茂：《南辕与北辙之间——从两篇文章略窥保守主义与激进主义的讯息》，《文艺争鸣》1995 年第 4 期。

孔智光：《试论艺术时空》，《文史哲》1982 年第 6 期。

赖大仁：《新时期文学批评的转型与探索》，《江西师范大学学报》（哲学社会科学版）1998 年第 2 期。

赖大仁：《关于 90 年代文学转型》，《创作评谭》2000 年第 2 期。

兰爱国：《世纪末文学：文化保守主义思潮》，《文艺争鸣》1994 年第 6 期。

兰爱国：《到民间去——九十年代文学的主潮》，《文艺评论》1995 年第 5 期。

李思孝：《文艺和意识形态——兼评几种观点》，《文学评论》1991 年第 5 期。

李思孝：《走向多元综合的文艺学》，《社会科学战线》1995 年第 6 期。

李准：《论商品经济与文艺发展的关系》，《文艺争鸣》1989 年第 6 期。

林兴宅：《艺术非意识形态论》，《学术月刊》1995 年第 1 期。

林兴宅：《世纪之交：中国当代文艺学的转型》，《福建论坛》（文史哲版）1996 年第 4 期。

刘康、王一川、张法：《中国 90 年代文化批评试谈》，《文艺争鸣》1996 年第 2 期。

刘欣大：《"形象思维"的两次大论争》，《文学评论》1996 年第 6 期。

刘心武、邱华栋：《中国当代文学的多元格局》，《中国青年报》1995 年 7 月 30 日。

柳正昌：《普列汉诺夫美感理论的再评价——兼与计永佑同志商榷》，《郑州大学学报》（哲学社会科学版）1988 年第 1 期。

刘文波：《文化艺术的多元态势——文艺随机性琐议之三》，《文艺评论》1995 年第 4 期。

刘康：《全球化格局下的当代文化批评》，《文艺理论研究》1996 年第 1 期。

陆贵山：《一体・多样・主导——中国当代的文论格局》，《文艺报》2002
　　年 1 月 1 日。

孟繁华：《新理想主义与知识分子意识形态》，《光明日报》1995 年 7 月
　　5 日。

南帆：《论文学传统》，《文艺争鸣》1993 年第 1 期。

南帆：《民间的意义》，《文艺争鸣》1999 年第 2 期。

宁逸：《"大众文化"研究概述》，《文艺报》1995 年 3 月 25 日。

钱念孙：《人文精神与知识分子》，《江淮论坛》1995 年第 1 期。

祁述裕：《无法回避的崇高——关于建设新的人文精神的争论及其评价》，
　　《文艺争鸣》1995 年第 3 期。

祁述裕：《逃遁与入市：当代知识分子的选择和命运》，《文艺争鸣》1995
　　年第 4 期。

祁述裕：《文化语境与通俗文艺意义结构的变异——90 年代初期通俗文艺
　　评估》，《文艺理论研究》1995 年第 4 期。

钱中文：《论文学观念的系统性特征》，《文艺研究》1987 年第 6 期。

钱中文：《主导・多样・鉴别・创新》，《文学评论》1992 年第 3 期。

钱中文：《对话的文学理论——误差、激活、融化与创新》，《中国社会科
　　学院研究生院学报》1993 年第 5 期。

钱中文：《会当凌绝顶——回眸二十世纪文学理论》，《文学评论》1996 年
　　第 1 期。

钱中文：《文学艺术价值、精神的重建——新理性精神》，《文学评论》
　　1995 年第 5 期。

钱中文：《论巴赫金的交往美学及其人文科学方法论》，《文艺研究》1998
　　年第 1 期。

钱中文：《文学理论现代性问题》，《文学评论》1999 年第 2 期。

钱中文：《文学理论：走向交往与对话》，《中国社会科学》2001 年第 1 期。

钱中文：《论文学审美意识形态的逻辑起点及其历史生成》，《文学评论》
　　2007 年第 1 期。

钱中文、吴子林：《新中国文学理论六十年（下）》，《社会科学战线》

2010 年第 4 期。

山城客：《文艺新潮和新潮理论（上篇）》，《文艺理论与批评》1994 年第 5 期。

山城客：《文艺新潮和新潮理论（中篇）》，《文艺理论与批评》1994 年第 6 期。

山城客：《文艺新潮和新潮理论（下篇）》，《文艺理论与批评》1995 年第 1 期。

山城客：《有感于王蒙的处世哲学》，《文艺理论与批评》1995 年第 4 期。

单小曦：《"文学的审美意识形态论"质疑——与童庆炳先生商榷》，《文艺争鸣》2003 年第 1 期。

孙绍振：《"后现代"之后》，《小说评论》1994 年第 6 期。

谭好哲：《由一元至多元，从多元到综合——当代文艺学历程的宏观描述与思考》，《山东大学学报》（哲学社会科学版）1999 年第 3 期。

谭桂林：《后现代主义文学批评的历史定位与质疑》，《中国文学研究》1998 年第 4 期。

汤学智：《辉煌的 20 年——新时期文学理论研究述评》，《社会科学战线》1998 年第 1 期。

汤学智：《90 年代文学理论批评走向考察》，《文艺评论》2000 年第 3 期。

唐晓渡：《时间神话的终结》，《文艺争鸣》1995 年第 2 期。

陶东风：《后现代主义与中国传统文化》，《文艺研究》1993 年第 1 期。

陶东风：《后现代主义在中国》，《战略与管理》1995 年第 4 期。

陶东风：《世俗化时代文艺的消遣娱乐性》，《文艺争鸣》1996 年第 3 期。

陶东风、金元浦：《人文精神与世俗化——关于 90 年代文化讨论的对话》，《社会科学战线》1996 年第 2 期。

陶东风、金元浦：《关于 90 年代中国知识分子的问题》，《文艺理论研究》1996 年第 3 期。

陶东风：《大学文艺学的学科反思》，《文学评论》2001 年第 5 期。

陶东风：《重审文学理论的政治维度》，《文艺研究》2006 年 10 期。

滕云：《三心二意看文学——关于世纪之交的文学处境与选择》，《天津社会科学》1995 年第 3 期。

童庆炳：《怎样理解文学是"审美意识形态"？——〈文学理论教程〉编
　　著手札》，《中国大学教学》2004 年第 1 期。

童庆炳：《文学本质观和我们的问题意识》，《社会科学》2006 年第 1 期。

童庆炳：《新时期文学审美特征论及其意义》，《文学评论》2006 年第 1 期。

童庆炳：《实践是"审美"与"意识形态"结合的中介——对近期"文学
　　审美意识形态论"质疑的三点回应》，《文化与诗学》2009 年第 2 期。

涂险峰：《当代文学批评中的"现代性终结"话语质疑》，《文学评论》
　　1999 年第 1 期。

汪晖：《当代中国的思想状况与现代性问题》，《文艺争鸣》1998 年第 6 期。

王德胜：《坚守理性阵地与大众对话趋向》，《文艺研究》1993 年第 1 期。

王彬彬：《过于聪明的中国作家》，《文艺争鸣》1994 年第 6 期。

王彬彬：《再谈过于聪明的中国作家及其他》，《文艺争鸣》1995 年第 2 期。

王光明：《文学批评的学术转型——九十年代文学批评的一种倾向》，《南
　　方文坛》1997 年第 6 期。

王蒙：《躲避崇高》，《读书》1993 年第 1 期。

王蒙：《沪上思絮录》，《上海文学》1995 年第 1 期。

王蒙、陶东风：《多元与沟通——关于当代文化与知识分子问题的对话》，
　　《北京文学》1996 年第 8 期。

王宁：《继承与断裂：走向后新时期文学》，《文艺争鸣》1992 年第 6 期。

王宁：《如何看待和考察后现代主义》，《文艺研究》1993 年第 1 期。

王宁：《中国当代文学中的后现代主义变体》，《天津社会科学》1994 年
　　第 1 期。

王宁：《后新时期与后现代》，《文学自由谈》1994 年第 3 期。

王宁：《"后新时期"：一种理论描述》，《花城》1995 年第 3 期。

王宁：《大众文化挑战下的世纪末文学》，《文艺报》1999 年 4 月 27 日。

王世城：《超越对立：交往型元话语论纲》，《文艺理论研究》1996 年第
　　5 期。

王世城：《走出迷雾：从"后现代"到"现代"》，《文艺争鸣》1999 年第

3 期。

王晓明等：《旷野上的废墟——文学和人文精神的危机》，《上海文学》
　　1993 年第 6 期。

王晓明：《沼泽里的奔跑——关于十年来的文学批评》，《文艺理论研究》
　　1994 年第 5 期。

王晓明、铁舞：《向二十一世纪文学期望什么》，《上海文学》1995 年第
　　5 期。

王晓明：《人文精神讨论十年祭》，《上海交通大学学报》（哲学社会科学
　　版）2004 年第 1 期。

王岳川：《后现代文化策略与审美逻辑》，《文艺研究》1991 年第 5 期。

王岳川：《后现代主义文化美学景观》，《北京大学学报》（哲学社会科学
　　版）1992 年第 5 期。

王岳川：《后现代主义文化与价值反思》，《文艺研究》1993 年第 1 期。

王岳川：《后现代文化艺术话语转型与写作定位》，《当代作家评论》1993
　　年第 4 期。

王岳川：《后现代文学：价值平面上的语言游戏》，《文学评论》1993 年第
　　5 期。

王岳川：《中国“后现代”文化批评检视》，《人文杂志》1995 年第 5 期。

王岳川：《后现代主义与中国当代文化》，《中国社会科学》1996 年第 3 期。

王岳川：《解构批评的后现代特性》，《广东社会科学》1996 年第 5 期。

王岳川：《90 年代文化研究的方法与语境》，《天津社会科学》1999 年
　　第 4 期。

王岳川：《当代文化研究中的激进与保守之维》，《文艺理论研究》1999 年
　　第 4 期。

王岳川：《中国九十年代话语转型的深层问题》，《文学评论》1999 年第
　　3 期。

王一川：《从跨文化语境看中国泛现代主义——一种阐释框架展望》，《四
　　川外语学院学报》1992 年第 3 期。

王一川：《当今中国文坛的泛现代文学现象》，《文艺研究》1993 年第 1 期。

王一川：《从启蒙到沟通——90 年代审美文化与人文精神转化论纲》，《文艺争鸣》1994 年第 5 期。

王一川：《走向文化的多元化生——以文学艺术为范例》，《社会科学》2003 年第 1 期。

王志耕：《"话语重建"与传统选择》，《文学评论》1998 年第 4 期。

魏家川：《走向"大文学理论"？》，《文学评论》1996 年第 2 期。

文理平：《关于"人文精神"讨论综述》，《文艺理论与批评》1995 年第 3—4 期。

吴炫、葛红兵、汪政、高小康、周效柱：《大众文化与大众文化批评》，《上海文学》1998 年第 1 期。

吴义勤：《先锋的还原——九十年代文化转型的一个例证》，《文艺评论》1995 年第 1 期。

吴元迈：《也谈上层建筑与意识形态的关系——与朱光潜先生商榷》，《哲学研究》1979 年第 9 期。

肖鹰：《九十年代中国文学：全球化与自我认同》，《文学评论》2000 年第 2 期。

熊元义：《反抗妥协》，《文艺争鸣》1995 年第 3 期。

徐贲：《美学·艺术·大众文化——评当前大众文化批评的审美主义倾向》，《文学评论》1995 年第 5 期。

徐贲：《从"后新时期"概念谈文学讨论的历史意识》，《文学评论》1996 年第 5 期。

徐扬尚：《中国文化的三次转型与中国比较文学源流》，《兰州大学学报》（社会科学版）1996 年第 1 期。

许明：《人文视野中的当代中国精神取向》，《文学评论》1993 年第 4 期。

许明、汤学智：《文学理论发展的十个问题》，《社会科学战线》1995 年第 2 期。

许纪霖、陈思和、蔡翔、郜元宝：《道统学统与政统》，《读书》1994 年第 5 期。

许汝祉：《对美国后现代主义文学的借鉴与扬弃》，《文学评论》1992 年第

4 期。

许苏民：《人文精神论纲》，《学习与探索》1995 年第 5 期。

严昭柱：《论文学本质多元论的实质》，《文艺理论与批评》1991 年第 1 期。

杨洪承：《九十年代中国文学思潮流变管窥》，《文学世界》1998 年第 3 期。

杨春时：《文化转型中的中国文艺思潮》，《学习与探索》1995 年第 1 期。

杨春时：《中国文学理论的现代性问题》，《学术研究》2000 年第 11 期。

杨春时：《走出文艺理论的困境》，《文艺评论》2001 年第 5 期。

杨匡汉：《在多重空间里沉潜与运思——中国当代文学学科建设进言》，
    《文学评论》1995 年第 4 期。

尤西林：《形象思维论及其 20 世纪争论》，《文学评论》1995 年第 6 期。

於可训：《新大众文学：80 年代通俗文学浪潮》，《文学报》1991 年 8 月
    8 日。

余开伟：《王蒙是否"转向"——对〈躲避崇高〉一文的质疑》，《文化时
    报》1995 年 2 月 21 日。

余虹：《文学理论的学理性与寄生性》，《文学评论》2007 年第 4 期。

袁可嘉：《关于"后现代主义"思潮》，《国外社会科学》1982 年第
    11 期。

曾军：《中国学者为何"背叛师门"?》，《社会科学报》2002 年 11 月 7 日。

张法：《从什么意义上可以谈中国后现代的有无?》，《文艺争鸣》1992 年
    第 5 期。

张法、张颐武、王一川：《从"现代性"到"中华性"——新知识型的探
    寻》，《文艺争鸣》1994 年第 2 期。

张法：《百年文学三次转型浅议》，《天津社会科学》1998 年第 1 期。

张恩和：《"莫听穿林打叶声"——评近年来"国学热"中对五四新文化
    运动的批评》，《鲁迅研究月刊》1995 年第 8 期。

张汝伦、季桂保、郜元宝、陈引驰：《文化世界：解构还是建构》，《读
    书》1994 年第 7 期。

张清华：《认同或抗拒——关于后现代主义在中国的思考》，《文学评论》
    1995 年第 2 期。

张婷婷：《社会转型与文论的轨迹》，《学海》2000 年第 5 期。

张卫东：《回到语境——关于文论"失语症"》，《文艺评论》1997 年第 6 期。

张颐武：《后现代性与"后新时期"》，《文艺研究》1993 年第 1 期。

张颐武：《断裂中的生长："中华性"的导求——"后新时期"诗歌的前途》，《诗探索》1994 年第 1 期。

张颐武：《反寓言/新状态：后新时期文学新趋势》，《天津社会科学》1994 年第 4 期。

张颐武、刘康、王宁：《后新时期的文学批评——当代文化转型的一个方面》，《作家》1994 年第 6 期。

张颐武：《人文精神：最后的神话》，《作家报》1995 年 5 月 6 日。

张颐武：《选择的挑战——当下批评理论发展的两种趋向》，《天津社会科学》1995 年第 5 期。

张颐武：《反思九十年代：新的课题与挑战》，《文学自由谈》1998 年第 2 期。

张颐武：《超越文化论战——反思 90 年代文化的新视点》，《天津社会科学》1998 年第 3 期。

张志忠：《世纪末回眸：文化激进主义与文化保守主义的思考》，《文艺评论》1998 年第 1 期。

章明：《令人气闷的"朦胧"》，《诗刊》1980 年第 8 期。

赵毅衡：《"后学"，新保守主义与文化批判》，《花城》1995 年第 5 期。

赵毅衡：《如何面对当今中国文化现状——海内外大陆学者的一场辩论》，《文艺争鸣》1996 年第 5 期。

赵元任：《汉语的歧义问题》，参见由北京大学中文系《语言学论丛》编委会主编的《语言学论丛（第十五辑）》一书，商务印书馆 1988 年版。

郑敏：《世纪末的回顾：汉语语言变革与中国新诗创作》，《文学评论》1993 年第 3 期。

郑敏：《何谓"大陆新保守主义"?》，《文艺争鸣》1995 年第 5 期。

周波:《试谈文学批评标准的客观性》,《山东师范大学学报》(哲学社会科学版) 1983 年第 6 期。

周宪:《文化场内游戏规则的"去魅"分析》,《钟山》1999 年第 2 期。

周宪:《福柯话语理论批判》,《文艺理论研究》2013 年第 1 期。

周忠厚:《关于审美意识形态的几点思考》,《河北师范大学学报》(哲学社会科学版) 2003 年第 6 期。

朱立元:《关注当代文学中的"后现代"现象》,《文艺理论研究》1993 年第 2 期。

邹平:《转型期文学:对九十年代文学的一种概括》,《文学评论》1995 年第 2 期。